猫叫一声夜未央

听丰子恺讲故事

丰子恺 / 著绘

杨子耘 杨朝婴 / 编

北京时代华文书局

闲院桃花取次开 昨日踏青小约 未应乖 嘱付东邻 女伴 少待莫相催 着得凤头鞋子即 当来 子恺画

"闲院桃花取次开，昨日踏青小约未应乖，嘱咐东邻女伴，少待莫相催，着得凤头鞋子即当来。"——1962年丰子恺应约为蒲松龄纪念馆作画

本书编者杨朝婴、杨子耘与外公丰子恺在一起

听丰先生讲故事

目 录

◎ 猫叫一声的结果

这辗转相生的因果，好像一条曲折的河流。在这河流的
旁边，还有无数复杂的支流，一条都少不得。倘少了一条，
就流不到现在所流到的地方。

◎ 博 士 见 鬼

这里的故事，原是对小朋友们的笑话闲谈。但笑话闲谈，我也不欢喜光是
笑笑而没有意义。所以其中有几篇，仍是茯苓糕式的：一篇故事，背后藏
着一个教训。

◎ 六 千 元

我这房子卖得六千元，在这周家嘴路地带，价钱总算还好。我已经满意了。这也是全仗你的忠告和奔走而玉成的。不瞒你说，先父当时买这块地皮是不出钱的。造屋花的钱也很便宜。那时候上海滩上刚刚开辟租界，这一带都是荒地，没有人肯买地造屋。

◎ 暂 时 脱 离 尘 世

陶渊明的《桃花源记》，大家知道是虚幻的，是乌托邦，但是大家喜欢一读，就为了他能使人暂时脱离尘世。《山海经》是荒唐的，然而颇有人爱读。陶渊明读后还咏了许多诗。这仿佛白日做梦，也可暂时脱离尘世。

◎ 编 后 记

「青年就跑出去了，远远没有回来。」

这时候楼下有人高声（毛喉咙）叫唤、

「喂！……有人么？……金老板在家么？」

富祥向房内嚷，又抱脚缩回来，看二爷的脸，又向房跨一步，又缩回来，这些了好几次，脸上显出慌后相，□手足措了。

二爷挺身而出，从一声□跨去，就走下楼去，富祥跟□着他下楼。

小伯了，急到扶梯顶上，□摸翳□一面倾听。但听见毛喉咙发话、

「金老板在家么？我们是□昌城信昌，来两趟的。

……还在家么？什么时候回来呢？……我□在这里等候

大圆明哥，是姜店还过呢！」

功伯乙心里的恐慌，〔觉得理由很对〕又□喊去了，三分，廉肌□分了。

这时候梯子上踩出也声响，□□□ 他

啊！他回来了。回来了□好了好了。」妈像遭难遇救，欢喜地叫起来；

■走进房门啊，并不是士云所希里的「他」，却是富得。他

■缩手缩脚地报告…

「先生，底下来了两个人，一个是一品香■妈房，一个是■

偏要问甚么人家的，是個老方婆安。他们都要找金先生，

后今天月底，要向金先生收账。」功伯乙问。

「金先生吸？」功伯乙问。

■ 士雲的有三秒鐘回着不出，这来用不大有力四声

音後，司大概他匆忙□□之中忘记锁了。

「不会匆忙到这地步。後了十多年沒，连屏箱事都忘

了……」士雲朝南看嘴，下巴□嘉加翘出，比鼻子

還锁，「马

「…………」

■更高。□

力伯他心里四发慌，又除了两□分，麦助女分了。士雲怎

都顿悟似地叫起来：

「啊，对雅，对雅！你看，这里面全是舊家票、舊招

子，一個饿也不值。蓝低巴巴运拿出，还要锁定做甚似呢？」□

人一同檢查●了二寶、士雲後、

「昨夜拿來的是藍色的皮底包、這裡面的都不是」。

■伯：■■■听說裡面是藍色低包、心裡的×慌又增加了兩分、麦的七分了。

「對啦、一定是方圓的夢拿去存銀行了。他■■■想伯上午不會起床、下午■在銀行要損失利息、所以怕上午不會起床、下午■在銀行要損失利息、所以

「伯乙听了這話、心里的恐慌越去了四分、麦成四分■付錢去助了」

「他看見那串鑰匙這■■■■■在那里擺■■■嗎、就走向士雲、了。

「為什麼他不把屉箱鎖好、鑰匙■拿去吸?」

起士雲来。

"士雲，昨夜你给他拿来的一包□到哪里去了？"

士雲正在用一根□火柴棒子来挖耳朵，側着头，正看着嘴，

闭着一点眼睛，沒有注意到他的行動。听见了叫声，

立刻睜了次紫棒，站起身来，吃驚地说：

"咦！听夫使□叫大圆□□藏在屋箱里的呀！"

不是他□□□把偏必交给他保笑么？"

"□□□□□□□□你並没接受，□程交意□□

他的。喏，滅去伸左侗里呗！"他一面说，一面打開第三

个低包。□节四夕低包来看。这时候士雲世走过来了。两

起初偶□
□看引□一個不相識的女子有□
見這女子是自己的□□人。□□□
就坐下看襪褲上床，□□□來不及穿鞋子，就垂腳在樓
板上跨了三四步，走到洋箱面前，伸手握住把柄，用力一
拉。□□□那箱內之刻啟開，□□□使得□□□向後跌翻，原來
□沒有上鎖。他向洋箱里西西一望，看見許多底包，但是其□
中沒有味□晚那只藍色牛皮底包。他猜，也許打走之下看不
清楚，那底包不是藍色的吧。就把最外面的兩只□□□□
□□包不看明都是些舊的東西，收據、摺子之類的東西，
並無支票和現鈔。小伯□心中已有三分□□慌，禁不住叫

「她们是 ■ 一品香，也是向金先生算账的。嘿，这

是账单……」

（就跋进房间去。

孙伯仁听到这里，■■了想，再听下去，他心里的恐慌

实些增加了五分，变成八分了！「原来如此，■■■方圆这个

人啊！」孙家立鼓里！接着■■他想：「他这笔钱，幽幽多吉

少了！」一步想，「那么为什么听晚他把箱里保爱交给孙呢？

假定孙真的五少，保爱了，怎么样呢？」再退一步想，「明天如

以他和士云去收款。假定他盖盖满这笔钱，为应么逃

丰路上撇了士云而逃走呢？为甚么一些要拿回来交给了

孙，再放在屉箱里偏去呢？」这退两少的想法又爱抓他心里

吧。三个没有付了，就至零土都要晚交，都们■不够程

加，今天一定要算清了去。……乙

照着是二个老方便的声音……乙

乜唔眠是會要呢里薜寶，■劍，唔、前天金■■大少拿来的一

颗金铜镜，呢说值五百元。昨日唔摩引好■孙家珠宝吝

去，希依是■城隍庙里■■■日，■一隻铜板也乜

值。唔要还这哩付呢钞，两个 勿破

■一丈钞，今天一定要拿些回去。■五百拿勿到，三百■■是

少勿来的……乙

属阙一个熟闹的声音依：

不得语。" 可惜令弗深远。

暂时脱离尘世

夏目漱石的小说「枕宿」（日本岛 草枕）中有一段语：「世俗，
愤怒、吵骂、哭泣，是将看在人世间的。拿我去三十年间的经历
上来，此中咸生常得够腻了。腻了还要在对刷，也使中又来体
验同样的刺激，真吃不消。我所喜爱的诗，不是鼓吹世俗人
情的东西，是放弃世俗，使心地暂时脱离尘世的诗。」今
夏目漱石真是一少最懂人的人。「世界许多人，外貌是人，

《暂时脱离尘世》手稿一

《缘缘堂续笔》手稿封面

二十世纪的人豪看画

铁工厂的技师放工回家，晚歌一盃以尉尘劳，举头看见壁上挂着一大幅冏冶全画。

如果不是机器，一山之冏冏，感到看画的题目。

此人如果不是机器，必二里用到惯。

密中挂着战争的画面。军人出征回来，看见从前有一冏向纸上画。

科技师

画一律师向纸画，指此必要画冏画人法目。

人生长乃高年深长！

此绝些韶中事，也竟有人冏愁心冏法目。

这使纸带生怀念夏目漱石。

表写千古争前故事，的古装戏剧也是这种心理。

而实际很爱他人，"偶像"是个机器。这架机器里些什么着苦痛、愤怒、叫嚣、笑泣等⋯⋯革命力量，随时可以运用。我倒不如是保留的⋯⋯石情，並且得到⋯⋯座落当如此⋯⋯而做机器的应当如此。

我觉得这种人非常可爱，因为他似乎並不是机器，而是人。他似乎也喜爱⋯⋯激荡愤怒使人说暂时脱离尘世。可是，他仍为什么也喜欢休息，音乐使笑哭。苦痛、博察、叫嚣、笑泣，是时希生人世间的，人苦到了能避免。但请注意可暂时已这两个字，暂时脱离尘世，是好进，可是要好的，是暂时的。

陶渊明的可可桃花源记，大家知道是虚构的，乌托邦！但

《暂时脱离尘世》手稿二

猫叫一声的结果

《猫叫一声》序言

　　这篇故事和二十四张插图是民国二十六年，即抗战前些时，在故乡石门湾缘缘堂写的。

　　写后不久，我就弃家逃难。转辗十余省，经过九足年，我才回乡。回到故乡，看见缘缘堂已成一片荒草地，只剩几块墙脚石。里面的书物器什，早已全部被毁了。我去访问一家乡亲，他们说九年之前缘缘堂被毁的前一天他们代我抢出几箱子书物，现在还保存着，就拿出来还我。我感谢他们的好意，又欣逢我的旧物，我一一翻看，在许多杂乱的旧衣旧书中发见这篇故事的原稿，及二十四张插图。我读了一遍，好似读别人的文章。这文与画何时写的，曾否在报纸发表，完全记不起了。似乎是未曾发表过的。不然，何以原稿留在缘缘堂呢？

缘缘堂无数书物尽行损失而这篇文章和插图居然保存。这也是奇妙的原因，所产生的奇妙的结果。所以现在把它出版，以志纪念。人世间的事，全是偶然的。这稿子偶然保存，偶然出版，小朋友们也是偶然读到而已。

三十五〔1946〕年十一月三十日

子恺记于杭州招贤寺

猫叫一声的结果①

这是什么时候发生于什么地方的事？笔者尚未考实。但知这是过去、现在或未来的世间所有的一件事实。笔者为欲使读者易于想象，在叙述中借用目前的风习，但这是假定的。

后半夜，猫不知为什么，在屋顶上大叫一声。一只老鼠刚从字纸篓里觅得一张酥糖包纸，正在衔着它爬过伯伯床前的停火桌②，听见了猫叫，吓得魂不附体，就把酥糖包纸遗弃在停火桌上，只身逃命，不敢再出洞来收回它的宝贝。这酥糖包纸恰好盖在伯伯的近视眼镜上，而且摆得很正，好像伯伯有意放在床前桌上的一册薄书。

---

① 1947年9月〔上海〕万叶书店出版作者《猫叫一声》一书（"万叶儿童文库"之一）。本篇文字据手抄稿。

② 停火桌，按作者家乡方言，晚上睡觉时留着灯火不熄，叫停火，放该灯的桌子即停火桌。

后半夜，猫不知为什么，
在屋顶上大叫一声

伯伯的那朵痰向窗外的草地里飞，恰
好落在二男的新鞋上

天亮了，老妈子进来为伯伯倒痰盂，看见伯伯昨夜睡前躺在床里看的二
册书落脱在痰盂旁边，就为他拾起来，放在停火桌上的酥糖包纸上。她误认
这酥糖包纸是一册书，想为伯伯的东西归类。谁知伯伯的眼镜已被重重叠叠
地遮盖了！

伯伯的眼睛近视得厉害，一起身，就要找眼镜戴。但他找了好久，不见
眼镜。他不戴眼镜，一二尺外的东西也看不清楚，不得已，只好摸索地走到
窗前来喊："谁来替我找找眼镜！谁来替我找找眼镜看！"喊了两声，一朵
痰涌上气管，几乎塞住了他的喉头。他"阿狠"一声，又滑又咸的一朵浓痰
填充了半口腔。他来不及回去找痰盂，用力一"呸"，那朵痰就向窗外二丈
多远的草地里飞。二男今天要跟爸爸乘火车到外婆家去邀姆妈，刚才换好新
衣新鞋，听见伯伯着急地喊人找眼镜，不及绕道回廊，就穿过草地，由近路

二男就借穿了大男的新鞋子，跟
着爸爸向火车站去

赶来接应。伯伯不能看见他，他也不及让避伯伯的痰，那痰恰好落在他的新
鞋的头上。浮萍大的浓绿色的一堆，牢牢地粘住在他的玄色直贡呢新鞋的头
上。他想喊出"啊呀，姆妈要骂了！"，但他暂时不作声，暂时穿了这只绣
花鞋，去替伯伯寻到了眼镜，然后去找老妈子商量办法。

老妈子蹲下去看看二男的鞋子，跳起来说："咦！隔夜饭吐出了！拿到
河里去洗，一刹时不会干。今天偏偏要去做客人，怎么办呢？"她仰起头一
想，得意地说："穿了哥哥的一双吧，大得真有限的。"二男就借穿了大男
的新鞋子，跟着爸爸向火车站去。

二男穿着大男的鞋子在路上走，虽然略嫌宽些，却很舒服，好像赤脚似
的。但当快步的时候，脚趾头须得使个劲儿，否则似有落脱之虞。幸而火车

二男的鞋子被一个肥大的旅客一擦，落在地上

他伸手拾起画片，把这事告诉爸爸

站就到，火车就来，二男上车坐定后，倒也不觉得什么。他背着窗坐[1]，回头望望窗外飞奔的景物，觉得异常新鲜。因为他是难得坐火车的。他屡屡回头，颈骨异常酸痛，不免扭过腰来，向着窗子跪在凳上，可以饱看一顿。

二男的爸爸买了一包卫生豆腐干，递给二男。这是火车上所特有的食物，在二男又觉得异常新鲜。火车窗沿有毛两寸阔，大可当小台子；娘舅新近送他的德国小洋刀又带在身边。他就拿出小洋刀来在这小台子上切卫生豆腐干吃。他把豆腐干切成细条，把刀搁在窗缘上，然后一条条地取食。享乐往往容易过去，不久洋刀旁边只剩下一条豆腐干。他拿了这最后的一条豆腐干，

---

① 旧时火车车厢中的座位是直排的：即两旁靠窗各一长排，中间背靠背两长排。

正想往嘴里送，一个肥大的旅客欲赴便所，在他背后擦过。二男的鞋子本已很宽，经他用力一擦，左脚上的鞋子就落地。二男立刻扭转腰来回复背窗而坐的姿势，同时俯下身去拾他的新鞋。正在这时候，坐在他前排上的旅客，遇到一个相识的人，连忙摸出香烟来请客。他的香烟籇子内只剩二支香烟。他拿出了这两支香烟，就把籇子丢在地上。一张画片从籇子里跌出，恰巧碰着俯身拾鞋的二男的视线。这使得他触目动心：因为二男费了半年多的心血，积受此类画片九十八张，再访二张，就成全套，可换脚踏车一辆。而目前地上的一张，正是这二张中之一！他先伸手拾了画片，然后拔上鞋子。他忘记了一切，热心地鉴赏这稀有的画片，热心地庆祝自己的幸运，又热心地把这事告诉他爸爸："再积一张我可以有一辆脚踏车了！""有了脚踏车我可以旅行了！""爸爸以后常吃这种香烟！"正谈得起劲，不觉火车已到目的地，他们所坐的一节三等客车恰好停在车站的门口。二男把他的德国小洋刀遗忘在火车中的窗缘上，跟着爸爸匆匆下车。

二男和爸爸挤进这车站时，看见有一个乡下人，一手提着一个包裹，一手拿着一张四等车票，仓皇地挤出车站来，死命地奔向火车。他不管三等四等，拉着最近一节车厢的门纽用力乱旋。收票的在门口喊："四等在后头！这里是三等！"但这时候火车已经慢慢地开动，那乡下人已慌张得无暇听这忠告，那收票人也不好意思阻难他了。他终于把门扭开，平安地跳上火车。这就是二男和爸爸走下来的一节三等客车，两个靠窗的座位依然空着，就被乡下人和他的包裹所占据。他先把车票藏入袋里，然后揩揩额上的汗，定一定神。他本来不识字，三等车厢和四等车厢也少有分别，除了"三"字和"四"字不同之外，一样的统长座位，一样的玻璃窗，一样的乘客。他坐在这里，

但见一把很精致的小刀，横卧在离他的眼
睛不到半尺的地方

除了袋里的车票上的文字以外，也没有一点足以证明他不应该。他扭转身子，把一只腿搁在包裹上，回头向窗外眺望野景。他正在心中艳羡比他种得更好的麦田，讥笑比他种得更坏的瓜田时，忽觉眼睛底下亮闪闪的，似有一样东西在牵惹他的眼光。他把视线从野外收回，移注在窗缘上，但见一把很精致的小刀，横卧在离他的眼睛不到半尺的地方。"这是谁的？"这念头最初涌出在这正直的乡下人的心中。"这可以归我吗？"这念头继续起来摇动了这穷苦的乡下人的心。他暂时不动声色，回头调查他的环境。但见他身旁的乘客，都是同他差不多的乡下人，不像是这精美的小刀的所有者；况且他们都被火车的振动催眠着，形同庙里的菩萨，更无工夫注意他的行为了。他伸手取刀，敏捷地把它收拢了，敏捷地藏入袋中。

不一会儿，查票员来了。我们这位坐三等车的乡下客人不慌不忙地伸手

查票员继续又咕噜着："字不识得，难道嘴巴也不生，不会问一问人的？"

入袋，坦然地摸出一张四等票，高高地擎起来，交查票员查验。"四等后面去！四等后面去！"查票员一面连喊着，一面连推这乡下人的身体，继续又咕噜着："字不识得，难道嘴巴也不生，不会问一问人的？"我们这和善的乡下人受惊若宠，乘势提了包裹，一颠一撞地向后面走。当他把验过了的票子藏入袋里的时候，他的手指触着了冷冰冰的一条，心里一阵欢喜。他想起了他们村上所流行着的谚语："天上落脱，地上拾得，十八个皇帝夺勿脱！"

乡下人坐在四等车里打了一个瞌睡，本能地知道目的地将到了。果然不到一管旱烟模样，火车已停在他所熟识的火车站旁。他提了包裹下车，交出了票子，立刻登上回家的小路。因为从火车站到他家，还有六七十里的距离，须得用他的脚步来消灭。他走了好久，经过一个小市镇。这市梢有一座石桥，是从他家到火车站必须经过的。当他走上桥的时候，把脚踏在一块动摇的桥

他提了包裹下车，交出了票子，立
刻登上回家的小路

他的小洋刀已通过了老鼠在他袋上咬
破的小洞而翻落在跷石头的旁边

步石上，"各东"一响，吓得他直跳起来。可喜安然地走过了桥。但他没有
知道，当他踏了跷石头的时候，他的小洋刀已通过了老鼠在他袋上咬破的小
洞而翻落在跷石头的旁边，"各东"的声音恰巧把小刀翻落的声音遮掩，使
他不曾留意。而他袋上的洞，则是昨天藏了客人家所赠与的花生米而被老鼠
咬破的，他自己全然没有得知，所以放心地把小刀保藏在这里。这洞比黄豆
大，比蚕豆小，若在平时，小刀也漏不出。他上桥时的一跳恰巧给它钻出了。
这确是他所防不到的失误。他穿过市镇的时候，买了两个圆子当午饭吃，继
续上道回家。他直到傍晚抵家，方始发见了小刀的损失和袋上的洞。他如何
惋惜，暂且不提。

却说那小市镇里，石桥附近，住着一个爱赌的某甲。他的老婆相貌很漂
亮，而性情非常凶悍。每逢他赌输了，她就要骂。昨夜他赢了十只大洋，本

但见一件小东西，在月亮底下闪闪发光。伸手拾起一看，原来是一把精美的小刀

到了某乙家的门口，听见屋里也有骂声

想回家了，为欲格外讨好他的老婆，想多赢些，继续赌了几盘，赢的十元统统吐出，反而输了五只大洋。为此，他的老婆今天一直骂人，骂得他坐立不安。晚上他对老婆说："不要骂了，等我去捞回来吧！"说着就匆匆出门，意欲到赌友某乙家去讨些旧欠来作赌本。他走过石桥，踏上那块跷角石头。"各东"一响，使他的眼睛望脚下看。但见一件小东西，在月亮底下闪闪发光。伸手拾起一看，原来是一把精美的小刀。他想想这小小的利益也许是今天赌风顺的预兆，拿了小刀，满心欢喜地走向某乙家去。

到了某乙家的门口，听见屋里也有骂声。推门进去，看见某乙坐在一张破桌子旁，一面吃酒，一面敲桌子，一面骂人。他的儿子把背脊靠在柱上，在那里旁观。某乙看见某甲进来，骂声越响："那老畜生！欠了他三块六角的利息，搬了老子的八仙桌和眠床，外加拿了一把锡酒壶去！你当心些，总有一天落在你老子手里！"某甲在他旁边的板凳上坐下，暂把小刀在桌子边上一放，先问他动怒的情由。才知道本地盘剥重利的财主，为了某乙欠他利息未清，今天乘他不在家时，派人来搬了他的东西去，外加他又赌输了钱。他赊了两斤酒来，吃个烂醉，骂个痛快，想消心头之气。

某甲正碰在他的懊恼头上，但他的使命也很重要，不得不开口："不瞒你老兄说：我今天来，想你帮我一臂之力。家里的雌老虎闹得天翻地覆，今天非捞一点回去，不好过日子了。可是一双空手，怎么捞法呢？你该我的已有十多块钱，今天不拘多少，请你付我一点，总算你救我的急，千万勿却！"某乙听毕，眼球瞪出了大半个，敲一记桌子，厉声骂道："见你的鬼！老子的家都被贼抄空了，你还想我还赌钱？发昏！"说着，顺手用食指向某甲额上一指。某甲几乎从板凳上翻了下来。幸而一手扳住了桌子的破洞，没有翻下。但这一气非同小可，他卷起袖子，也敲了一记桌子，骂道："你吃了对门谢隔壁？他们抄你的家，不关我事；你欠了我钱，不许我讨？你才是发昏！"也用手指还他一指，两人就打起架来。你一拳，我一掌，越打越凶，终于滚倒在桌子旁边的地上。

放在桌边上的那把小刀，当他们谈话时已被某乙的孩子好奇地打开，这时候桌子被他们猛力一撞，恰好落在某乙手旁的地上，映着油灯光闪闪发亮。某乙被压在某甲底下，不得翻身，正愁手无寸铁，瞥见这亮闪闪的小家伙，就顺手取来，向某甲的喉头乱刺。德国制的小洋刀原是极锋利的，外加某乙受足了气吃饱了酒，使得更加用劲。没有几刀，某甲的喉管已被完全割断，仰卧在地上奄奄待毙了。某乙爬起身来，定神一看，知道已闯大祸，酒醉吓

两人就打起架来。你一拳，我一掌，越打越凶，终于滚倒在桌子旁边的地上

他独自悄悄起身，拾了小刀，背了尸体，开门就走

醒了一半。正想设法救治，某甲已经断气。他禁止孩子声张，悄悄地出去闩上了门。回来用冷水洗了一个面，对着尸体呆看，看了一会儿，计上心来。他熄灭了室内的油灯，拉着他的孩子到草柴堆里去睡觉了。睡到半夜，他独自悄悄起身，拾了小刀，背了尸体，开门就走。朦胧的月光照着这一对赌友，一直照到财主家的后门口。他把尸体轻轻地放下，又把小刀抛进财主家的后墙内。然后悄悄归家，扫净了地上的血迹，整理了屋里的纷乱，再到草柴堆里去睡。

　　明天，这小镇上发生了大事件：财主家的后门口发见一个死尸，经邻人报告公安局，派警察来查，验明死者确是石桥头的某甲。尸妻赶到，抱了尸身大哭，又披头散发地闯进财主家中，要撞死在他们的廊柱上。许多旁人前

财主家的后门口发现一个死尸，经邻人报告公安局，派警察来查，验明死者确是石桥头的某甲

于是财主就定罪下狱，财产全部充公

来劝阻。昨天吃了财主亏的尸友某乙，此时从人丛中挤出，对尸妻说："你撞死了有什么用？我帮你去告状，钉没他一家，也替你丈夫出口气！"尸妻觉悟了，收泪出门，央某乙同去告官。财主数十年来以重利放债起家，性又吝啬凶狠，本镇没有一个人不吃他的亏，没有一个人不怨恨他。某乙替甲妻做的诉状，诬告财主要得她为妾，故将其夫设计杀死。诉状上盖了本镇许多商店的印子，这诉讼变成了公诉。县官亲来验尸，于财主家后庭中搜得德国制小洋刀一把，与某甲喉头的伤痕相符，而且刀上还有血痕。财主是地方绅士，曾担任许多公务。这时候又有许多人提出诉讼，告他吞没公款。两件案子归并在他一身，而且都有实据。于是财主就定罪下狱，财产全部充公。他家里只有一个老妻。这老妻气愤成疾，一命呜呼。僮仆纷纷散去，只有一个老家人不忘旧主，常到狱中去问省。

他有足赤金条十大錠，密藏在住宅后院
落中，梧桐树旁边的地窖里

    财主下狱后，闻得家产充公和老妻病死的消息，气得死去活来。他有足赤金条十大錠，密藏在住宅后院落中，梧桐树旁边的地窖里。这件事除了他的老妻以外，世间没有第三个人知道。现在他的住宅虽已充公，这地窖一定无人想到。他有一个唯一的至友，住在外埠。他想写封信给他，密嘱他设法取出藏金，并为他向最高法庭诉冤，务求水落石出，回复自由。他托禁子①买了纸笔，在狱中写了一封长信。恐怕被官家查出，不敢交托禁了去寄。他暂时把信放在贴身的熟罗短衫的袋中，想等那老家人来探监牢时，托他付邮。

---

① 禁子，在牢狱中看守罪犯的人。

当他的棺材抬到义冢上时，跟着看的闲人很多

不料这一天晚上，财主在狱中生起病来。起初神思昏迷，继而目瞪口呆，后来人事不省。五更未到，一命呜呼。官家验明财主委系在狱病死，而且无人领尸，就给他收敛，把棺材停放在城外的义冢上。当他的棺材抬到义冢上时，跟着看的闲人很多。大家说着："看哪！财主进牢洞，困施棺材，上义冢去了！"声调中带着复仇的欢喜。有一个拾荒的，这时候正在义冢旁边捉狗屎①，眼看见财主的棺材被放在义冢的一角上，顿时起了念头。他原是无所不为的人，不得已时，也曾做过开棺盗尸的勾当。财主的家产虽然不曾带进棺材里，但他在狱中时所穿的一套衣裳，想来也比别人的寿衣高贵得多。今夜倘弄得到手，足够他坐吃一两个月，其间无须再捉这牢什子的狗屎了。

① 捉狗屎，作者家乡话，意即捡狗屎（作肥料）。

他从腰里解下一根绳来，一端缚住了财主的头颈，
一端穿过近旁的树枝，从树的那面把绳死命地拉

是夜月色朦胧，拾荒的身怀铁器，偷偷地来到义冢的一角，密访财主于施棺材中。那松板做的盖不消费力，已经随手而开。天气还不很热，财主的尸体还不很烂，不过稍有些儿咸鲞气味。他从腰里解下一根绳来，一端缚住了财主的头颈，一端穿过近旁的树枝，从树的那面把绳死命地拉。拉了好久，财主的尸体已被拉出棺材，挂在树上。他把绳头拴在另一树上，然后走近尸体，从容地卸下他的衣裳。马褂一件，袍子一件，夹衣一件，夹裤一件，衬里罗衫一件，鞋子一双。他似乎知道财主死了也要面子，独不取他那条衬里裤子。他把施棺材拖将过来，接住财主的脚。然后把绳头一放，尸体就倒在棺中。他把松板盖上，挟了衣裳悄悄回家。

次日，拾荒的起身很迟，悄悄出门，把衣裳设法变卖，独留一件熟罗衬

他向隔壁人家借一只脚桶，吊满井水，就在
井边洗濯这发黑的罗衫

衫在床脚底下，不拿出去。因为这上面有着血迹和咸鲞气，一时变不来钱。
然而变来的钱已经超过他的预期了。他搁置了拾荒的工具，过了许多日子的
享乐生活。最后，他不得不想起床底下的熟罗衬衫来。他拉出来一看，霉天
的潮气已经使它变成发黑。这黑色却遮掩了血迹，又消灭了咸鲞气。他向隔
壁人家借一只脚桶，吊满井水，就在井边洗濯这发黑的罗衫。这里本是很冷
僻的场所，况且又在很早的清晨，在他看来实同自己家里的秘密室一样。他
洗了一会儿，发现衣裳里有一封信。他素不识字，即使很清楚的信放在他的
眼前，在他看来也同蚂蚁一样没有意思；何况这信已经濡湿，模糊不清呢！
他拿来团一团拢，丢在井边的墙角里。然后赶紧完成他的洗濯工作，准备去
换钱。后事如何，暂且不表。

他担着两只"敬惜字纸"的大笼，在
市内巡行，借口暗察敌方的情形

却说这国家，同现今的阿比西尼亚①相似，当时正受一个强敌的压迫。国土的一半已经陷入敌人之手，这小镇亦在被陷之列。大凡侵略者夺人国土，往往用一种无形的压迫手段，使当地的愚民不但不觉苦痛，反而觉得舒服。像这回的惩戒财主，大快人心，便是这种手段之一。当时地方上人大家称赞新政府的清明，忘记了祖国。只有一位爱国志士独自愤慨，不愿为亡国奴，宁愿为祖国鬼。他结合全国的志士，密图恢复。处心积虑，已非一日。他最近的工作，就是假装收字纸的，担着两只"敬惜字纸"的大笼，在市内巡行，借口暗察敌方的情形。这一天他照例挑了"敬惜字纸"的担，拿了一把竹夹，

---

① 阿比西尼亚，即埃塞俄比亚。

这是一封曾被打湿、团皱而现在晒干了的
信，并且上面粘着未盖印的邮票

出门闲行。他走过拾荒者所住的弄口，原定不进这寂寞的地方去，恰巧望见弄内一个楼窗里飞下一张废纸来。为了假装尽职，他就蹳进弄去。那纸飘了一会儿，停落在井旁的墙角里。他走近一看，原来是一张包花生米的报纸，就把它挟入笼中。同时他的眼睛注意到墙角里另有一团字纸。挟起一看，这是一封曾被打湿、团皱而现在晒干了的信，并且上面粘着未盖印的邮票，明明是欲寄而未发的。他小心地把信壳揭开，但见头上这样写着：

"我遭此不白之冤，命在旦夕。能救我者，唯有老兄……"这几句开场白引起了他的绝大的注意。他把信藏入袋里，转身就走。回到家里，仔细阅读这信，才知这是最近死在狱中的财主的秘密信，不知缘何被打湿、团皱，而落在井旁的墙角里。他的思想一时混乱，最后就决定要取那信上所说的十毡金条。因为他想："如信上所说，这笔藏金除了财主主妇二人以外，世间

他立刻去访藏金的屋，看见门口贴着"召租"

一星期后，藏金已被如数发掘

没有第三人知道。那么，现在二人皆死，此信未发，世间知道这藏金的人，就只有他一人了。若说已有识者先看此信，决不会把它抛在路上。故这希望是十分确实的。"他又想："国家大事，正需要财力。我们所以未敢发动者，正为经济能力薄弱之缘故。我不想得此财产而作富翁，但想借此助力以恢复祖国的主权。"

　　他立刻去访藏金的屋，看见门口贴着"召租"。他立刻租了，召集四方的同志来住。一星期后，藏金已被如数发掘。一个月后，他的义勇军集了数万。两个月后，他们的国土完全恢复。三个月后，这爱国青年不但驱尽了外侮，又整理了内政。这国家从此成了一个强盛而公正的模范国，为全世界所景仰。其流风善政，颇有引导世界趋向和平大同的力量。这便是猫叫一声的结果。

一个月后，他的义勇军集了数万

因为：这大功的告成由于发掘藏金；发掘藏金由于爱国青年的拾信；拾信由于拾荒者的弃信；弃信由于盗尸；盗尸由于财主的死狱；死狱由于某乙的诬告；诬告由于某甲的被误杀；误杀由于某甲的拾刀；拾刀由于乡下人的失刀；失刀由于得刀；得刀由于二男的忘刀；忘刀由于发见香烟画片；发见香烟画片由于拾鞋；拾鞋由于鞋的太大；鞋的太大由于伯伯的吐痰；吐痰由于找眼镜；找眼镜，是为了老妈子用书盖住了眼镜的缘故；用书盖住眼镜，是为了眼镜上有了老鼠所遗弃的酥糖包纸的缘故；老鼠把酥糖包纸遗弃在眼镜上，是为了猫叫一声的缘故。至于猫为什么叫，开篇已经说过，是不知为什么了！

这辗转相生的因果，好像一条曲折的河流。在这河流的旁边，还有无数复杂的支流，一条都少不得。倘少了一条，就流不到现在所流到的地方。举最显明的例来说：伯伯倘不吃酥糖，老鼠也不会把酥糖包纸遗弃在眼镜上；以后的事就不会发生。其次，伯伯的书倘不翻落地上，老妈子也不会用书遮掩眼镜；以后的事也就不会发生。其余的例统统如此：伯伯的眼睛倘近得不厉害，也不会找眼镜；二男倘不走草地，鞋子上也不会受痰；火车里赴便所的人倘不肥大，二男也不会俯身拾鞋；二男对面的旅客不请人吸香烟，二男拾了鞋也不会忘了小刀；乡下人乘火车倘不迟到，也不会拾到小刀；他的袋里倘不放花生米，也不会被老鼠咬洞而失落小刀；某甲倘不赌输，也不会拾到小刀；某乙的孩子倘不把小刀打开，某甲也不会被杀；财主倘没有种种恶行，也不会被人诬告；财主倘不是养尊处优，也不会死在狱中；拾荒的倘识字，也不会抛弃那封信。那时这笔藏金将被别人所得：或者被比这爱国者更好的人所得，而建更大的功勋；或者被比那财主更坏的人所得，而祸国殃民，皆不可得而知了。

〔1947 年〕

贪污的猫

贪污的猫①

　　我家养了五只猫。除了一只白猫是已故的老白猫"白象"所生以外，其余四只都是别人送我们的。就因为我在《自由谈》上写了那篇悼白象的文章，读者以为我喜欢猫，便你一只、我一只地送来。其实我并不喜欢真猫，不过在画中喜欢画猫而已；喜欢猫的，倒是我的女孩子们。因为她们喜欢，就来者不拒，只只收养。客人偶然来访，看见这许多猫围着炭火炉睡觉，洗脸，捉尾巴，厮打，互相舐面孔，都说"好玩！""有趣！"殊不知主人养这五只猫，麻烦透顶，讨气至极！客人们只在刹那间看到其光明的一面，而不知其平时的黑暗生活；好比只看见团体照相的冠冕堂皇，而不悉机关内容的腐败丑恶，自然交口赞誉。若知道了这群猫的生活的黑暗方面，包管你们没有一人肯收养的！原来它们讨气得很：贪嘴，偷食，而且把烂污撒在每人的床脚底下，竟是一群"贪污的猫"。

---

① 本篇曾载 1948 年 1 月 5 日《天津民国日报》。

有一天，大司务买菜回来，把菜篮向厨房的桌上一放，去解一个溲。回来时篮内一条大鳜鱼不翼而飞了。东寻西找，遍觅不得。忽听见后面篱笆内有猫吼声，原来五只猫躲在那里分赃，分得不均，正在那里吵架！大司务把每只猫打一顿，以示惩戒；然而赃物已大半被吞，狼藉满地，收不回来了。

　　后来又有一天，因为市上猫鱼常常缺乏，大司务一次买了一万元猫鱼来囤积。好在天冷，还不致变坏。他受了上次的教训，把囤积的猫鱼放在菜橱的最高层。这天晚上，厨房里"砰澎括拉"，闹个不休。大司务以为猫在捉老鼠，预备明天对猫明令嘉奖。岂知第二天早上起来一看，橱门已经洞开，囤积在上层的猫鱼被吃得精光，还把鱼骨头零零落落地掉在下层的菜碗里。大司务照例又把五只猫各打一顿，并且饿它们一天，以示惩戒。自今以后，橱门上加了锁，每晚锁好，以防贪污。

　　猫在一晚上吃了一万元猫鱼，隔夜饱了，次日白天，不吃无妨。但到了晚快，隔夜吃的早已消化，肚子饿起来，就向大司务叫喊。大司务不但不喂，又给一顿打。诸猫无奈，就向食桌上转念头。这晚上正好有一尾大鱼。老妈子端齐了菜蔬碗，叫声大家吃饭，管自去了。偏偏这晚上大家事忙，各人躲在房间里，工作放不下手，迟了一二分钟出来。一看，桌上有一只空盆，盆底上略有些汤。我以为今晚大司务做了一样别致的菜了。再看，桌上一道淋漓点滴的汤，和几个猫脚印。这正是猫的贪污的证据了，我连忙告发。大家到处通缉，迄无着落。后来听得厢房内有猫叫声，连忙打开电灯一看，五只猫麇集在客人床里吃一条大鱼，鱼头、鱼尾、鱼汤，点缀在刚从三友实业社出三十万元买来的白床毯上！这回大加惩罚：主母打一顿，老妈子和大司务又打一顿。打过之后，也不过大家警戒，以后有鱼，千万当心，谨防贪污。而这天的晚餐，大家没得鱼吃了。

以后，鱼的贪污，因为防范甚严，没有发生。岂知贪污不一定为鱼，凡有油水有腥气的东西，皆为猫所觊觎。昨天耶稣圣诞，有人送我一个花蛋糕，像帽笼这么一匣。客人在座，我先打开来鉴赏一下，赞美一下，但见花花绿绿的，甜香烘烘的，教人吞唾液。客人告辞，大家送出门去，道谢道别。不过一二分钟，回转来一看，五只猫围着蛋糕，有的正在舐食上面的糖花，有的咬了一口蛋糕，正在歪着头咀嚼。连忙大喊"打猫"，五猫纷纷跳下桌子，扬长而去，而蛋糕已被弄得一塌糊涂，不堪入目了。我们只得把五猫吃剩的蛋糕上面削去一层，把下面的大家分食了。下令通缉，诸猫均在逃，终无着落。

上面所举，只是著名的几件大案子。此外小小案件，不可胜计，我也懒得一一呈报了。更有可恶的，贪吃偷食之外，又要撒烂污在每人的床底下。就如昨夜，我睡在床里，闻得猫屎臭，又腥又酸的，令人作呕。只得冒了夜寒，披衣起床，用电筒检查。但见枕头底下的地上，赫然一堆猫屎！我房间中，本来早已戒严，无论昼夜，不准贪污的猫入内。但是这些东西又小又滑，防不胜防。我们无法杜绝贪污，只得因循姑息下去。大小贪污案件，都只在发生的当初轰动一时，过后渐渐冷却，大家不提，就以不了了之。因此诸猫贪污如旧。

今天，我忽发心，要彻底查究猫的贪污，以根绝后患。我想，猫的贪污，定是由于没有吃饱之故；倘把只只猫喂饱，它们食欲满足，就各自去睡觉，洗脸，捉尾巴，厮打，或互相舐面孔，不致作恶为非了。于是我叫大司务来，问他："每日喂几顿？每顿多少分量？"大司务说："每日规定三顿，每顿规定一千元猫鱼，拌一大碗饭。"我说："猫有五只，这一点点怎么吃得饱呢？"大司务说："它们倾轧得厉害。有时大猫把小猫挤开，先拣鱼来吃光，然后让小猫吃。有时小猫先落手为强，轮到大猫就没得吃。吃是的确吃不饱的。"我说："为什么不多买点猫鱼，多拌点饭呢？"大司务说："……"过了一会儿，又说："太太规定如此的。"我说："你去。"就去找太太，讨论猫的待遇问题。我说："这许多猫，怎么每天只给一千元猫鱼呢？待遇这样薄，难怪它们要贪污了！"太太满不在乎地回答："并没有薄，一向如此呀！"我说："物价涨了呀！从前一千元猫鱼很多，现在一千元猫鱼只有一点点了！你这办法，正是教唆诸猫贪污！你想，它们吃不饱，只有东钻西钻，偷偷摸摸，狼狈为奸，集团贪污。照过去估计，猫的贪污，使我们损失很大！你贪小失大，不是办法。依我之见，不如从今大加调整。以物价指数为比例：米三十万元的时候每天给一千元猫鱼，如今米九十万了，应给三千元猫鱼。这样，它们只只吃饱，贪污事件自然减少起来。"太太起初不肯。后来我提及了三友实业社的三十万元的床毯被猫集团贪污而弄脏的事件，太太肉痛起来，就答允调整。立刻下手令给大司务，从明天起每日买三千元猫鱼。料想今后，我家猫的贪污案件，一定可以减少了。

一九四七年十二月二十六日于杭州

我一出世，就穿了一件崭新的花长衫

小钞票历险记①

　　欢喜旅行的小朋友，也许会羡慕我们足迹遍天下，而怪我们绝不肯把旅行的经历讲给听听。其实我们并非不肯，只因经历太多，讲不胜讲，所以大家索性不讲了。

　　现在我们的家族中突遭重大的变故，我的诸姑姊妹全都到国库里去作长期的休息了。只有我们男人还留落在外边，过着流浪的生活。在这可纪念的时候，我准定把我自身的遭遇，在这里和诸位少年们谈谈。

　　我一出世，就穿了一件崭新的花标布长衫，伴着许多弟兄，裹着报纸，连日睡在会计室里的铁洋箱中。这好比"衣锦夜行"，好不闷人！有一天，铁门开了。会计先生请我们出来，郑重地打开报纸，把我取出。我以为可以

---

① 载 1936 年 1 月 10 日、1 月 25 日、2 月 10 日《新少年》第 1 卷第 1 号、第 2 号、第 3 号。前两期署名"子恺"；后一期目录页署名"子恺"，正文署名"丰子恺"。1947 年 10 月，万叶书店出版《小钞票历险记》连环图画，所配文字与原刊本有较大出入。

张先生把我从袋里取出，说："一张新钞票！"

看看世景，出出风头了。谁知他说了一声"张先生，还有一角找头呢"，就把我交给一个穿洋装的人。我才略略一见会计室的天花板和窗外的天空，就被那张先生塞进洋装袋里。这里先有两个圆圆的小白脸的姊妹住着。各人脸上打着一个黑而大的圆印，一个"昌"字，一个"兴"字。我忍不住哈哈大笑。她们都动怒，骂起我来："你自己穿着新衣，就看人不起！我们没有洗脸的原故！看你这件新衣裳永远不旧不破！"我自知不合笑她们，也不回话了。

过了一会儿，我从袋中被张先生取出。他用两手把我提高，像看信一般念道："一张新钞票！中国农民银行的！恐怕还是第一次出门呢。"他的女儿慧贞跑来，仰起了头看我的背部，说道："美丽啊！像爸爸的图案画原稿！爸爸，给了我！"恰好他的儿子文彬放学回家，听见了姊姊的话，就背了书包赶过来，不问事由，嚷着："给了我！我要的！"便去拉下他父亲的手，把我夺去。慧贞噘着嘴说道："这是钞票！你要它做什么？你想积起来，讨

文彬把我夹在一册画帖里

个老婆么？"文彬两手捧着我向房间里跑，一面回头对他姊姊说："我想积起来买飞机！航空救国！"

张先生跟进房间来，笑着摸文彬的头，说道："阿彬！你要航空救国么？"阿彬却用手指着了我的额上念道："中，国，农，民，银，行。"又注视我的长衫，念道："积，成，拾，角，兄，付，国。爸爸，这是什么字？"张先生笑道："不是'兄'，是'兑'。"就把我身上的字一个个教给他。又取出显微镜来，把我衣裳地子里的许多细字"壹角"指给阿彬看。慧贞从室外跑来看。她的妈妈拿了针线走来看。大家称赞："细来！清爽来！多来！"这时候我真快乐！我觉得做钞票比做人光荣！张先生对阿彬说："藏得好，不可失去。"阿彬把我夹在一册画帖里。我的前面画着一架飞机，后面画着一只轮船。起初我独自看看飞机、轮船，不觉寂寞。但地方太暗，太窄，使

一阵风把我吹到坐在后面的朱荣生脚边

过了好久，他的脚突然移开

人气闷，不久我睡着了。

　　明天，阿彬翻开画帖来看我。我看见身在一个教室中，有许多孩子正在读书，一个女先生站在台上教他们。忽然女先生对着我骂起来："张文彬为啥勿读？你在看什么？"文彬慌忙把画帖塞进桌板底下，跟着大家读书了。我却从画帖中跌出，落到地上。我拼命地喊："我跌出了！快救我！"但文彬没有听见。忽然一阵风来，把我吹到后面一个穿柳条布裤子的孩子的右脚边。这孩子从上面望见了我，立刻用右脚踏在我身上。我被他踏得透气不转。他的鞋子底上有着鸡粪，臭气难闻。我拼命地喊："踏死我了！臭死我了！救命！救命！"但是孩子的脚越是踏得紧些。过了好久，他的脚突然移开，他的手急忙伸下来把我拾起。一到亮处，我看见自己的新长衫的裾上，染着了一大块青黑色的鸡粪的迹！我正想吸些新鲜空气，不料才透一口气，这孩

朱荣生把我带到他家

子就把我塞进他的鞋子里去。这时候女先生又对我骂起来："朱荣生的手在下面弄什么？坐好来！"我拼命地喊："先生！救救小钞票！他要把我塞进鞋子里！"没有喊完，他已胡乱地把我塞进鞋口，我的身体被折成三段，践踏在他的脚板底下，这里的环境，比以前稍柔软些。然而一股脚臭，加了一股潮气，令人难受。我屈身在这里面，仰头看见他的脚底，奇怪起来：我记得刚才明明看见他是穿蓝袜的，怎么忽然赤足了？仔细研究，原来他的袜底差不多已经完全落脱；只有中部还有一处连络，然而狭得很，好像地图上的中亚美利加①。倘然有人在这里开一条巴拿马运河，他的袜就要完全无底了。

忽然，脚底和鞋底鼓动起来。一宽一紧，不绝地把我压榨。我料想这朱荣生在走路了。但不知他带我到什么地方去，我被榨了好几百次，方才静止。

---

① 中亚美利加，即中美洲。

一会儿脚底板脱出了鞋子，我被朱荣生取出。他见我身体弯成三段，外加折了一臂，连忙为我抚摩。但一时我也伸不直来。我忘记了痛苦，忙着观察我的新环境。这里同文彬家里大不相同。屋很低小，墙上只有一个窗洞，也没有窗帘。窗洞旁边挂着旧帽子和破书包。书包下面就是一只床，也没有床架和蚊帐，只是两只板凳和三块松板。板上铺着草席，放着油腻的枕头和破旧而薄的被。朱荣生坐在这床上把我抚摩了一会儿，就把我藏在枕头底下。我觉得有几只小动物爬到我身上来。一看，焦黄色的，好像小乌龟。它们都来舔食我身上的鸡粪。

过了一会儿，枕头被拿开了，朱荣生又来把我取出，递给一个中年妇人，说道："妈妈，这是我今天在学校里拾得的，就去买了夜饭米罢。"我知道要被送出了，很高兴。因为枕头底下的小动物有一股别致的臭气，比脚臭、鸡粪臭更加难闻，我实在不愿在这里过夜。那中年妇人蓬头垢面，蹙着眉头，穿着破旧的衣服，伸手来接了我，看着我说道："阿荣，这一定是你的同学们失落的。你应该交给先生，归还失主。我们怎么可以用呢？"阿荣说："妈妈，不要紧的。等爸爸寄了钱来，我去还给先生，叫先生招领，并向先生说明迟还的理由。好吗？"他的母亲点点头，取了竹箩，把我放在衣袋里，出去买米了。

我从朱荣生的妈妈的手里，走进了米店的账桌抽斗里。这里先有我的许多伯叔、姑母和兄弟、姊妹们住着，我们相见甚欢。账桌的中央有一个狭长的洞，透进光线来，好像一个天窗。我借了这天窗的光，看看自己，浑身是泥迹、汗迹，外加鸡粪迹，和伤痕，不禁叹息。一位伯伯冷笑着对我说："你

我从朱荣生的妈妈的手里，走进了
米店的账桌抽斗里

贵林嫂在米店的门槛上朝里坐了，解
开衣襟

叹什么？我们身上有着更多的龌龊和伤痕呢！到这世间来，谁能避免龌龊和
伤痕？"我看看他们，悲观起来，正要再同伯伯谈心，忽然抽斗开了，管账
先生的手带了我们的五公公进来，又把我和四位伯伯带出去，并列在柜台上，
对一个农妇说道："贵林嫂，找头来了。收你五块钞票一张，除去一斗米大
洋九角，找还你大洋四元（指四位伯伯），一角（指我）。"贵林嫂在我们
身上包了两层纸，一层布。在米店的门槛上朝里坐了，解开衣襟，把我们藏
在她肚兜袋里。然后背了米走路。

　　我想继续同伯伯谈心，但住在贵林嫂的胸前，跟了她的两只大乳房，一
抛一抛地抛个不止，一句话也不好谈。后来不抛了。她取我们出来，对我们
一个一个地细看。我看见她坐在一个灶门口。这里的环境虽然也很萧条，但
比朱荣生家清爽。灶门口的木栅窗外，统是青青的竹。竹叶在风中摇曳，把

贵林嫂回到家里，把我们五人放到
罐头里盖好，埋在灶肚里的灰中

绿影送进灶间里来，很是清幽。贵林嫂伸手到里面的灶肚里，从灰中取出一
个美丽牌香烟罐头来。开盖，把我们五人放进罐内，盖好。但觉罐头摇动，
罐外沙沙地响，料想她又把我们埋在灶肚里的灰中了。我喊将起来："喂！
贵林嫂！你怎么活葬了我们？"忽然听见罐头底下有女人们的声音："阿官，
不要着急，我们做伴罢。我们已被活葬了两个多月了！"原来先有两位姑母
住在罐头底里。

　　我见了姑母，如同见了母亲一般，连忙俯身注视着她们的圆圆的大白脸，
把近来被污及受伤的苦痛告诉她们。一位姑母笑着说："你不知道我们的
苦痛咧。我们每次经过人手，必被在地上用力摜几下，或者拿我们的头互
相敲击，敲出响亮的声音来。甚至用一个铁印，在我们脸上凿几下，痛不可当，
伤痕永远不退！"另一位姑母说："我脸上这种伤痕最多，可惜这里没有灯，

忽然醉醺醺的贵林跑了进来，
用里面的锅子烧茶

等到醒来时，只见香烟罐头和盖
分作两处，躺在地上，正在冒烟

不能教你看见。"于是伯伯的话又来了："谁能避免龌龊和伤痕呢？在这世间，无论男女都苦……"忽然听见外面有男子的怒骂声："老太婆哪里去了？渴得要死，茶一滴儿也没有！"停了，一会儿又说："你倒弄了米来烧饭吃？让我用里面的锅子烧茶喝罢！"屑屑索索地响了一会儿，我们的罐头渐渐发热起来。伯伯们吃惊道："不好了，我们要受炮烙了！"姑母们也慌张地说："咦，我们住了两个多月了，这灶从来不曾烧过，怎么今天烧起来了？啊哟，我们最怕烫呢！"伯伯们说："还是你们，不过烫痛了。我们要被烧焦的。"

　　火气渐渐攻我的心。我挣扎叫喊，终于发晕。等到醒来时，只见香烟罐头和盖分作两处，躺在地上，正在冒烟。伯伯们焦头烂额地躺在香烟罐口的地上，四人滚作一堆，二位姑母躺在罐外的地上，浑身冒出烟气来。我自己就躺在姑母们身旁，觉得周身发热，皮焦骨裂似的。我向上面望，看见贵林嫂右手拿着火钳，哭丧着脸立在灶间门口，嘴里说着："啊哟，总共只有卖菜来的两块钱和卖丝来的四元一角，被你当作纸锭烧掉了！你这醉鬼！哪里去灌饱了黄汤？"又骂她自己："我这死尸，原要死快了！迟不去，早不去，偏偏在这时光去洗衣。我在这里，不会被这醉鬼烧掉。"又骂贵林："你千年没得喝茶的？"贵林一跌一撞地从灶间里出来，看见我们躺在地上，笑嘻嘻地来拾，贵林嫂拦阻不及，被他夺了我和两姑母，逃出门去。

　　我和两姑母伏在贵林的胸前的背心里，身体渐渐凉些，大家互相慰问。但是姑母们挂念着四位伯伯，流下泪来。我说："这回的灾难，他们原是无意的。贵林嫂一定会给伯伯们调养，而且以后决不会再叫他们住在那危险的地方。"姑母们叹口气说："真如你伯伯所说，在这世间，受污和受伤是谁也不能避免的！"忽然贵林的手伸进背心来，把我摸出，砰的一声，把我按在一张板桌上，吓得我旁边的姊妹们直跳起来。同时他口中大叫一声"天门！"我身上颇有些痛，但这新环境立刻使我忘记了痛。这里没有遮盖，是在光天化日之下。我们的许多伯叔、姑母、兄弟及子侄们分作数群，布置在板桌上，好不热闹！许多人张大着眼睛和嘴巴，围着板桌注视我们，好不光荣！可惜我的新衣又污，又皱，又焦，没有风头可出！忽然一个额上盖一块糙纸的糙胡子，伸手把我移到他身边，叠在七八个姊姊的身底下。不久，刚才同遭炮烙之灾的一位姑母也来了，坐在我的旁边。她说："这里好爽气！"又对姊姊们说："你们轻些儿，不要压坏了我的小侄儿！他刚才受了伤的。"

一个额上盖一块糙纸的糙胡子，伸手把我移到他身边，叠在七八个姊姊的身底下

手又伸进袋来，把我取出，递给那毛喉咙的人

　　不久我和许多族人进了糙胡子的衣袋里。这里虽然阴暗，但是人多，不觉寂寞。只是有一股特别的气味，使人闻了恶心。这气味从衣袋角里的一个锡纸包里发出，好像焦布臭，又好像焦糖气。一位姑母用头擦开了那锡纸包的一角。我们看见里面裹着的是焦黄色的粒子。气味更猛了！我从它们旁边擦过，身上又染了一个焦黄的迹。忽然，一只手伸进袋来，取了三个姊姊出去。同时听见糙胡子对人说话："今天生意不好，照应些罢！"一个毛喉咙接着说："不捉你赌，已经照应了！你也要识相啊！"手又伸进袋来，把我取出，递给那毛喉咙的人。我看见他戴着鸭舌头帽，衣服像个兵，嘴唇永远噘起。他接了我，看看，闻闻，冷笑着对糙胡子说："这焦黄的是什么？"糙胡子拍拍他的肩，含糊地说："老朋友，老朋友！"他哼地一笑，就把我塞入他的裤袋中。

忽闻外面有锣鼓声、人声，非常热闹

　　毛喉咙的裤袋里，已有我的一个弟兄住着。他身上焦黄迹比我更多。他看见我进来，笑着问："你从哪里来的？"我说："糙胡子身边。"他说："我也是从他那里来的，昨天下午。我气极了！他竟拿我当抹布，去揩他的一支特别粗大的烟筒……"他正在说，忽闻外面有锣鼓声、人声，非常热闹。我们侧着耳朵听了一会儿，大家脚底痒起来。正在想出去看，但见一只龌龊的手，徐徐地伸进裤袋来，徐徐地执住了我们兄弟两个，又徐徐地扯出去。出裤袋后，一刹那间，我瞥见一个戏台上正在做戏，台下无数人站着看。其中有一个癞头，把我从毛喉咙的裤袋中取出，立刻塞进他自己的裤腰里。其间不到一秒钟。我们沿了他的肚皮落下，以为要从裤管中落出在地上了。谁知他的裤管用带扎好，下面不通。我们恰好搁在他的裤裆里。这是我们从来未曾逢到过的恶环境！就是我们的伯伯、公公，恐怕也未必遭逢到。

癞头把我们塞在毛厕的墙洞里

这是我们的奇耻大辱!

　　我们兄弟二人伏在裤裆中,交口谩骂这癞头。裤裆不绝地荡动了一会儿,忽然停止了。癞头取我们出来时,我但见他脱下了半条裤子,蹲在毛厕上,热心地观察我们。这里臭气熏天!但比裤裆中总好些,我们已堪庆喜了。我捏紧了鼻子,眺望毛厕外面,看见了美丽的野景:密密的桑叶筑成一堵浓绿色的城墙,上有小鸟儿歌唱着。青的草织成一条广大的毯子,上有蝴蝶儿跳舞着。日光鲜丽,空气清爽,好个神仙世界!回思我们做钞票的,天天躲在龌里龌龊、狭里狭窄、乌天黑地、阴阳怪气的地方,真是阳间地狱!我们不敢奢望做鸟儿蝴蝶,但能做桑地里的一块泥土,也是万幸了!

　　一会儿,癞头把我们塞在毛厕的墙洞里,然后起来缀他的裤子。后来又

癞头掀开鬏边的一块砖头，把我
压在砖头底下

把脚架在毛厕缘上，把裤管的带从新缀过，缀得越紧越好。我知道了！他原来是以裤裆为临时储藏库的！人这件东西，真是千态万状的怪物！他们的生活样式，无奇不有。甚至有以裤裆为临时储藏库的人！于是我猜谅他把我们塞在这墙洞里，这里大约是他的正式储藏库了。虽然有臭气，但可看野景，我倒欢喜。可是事实不然：他缀好了脚带，就把我们二人从墙洞中取出，把我的兄弟藏在他的衣袋里，拿了我走到毛厕外面的溺鬏边，蹲下去，掀开鬏边的一块砖头，把我压在砖头底下。这里又潮，又暗，又臭，我想大声呼救。但砖头已把我紧紧地压住，我不能作声了。

我气得睡着了。醒来时，看见那癞头正在取我出来，同时对一个方头胡子说："我只有这一角大洋了。不过，我现在只能先还你半角，请你找我十七个铜板，让我买碗夜粥吃吃。大家老朋友了！"方头胡子见了我，立刻

争夺的结果，算我倒运：我被腰斩为两段！

上前来夺，同时凶狠地说："贼癫痫！欠了人铜钱不还，却自己喝酒，又把余钱储藏在这里？拿过来，这张角票还了我再说。你的库房一定不止这一处。让我再打一顿，好教你再说出来。"就一手来打他的癫头皮，一手来夺我。争夺的结果，算我倒运：我被腰斩为两段！痛苦万状！我拼命地喊："救命！救命！你们欠钱，关我小钞票啥事体！为什么腰斩了我？"他们不来理我。方头胡子使劲地在癫头上打了几下，我的下半身终于归到方头胡子手里。他把我两半身叠起来，折好，塞在衣袋里，骂着"贼癫痫！"去了。

　　我被腰斩了，放在方头胡子的衣袋里，半死半活，不省人事。后来我渐渐苏醒，觉得自己的身体仰卧在平稳的地方，有人正在抚摩我。我想大约已经躺在医院里的病床上，有医生正在为我接骨了。我心中安慰些。但是，为什么我的上半身仰天而下半身合扑呢？张开眼睛一看，原来那医生就是方头

方头胡子用右手的小指甲，向自己的牙
齿上括下齿粪来，涂在两个小纸条上

胡子。他正在用右手的小指甲，向自己的牙齿上括下齿粪来，涂在两个小纸
条上。我又不解其意，心想难道这种龌里龌龊的东西可以当药的么？难道他
要把这些纸条贴到我的身上来？没有想完，果然不出所料，他拿起涂着一层
浓厚的齿粪的小纸条来，要贴到我的腰际来。我拼命地喊："我的下半身合
扑着，快给我翻转来！"但他已经贴牢，用掌心重重地敲我三下。又把我的
身体翻转，用另一纸条贴在我的背上，又重重地敲我三下。然后说一声"好！"
把我放在灶山上。我扭着身体躺着，看见灶头，回想起贵林嫂家的炮烙之灾
来。我觉得，与其在此做残废者，不如早些儿在贵林嫂家的灶里烧死了。

平生所闻的臭气，不少了：朱荣生鞋底上的鸡粪臭，他的脚臭，他枕头
底下的焦黄小乌龟臭，糙胡子袋角里的焦黄小粒子臭，癫头的裤裆臭、毛厕
臭、溺甏臭。但臭之难当，无过于方头胡子的齿粪了！这种臭带着腥气，好

方头胡子把我粘接好后，就拿我买一
包仙女牌

像夏天的死鱼的气味；又带着酸味，好像没有放石炭酸的陈腐的糨糊气。别
人"腰缠万贯"，我却腰缠了这种臭东西！但是说也奇怪，我的腰果然被接
好了。在灶山上烘了一会儿，愈加牢了。方头胡子把我拿下来，两手执住我
的头和脚，拉了两下，说："好！蛮牢蛮牢！"就拿我到门口，递给一个浓
眉小眼而臂上挂着篮的人，向他买一包仙女牌。那人看看我，摇摇头，说：
"这票子用不来。"方头胡子拍拍胸部，说："用不来包退包换！"那小眼
睛终于接受了我，把我塞在他的篮底里。

　　我听了方头胡子和小眼睛所说的"用不来"一句话，心中十分悲伤。回
想当日何等体面，何等光荣！不料今日弄得浑身臭秽，半身不遂，甚至被人
说"用不来！"正在悲伤，忽被从篮底取出。但见天色已黑，小眼睛坐在一
只板桌旁边。桌上放着洋油灯、他的贩卖篮，和一个空盆、一双筷、一只空

小眼睛拿我的脚到洋油火上去烧

酒杯，和一只空酒桶，倒立在桌边上。他把我取在手中，看了一回，就骂我："妈的，半斤酒一刹刹就喝完。只剩你这张破钞票，现在要派你去添酒了。"忽然他把我在桌子上用力一掷，大骂起来："妈的，我辛苦地跑了一天，喊了一天，只赚得你这个破东西！我在为你受苦！我一生一世吃了你的亏！这会你在我手里了，请你吃点苦头去。我要你的命！"他就拿我的脚到洋油火上去烧。我痛极大叫："冤枉！冤枉！不关我事！"但他烧了我的右脚，再烧左脚，再烧右臂，再左臂。我的腰已经扭转，如今四肢都残缺了。

他烧好了，把我丢在地上，地上有许多肉骨头，大约是刚才他下酒时抛下来的。我用一根肉骨头当枕头卧了，想静养一会儿。听见小眼睛还是怒气冲冲地在骂我："妈的！我要你的命！屋漏水打湿了一包香烟，蚀耗了十一只板。昨天偷脱两包酥糖，又是蚀耗了十四只板。"我伏在地轻轻地说："不

小眼睛一边骂一边用脚踏我

我醒来时，看见一个老婆婆用一条纸贴在我身上

关我事！"他继续骂："妈的，我要你的命！冬衣当光了！糕饼店里的一块二角讨得真凶，新货定要现交！工厂里倒出来的人都做小贩，生意被他们抢光了！"我又伏在地上轻轻地说："不关我事！"他用手指着了我，再继续骂："妈的，我要你的命！你为什么不肯到我这里来？你多来几个，我不致吃这等苦头！你害了我终身！我要你的命！"他立起身来了。我想大喊"不关我事"，他已经用脚在我身上乱踏。一边骂，一边踏，踏得我的头和脚都豁裂，我痛得晕去了。

　　我醒转来，看见自己躺在一张桌子上，身旁放着糨糊和剪刀，一个老婆婆戴着眼镜，在那里救治我的头和脚的破裂。她刚才用一条纸，从头至踵，贴在我身上。一边向墙角里藤椅上的老头子说："隔壁的小眼睛阿二吃得烂醉，又来打酒，用了张破钞票进来。我要同他掉，他说没有了，用不掉包退包换。这张票真破得厉害。黑得字也看不出了。别人已经补过一根横条，

阿芳来酒店里买酒，提我起来一看，
说："这票子不大好用呢。"

我再补一根直条上去。弄得纸头多，钞票少了，哈哈。"说着，把我翻转来，再用一条纸贴到我的背上去。老头子衔着旱烟筒，独语似的说："阿二这东西，不知哪里去弄这种破东西来！明天我给主顾罢。用不脱，定规同他掉！"他慢慢地走向老婆婆这边来。这时老婆婆已把我补好，摊在灯下。老头子提起我来，到灯光底下细看了一会儿，说："下半张还是反转贴的！三八一五八八。"又翻转来看，念道："三八一五八八，号子倒没有错。"他放下我，踱开去，一面说："只要好用，还不是一样的。"

我在酒店老婆婆的抽斗角里，昏昏沉沉地睡了一夜。次晨醒来，听见旁边有女人的声音在那里吃吃地笑。一看，原来是面孔上曾盖"昌"字印子的姊姊。她的圆圆的脸已揩得雪白，坐在我身旁，用下腭向我冷笑。我低下了眼睛。她却开口问我："小弟弟，你的新衣裳呢？"我羞得满面通红，低头不语。她又说了："我以为你的新衣裳永远不破不旧了！"我愤怒起来，厉声质问她："我在受难，你还要嘲笑我！"她难为情起来，就来安慰我，抚摩我的痛处。我睡着了。晚快醒来，这姊姊已不知去向。过了一会儿，老婆婆拿我出来，递给一个工役样子的男人。他手中拿着一瓶酒，立在柜边等我。他见了我，提起我来一看，还给老婆婆，说："这张票子不大好用呢，你找我铜板罢。"老婆婆缩着头颈，笑着说："阿芳哥，铜板没有了。这票子好用的！我们也是主顾用进来的。破有啥要紧，只要值三十五个铜板，还不是一样的！"阿芳向我再看一会儿，拿了我出门，回头又喊一声："倘然东家不要，我要来掉呢！"老婆婆说："好的，好的。东家一定要的。"

　　阿芳拿了我走进一家人家，我觉得这地方很稔熟，但一时记不起来。他把我递交一位洋装先生，一面说："酒店里的老太婆定要找我一张破角票，我说不好用要来掉的。"洋装先生笑嘻嘻地伸手接了我。我方才认识，他就是张先生，文彬的父亲。我悲喜交集，一时说不出话来。张先生又像看信一般，用两手把我提高，念道："一张破钞票！中国农民银行的！下半张还是反转贴的！不知它游了几多地方？经过了哪些人的手？"他的女儿慧贞跑过来，仰起头看我的背部，说道："咦！这张也算钞票！"恰好文彬放学回家，听见了他姊姊的话，就背了书包赶过来，向我一看，也说道："咦！这张也算钞票！"张先生突然问他："阿彬，前会我给你的一张新钞票呢，崭新崭新的一张？"阿彬想了一想，蹙紧小眉头说："我夹在画贴里，后来翻不着了！"张先生用指头点点他，说："我晓得你要失去的。"慧贞笑着问他："你想积起来买飞机，航空救国呀！你救了什么？"阿彬白她一眼。她挺起眼睛回想一下，说道："可惜！很美丽的一张！像爸爸的图案画稿！如今不知到哪里去了！"阿彬也挺起眼睛想了一会儿，接上去说："上

张先生用图画钉把我钉在他书室中的墙上

面还有字。中,国,农,民,银,行……壹角,壹角,壹角……细来! 清爽来! 多来! 如今不知到哪里去了!"两人耽于回想的欢喜中,脸上现出同样的微笑来。我已悲愤填胸,听到这话,大声叫喊:"我就是那张新钞票呀! 你们怎么不认识我?"但是他们听不见。慧贞还是在说:"唉! 那张新钞票不知到哪里去了!"又指着我对文彬说:"这张你也要了去吧!"文彬摇摇头说:"我不要它!"我又大声叫喊:"我就是你的新钞票呀!"但是他始终没有听见。

张先生对着我沉思了一会儿,又说:"不知它游了几多地方? 经过了哪些人的手?"就用图画钉把我钉在他书室中的墙上,他的图案原稿的旁边。我的残躯总算得了休养之所。

廿四〔1935〕年十月十二日

文明国[1]

一

文儿和明儿到山中去采花果。文儿采了一袋果子，明儿采了一篮花。果子很甜，花很香。

---

[1] 1944 年 3 月作家书屋初版，"儿童文库"第一种。

二

　　忽然警报响了。柱子上挂起两个红球来。文儿和明儿发见山中有一个洞，
就赶快进洞去躲避。

三

　　这洞很深，而且弯弯曲曲。文儿和明儿走了一回，忘记来路，回不出来。幸而文儿身上有火柴，可以照路。两人向前走。肚子饿了，吃果子。疲倦了，嗅嗅花的香气。

四

　　烧完了一盒火柴，吃完了一袋果子，方才走到洞口，但不是进来的洞口。却是另一个洞口。远远看见许多旗子。旗子上都有一个 G 字。

五

　　许多穿长衣的人走来看文儿和明儿。原来这地方叫作"善山"，是另一
个国土，和我们向来不交通。善山的山长看见文儿和明儿，很爱他们。他们就
住在善山的山长家里。

六

　　这善山中的人，真是异怪：有一天，山长正在和文儿、明儿谈话，忽然他的头上痛起来。他说："赶快去查，我的国土里一定有一个人头上受伤了。"

七

　　出去一看，果然有一个小孩在树旁跌了一跤，把头撞在树根上，正在喊痛。原来这国土里的人，凡有一个人害痛，大家觉得痛。

八

又有一次，善山的山长正在和文儿、明儿谈笑，忽然他的背上痒起来。文儿、明儿就给他搔痒。他说："赶快去查，我的国土里一定有人被蚊虫咬了。"

九

　　出去一查，果然有一个孩子睡着，没有放下蚊帐，两只蚊子正在咬他的背脊。原来这国土里的人，凡有一人害痒，大家都觉得痒。

十

又有一天，山长刚吃过晚饭，就觉得肚饥，非常的饥。他说："赶快去查，我的国土内一定有人没有吃饭。"

十一

　　出去一查，果然有一个孩子爬到山下海边去玩，爬不上来，坐在海边上挨饿。原来这国土里的人，凡有一人挨饿，大家觉得饿。

十二

又有一天，山长口干，要吃茶。吃了一大壶，还是口干。他说："赶快去查，我的国土内一定有人口渴。"

十三

　　出去一查，果然有一孩子，因为口渴，爬上树去采果子吃，岂知果子一个都没有，他却爬不下来。太阳很大，他坐在树上哭。原来这国土里的人，凡有一人口渴，大家觉得口渴。

十四

　　文儿和明儿在善山的国土里住了几天，想回家去，山长说："海的那边，还有一个国土，我派人摇船载你们去玩过，然后回家。"

十五

　　文儿和明儿在船中望见那国土的旗子，上面有一个 T 字。到了那国土，看见许多方头的人胸前都挂着一面心形的镜子。这国土叫作"真山"。真山的山长很爱文儿和明儿，叫他们住在他家里。

十六

　　有一天，真山的山长正在和文儿、明儿谈话，他胸前的镜子里显出一杯茶来。这表示他想喝茶了。原来这国土里的人，凡心中想什么，镜中就显出什么，不能瞒人。

十七

又有一天，真山的山长正在和文儿、明儿谈笑，他胸前的镜子里显出一碗饭来，文儿和明儿知道他想吃饭了，就请他吃过饭再讲。

十八

    文儿和明儿走到山外去玩，看见一个农人急急忙忙地走，他的镜中显出一只鸭子。文儿、明儿知道他找鸭子，就帮他去找。

十九

　　文儿和明儿走到街上去玩，看见一个工人急急忙忙地走，他的镜中显出一把斧头。文儿和明儿知道他找斧头，就帮他去找。

二十

　　文儿和明儿到山中采苹果回来，看见一个方头的男孩子，镜子里显出苹果，知道他是想吃苹果，就送他一只。

廿一

　　文儿和明儿到海边去采花回来，看见一个方头女孩子，镜子里显出一朵花，知道她想要花，就送她一朵。

廿二

　　真山的山长拿两面镜子来挂在文儿和明儿的胸前，镜子里都显出一间房子来。山长知道他们想回家了。

廿三

山长说："你们想回家了，我用降下伞送你们去。因为山洞很难走。今天有风，这风叫作'仁风'，你们就可乘风归去。"

廿四

　　文儿和明儿回国，连忙到学校里把在真山和善山里所见的向全体同学宣传。同学很感动，向国内大众宣传。大众很感动，大家设法仿造那种衣服和镜子，后来果然成功了。国中的人就都同那两山中的人一样，大家不欺骗人，大家痛痒相关。这国因为是由文儿和明儿改良的，就叫作"文明国"。从此敌人不敢来侵犯，国内就没有警报，永远平安了。

博士见鬼

吃糕的话——代序

我小时候要吃糕,母亲不买别的糕,专买茯苓糕给我吃。很甜,很香,很好吃。后来我年稍长,方才知道母亲专买茯苓糕给我吃的用意:原来这种糕里放着茯苓。茯苓是一种药,吃了可以使人身体健康而长寿的。

后来我年纪大了,口不馋了,茯苓糕不吃了;但我作画作文,常拿茯苓糕做榜样。茯苓糕不但甜美,又有滋补作用,能使身体健康。画与文,最好也不但形式美丽,又有教育作用,能使精神健康。数十年来,我的作画作文,常以茯苓糕为标准。

这册子里的十二篇故事[1],原是对小朋友们的笑话闲谈。但笑话闲谈,我也不欢喜光是笑笑而没有意义。所以其中有几篇,仍是茯苓糕式的:一篇故事,背后藏着一个教训。这点,希望读者都乐于接受,如同我小时爱吃茯苓糕一样。

一九四七年九月二十日子恺于西湖记

---

[1] 原书《大人国》分两篇,故此处说是十二篇故事。本书在此基础上又新增了《姚晏大医师》等七篇文章。

博士见鬼

　　林博士，是研究数学的人。他曾经留学西洋，发明一个数学定理，得到国际学术研究会的奖。回国以后，他在国立大学当理学院院长，一方面继续研究。他是一个光明正大的科学家。然而他曾经看见鬼，而且吃了鬼的许多苦头。你们倘不相信，请听我讲来。

　　林博士回国后，就同一位王女士结婚。这王女士也是研究数学的，曾在大学数学系毕业，成绩十分优良。两人志同道合，夫妻爱情比海更深。博士曾对他的太太说："倘没有了你，我不能继续研究。"太太也说："倘没有了你，我不能做人！"两人爱情之深，由此可以想见。

　　哪里晓得结婚的后一年，林太太忽然生病，是一种伤寒症，非常沉重，百计求医，毫无效果。眼见得生命危在旦夕了。有一天，林博士坐在病床上摸她的脉搏，觉得异常微弱，吃惊之下，掉下泪来。王女士看见了，心知绝望，悲伤之余，紧握林博士的手，呜咽起来。林博士安慰她。她和泪说道："我这病不会好了……我死后，你……"说不下去了。林博士感动至极，接着说："你一定会好的。

假定你真个死了，我永远不再结婚。"两人默默地哭泣，不久之后，林太太果然一命呜呼，与林博士永别了。林博士抱着林太太的尸体，号啕大哭，他用嘴巴贴着林太太的耳朵，哀哀地告道："我永远为你守节！我永不再和别人结婚，请你安眠在地下等候我吧！"旁边的人都揩眼泪。

　　林太太死时，正是阴历年底。林博士忙着办丧葬，一直忙到开年，方始了结。林博士鳏居，起初很悲伤，后来渐渐忘情，哀悼也淡然了。过了一二个月，独行独坐，独起独卧，觉得非常寂寞。他渐渐感到没有太太的苦痛了。后来，觉得饮食起居，一切日常生活，都非常不便。他渐渐感到没有太太的不合理了。他不免向亲戚朋友诉说独居的苦处。亲戚朋友就劝他续弦。他想起了王女士临终时他所发的誓言，起初坚决否定。后来他想，人已经死了，对她守信，于她毫无益处，而于我却实在有碍。这可说是愚笨的、不合理的行为。况且她生前如此爱我，死而有知，一定也不愿意叫我独居受苦。我死守信用，反而使她在地下不安。……他的心念一转，就决意续弦。其实他是科学家，根本不相信有鬼的。

　　亲戚朋友介绍亲事的很多，他终于爱上了一位李女士。清明过后，就是他的前太太王女士死后约三个月，他就和李女士结婚。李女士是大学教育系毕业的，循规蹈矩，非常贤淑，当一个著名学者的太太，是最合格的。两人情爱，又是很深。但在林博士方面，对后妻的爱，终不似对前妻的爱那样纯全。他每逢欢喜的时候，往往忽然敛住笑容，陷入沉思；或者颦眉闭目，若有所忧。晚上睡梦中，他又常常呓语，语音悲哀、沉痛，甚至呜咽。李女士推他醒来，问他做什么噩梦，他总笑着说："没有做噩梦，不知怎的会梦呓。"

林博士这种忧愁和梦呓,后来越发增多,使得李女士惊奇。李女士屡次盘问他有何心事。他起初总是推托没有心事,后来自己觉得太苦,就坦白地说了出来:"不瞒你说,我的前妻临终时,我曾对她起誓:永不再娶。后来我背了誓约,和你结婚。我想起此事心甚抱歉。最近的忧愁和梦呓,便是为此。"

　　李女士是十分贤淑的人,一听此话,大为惊骇。她是循规蹈矩的人,以为失信背约,是一大罪恶。她又是半旧式女子,不能完全破除迷信,就疑心林博士的忧愁和梦呓,是前太太的鬼在作祟。她就后悔,自己不该和林博士结婚。因此想起,前太太的鬼对她一定也很妒恨。她怕极了! 从此她也常常忧愁,常常梦中哭喊。从此林博士夫妇二人,常常见鬼。有一天晚上,李女士看见门角落里仿佛有一只面孔,正与王女士的遗像相似。有一天晚上,电灯熄了,她仿佛看见一个女人走上楼梯,忽然不见了。又有一天半夜里,她同林博士共同听见一个女子的啜泣声,林博士说声音很像他的前妻的。又有一天半夜里,二人同时从梦中惊醒,因为大家梦见王女士披头散发,血流满面,来拉他们二人同到阴司去。……幸福的家庭,变成了忧愁苦恨的牢狱!

　　年关到了。王女士逝世,已经周年。冬至那一天晚上,林博士夫妇二人请和尚来诵经;在灵座前,二人虔诚地膜拜。李女士拜下去,口中喃喃有词,意思是向死者道歉,请她原谅她误嫁林博士的罪过。林博士默默祷告,请死者原谅他的背约。和尚诵经到夜深始散。

　　次日早晨,李女士走到灵前,"啊哟"惊叫一声,全身发抖,倒在椅上。林博士追出来看,李女士用手指着灵座,不作一声。一看,原来灵座上的纸

冬至那一天晚上，林博士夫妇二人请和尚
来诵经；在灵座前，二人虔诚地膜拜

牌位已经反身，写着"先室王某某女士之灵位"的一面向着墙壁了！这在李
女士看来，明明是死者的显灵，表示痛恨他们，不受他们的道歉，不要看他
们。终于两人恭敬地将牌位反过来，点上香烛，又是虔诚地膜拜。

谁知第二天早晨，纸牌位又是面向墙壁了！毕生研究科学而不信鬼的林
博士，这回也信心动摇起来。他小心地将纸牌位旋转，然后上香烛，二人双
双跪下，一拜，再拜。

原来邻家打米，使地皮震动；地皮影响到桌子，使桌子也震动，桌子影响到纸牌位，使纸牌位跟着跳动

岂料第三天早晨，纸牌位又是面向墙壁了！二人又把它扶正，又是焚香礼拜。此时林博士已确信有鬼，李女士更不消说。从此以后，二人见鬼更多，一切黑暗的地方，都有王女士的脸孔，而且相貌狰狞。李女士忧惧过度，寝食不调，不久竟成了病。医生说是心脏病，只要营养好，可以康复。但李女士在病床上日夜见鬼，吓也吓饱了，哪有胃口去吃参药粥饭？因此，身体越弄越瘦，病势越来越重。病了一春一夏，病到这一年的秋末冬初，李女士又是一命呜呼！临终时连声地喊："来讨命了，来讨命了！"

前妻的灵座还没有撤除，第二妻又死。林博士堂前设了两个灵座，两个纸牌位。这一年又到冬至，照例又祭祀。和尚经忏散后，林博士独自在灵堂前，看看两个灵座，觉得这两年来好似一场恶梦，现在方始梦醒。他想，我毕生研究学术，读破万卷，从未知道鬼神存在的理由。难道世间真有鬼吗？他发一誓愿：我今晚不睡，在两妻的灵前坐守一夜。倘真有鬼，即请今晚显灵，当面旋牌位给我看！

　　他正襟危坐在灵前荧荧的烛光之下，注视两个纸牌位，目不转睛。夜深了，鸦雀无声，但闻邻家农夫打米的声音。这地方农夫很勤谨，利用冬日的夜长，冬至前后必做夜工。林博士耳闻打米"砰，砰"之声，眼看两个牌位。他忽然兴奋，立起身来。因为他亲眼看见两个纸牌位在桌上一跳一跳地转动。每一跳与打米的每一"砰"相合拍，而转动的速度很小，与时表上长针转动的速度相似。于是他明白了：原来邻家打米，使地皮震动；地皮影响到桌子，使桌子也震动；桌子影响到纸牌位，使纸牌位跟着跳动。又因桌子稍有点儿倾斜，故纸牌位每一跳动，必转变其方向；转得很微，每次不过一度的几分之一。然而打米继续数小时，振动不止千百次，纸牌位跳了千百次，正好旋转一百八十度，便面向墙壁了。

　　林博士恍然大悟，他拍着灵座，大声地独白："鬼！鬼！原来逃不出物理！"继续又慨叹道："倘使去年就发现这物理，我的后妻是不会死的！她死得冤枉！"

〔1947 年〕

伍元的话①

　　我姓伍，名元。我的故乡叫作"银行"。我出世后，就同许多弟兄们一齐被关在当地最高贵的一所房屋里。这房屋铜墙铁壁，金碧辉煌，比王宫还讲究。只是门禁森严，我不得出外游玩，很不开心。难得有人来开门，我从门缝里探望外界，看见青天白日，花花世界，心中何等艳羡！我恨不得插翅飞出屋外，恣意游览。可是那铁门立刻紧闭，而且上锁。这时候我往往哭了。旁边有个比我年长的人，姓拾，名字也叫元的，劝慰我说："不要哭，你迟早总有一天出门的。你看，他们给你穿这样新的花衣服，原是叫你出外游玩的。耐心等着，说不定明天就放你出去了。"我听从这位拾大哥的话，收住眼泪，静候机会。

　　果然，第二天，一个胖胖的人开了铁门，把我们一大群弟兄一齐拉了出去。"拾大哥再会！"我拉住胖子的手，飞也似的出去了。外面果然好看：

---

① 本篇曾载 1947 年 2 月《儿童故事》第 3 期。

各式各样的人，各式各样的景致，我看得头晕眼花了。不知不觉之间，胖子已把我们一群人交给一个穿制服的人。这人立刻把我关进一个黑皮包中，我大喊："不要关进，让我玩耍一会儿！"但他绝不理睬，管自关上皮包，挟了就走。我在皮包内几乎闷死！幸而不久，皮包打开，那穿制服的人把我们拖出来，放在一个桌子上。我看见桌子的边上有一块木牌，上写"出纳处"三字。又看见一堆信壳，上面印着"中心小学缄"五个字。还有一只铃，闪亮地放在我的身旁。我知道，他是带我们来参观学校了。我想，他们的操场上一定有秋千、浪木和网球、篮球，倒是很好玩的！谁知他并不带我们去参观，却把我们许多弟兄们一一检点，又把我们分作好几队：有的十个人一队，也有八个人一队、六个人一队……只有我孤零零地一个，被放在桌子的一旁。

"这是什么意思？"我一边看那人打算盘，一边心中猜想。忽见那人把我们的弟兄们，一队一队地装进信壳里，且在每个信壳上写字。只有我一人未被装进，还躺在桌上看风景。我很高兴，同时又很疑惑。那人在每个信壳上写好了字，就伸手按铃。"叮叮叮叮……"声音非常好听！我想，他大约对我特别好，要和我一起玩耍了。岂知忽然走来一个麻子，身穿一件破旧的粗布大褂，向那人一鞠躬，站在桌旁了。那人对麻子说："时局不好，学校要关门。这个月的工钱，今天先发了。"就把我交给他，又说："这是你的。你拿了就回家去吧。校长先生已经对你说过了吗？"那麻子带了我，皱着眉对那穿制服的说："张先生，学校关了门，教我们怎么办呢？"那人说："日本鬼子已经打到南京了，你知道么？我们都要逃难，大家顾不得了。你自己想法吧！"麻子哭丧着脸，带我出门。

麻子非常爱护我。他怕我受寒，从怀中拿出一块小小的毛巾来，把我包裹。嘴里说："可恶的日本鬼，害得你老子饭碗打破。这最后的五块钱做什么呢？还是买了一担米，逃到山乡去避难吧。"我在他怀里的温暖的毛巾内睡觉了。等到醒来，不见麻子，只见一个近视眼，正在把我加进许多弟兄的队伍里去。旁边坐着一个女人，愁眉不展，近视眼一面整理我们的队伍，一面对那女人说："听说松江已经沦陷，鬼子快打到这里来了。市上的店都已关门，我们只好抛弃了这米店，向后方逃难。但是总共只有这点钱（他指点我们），到后方去怎么生活呢？"这时候我才明白：人们已在打仗，而逃难的人必须有我们才能生活。我很自傲！我不必自己逃难，怕他们不带我走？怕他们不保护我？我又睡了。

我睡了一大觉醒来，觉得身在一个人的衣袋里，这衣袋紧贴着那人的身体，温暖得很。那人在说话，正是那近视眼的口音："听船老大说，昨天这路上有强盗抢劫，一船难民身上的钞票尽被搜去，外加剥了棉衣。这怎么办呢？"他说时用手把我们按一按。又听见一个女人的声音，低声地讲些什么，我听不清楚。但觉一只手伸进袋来，把我和其他许多弟兄拉了出去。不久，我们就分散。我和其他三个弟兄被塞进一个地方，暗暗的，潮湿的，而且有一股臭气的地方。忽然上面的一块东西压下来，把我们紧紧地压住。经我仔细观察，才知道这是脚的底下，毛线袜的底上！我苦极了！那种臭气和压力，我实在吃不消。我大喊"救命"，没有人理睬。我昏昏沉沉地睡着了。

我醒来，发现我和其他许多同伴躺在油盏火下的小桌上。那近视眼愁眉不展地对那女人说："听说明天的路上，盗匪更多，怎么办呢？钞票藏在脚

"我们把粽子挖空，把钞票塞进，依旧裹好，提着走路。强盗不会抢粽子的。"

底下，也不是办法。听说强盗要搜脚底的。"女人想了一会儿，兴奋地说："我有好办法了。我们逃难路上不是带粽子吗？我们把粽子挖空，把钞票塞进，依旧裹好，提着走路。强盗不会抢粽子的。"两人同意了。女的就挖空一只粽子，首先把我塞进，然后封闭了。这地方比脚底固然好些。糯米的香气也很好闻。可是弄得我浑身黏湿，怪难过的！我被香气围困，又昏沉地睡着了。

一种声音将我惊醒，原来他们又在打开我的粽子来了。但听那女人说："放在这里到底不是久长之计。路上要操心这提粽子，反而使人起疑心，况且钞票被糯米粘住，风干了展不开来，撕破了怕用不得。你看，已经弄得这样了！据我的意思，不如把钞票缝在裤子里。强盗要剥棉衣，裤子总不会剥去的。还是这办法最稳妥。"两人又同意了。我就被折成条子，塞进一条夹裤的贴边里，缝好。近视眼就穿了这裤子。其他同伴被如何处置，我不得而知了。这里比粽子又好些；可是看不见一点风景，寂寞得很！我只是无昼无夜地睡。

这一觉睡得极长，恐怕有四五年！我醒来时，一个女人正在把我从夹裤的贴边里拉出来，但不是从前的女人，却是一个四川口音的胖妇人了。她一边笑着说："旧货摊上买一条夹裤来，边上硬硬的，拆开一看，原来是一张五元钞票！"把我递给一个红面孔男人看。男人接了我，看了一会儿，说："唉，想必是逃难来的下江人，路上为防匪劫，苦心地藏在这裤子里，后来忘记了的。唉，这在二十六年（指一九三七年），可买一担多米呢！但是现在，只能买一只鸡蛋！可怜可怜！"他把我掷在桌上了。我听了这话，大吃一惊。我的身价如此一落千丈，真是意外之事！但也有一点好处：从此没有人把我藏入暗处，只是让我躺在桌上，睡在灯下，甚或跌在地上。我随时可以看看世景，没有以前的苦闷了。

有一天，扫地的老太婆把我从地上捡起，抖一抖灰尘，说："地上一张五元票，拿去买开水吧！"就把我塞进衣袋中。我久已解放，一旦再进暗室，觉得气闷异常！我打着四川白说："硬是要不得！"她不听见。幸而不久她就拉我出来，交给一个头包白布、手提铜壶的男人。这男人把我掷在一只篮子里。里面已有许多我的同伴躺着、坐着或站着。我向篮子外一望，真是好看！许多人围着许多桌子吃茶，有的说，有的笑，有的正在吵架，我从来没有见过这样热闹的光景,我乐极了!我知道这就是茶店。我正想看热闹,那头包白布、手提铜壶的男人把我一手从篮中拉出,交给一个穿雨衣戴眼镜的人,说道:"找你五元!"那人立刻接了我,把我塞入雨衣袋里。从此我又被禁闭在暗室里了!无聊至极,我只有昏睡。

这一觉又睡得极长,恐怕又有四五年!一只手伸进雨衣袋内,把我拉出,我一看这手的所有者,就是当年穿大衣戴眼镜的人。他笑着对一青年人说:"啊!雨衣袋里一张五元钞票!还是在后方时放进的。我难得穿这雨衣,就一直遗忘了它,到今天才发见!"他把我仔细玩弄,继续说:"不知哪一年,在哪一地,把这五元钞票放进雨衣袋内的。"我大声地喊:"在四五年之前,在四川的茶店内,那头包白布、手提铜壶的人找你的!"但他不听见,管自继续说:"在抗战时的内地,这张票子有好些东西可买(我又喊:"一只鸡蛋!"他又不听见),但在胜利后的上海,连给叫花子都不要了!可怜可怜!"坐在他对面的青年说:"我倒有一个用处,我这桌子写起字来摇动,要垫一垫脚。用砖瓦,嫌太厚,把这钞票折起来给我垫桌子脚,倒是正好。"他就把我折叠,塞入桌子脚下。我身受重压,苦痛得很!幸而我的眼睛露出在外面,可以看看世景,倒可聊以解忧。

我白天看见许多学生进进出出。晚上看见戴眼镜的人和青年睡在对面的两只床铺里。我知道这是一个学校的教师宿舍,而这学校所在的地方是上海。原来我又被从四川带回上海来了。从戴眼镜的人的话里,我又知道现在抗战已经"胜利";而我的身价又跌,连给叫花子都不要,真是一落万丈了!想到这里,不胜感叹!

麻伯伯住在大门口一个小房间内，门上有一块木牌，
上写"门房"二字

　　我的叹声，大约被扫地的工人听见了。他放下扫帚，来拉我的手。我仔细一看，大吃一惊：原来这人就是很久以前拿我去买一担米的那个麻子！他的额上添了几条皱纹，但麻点还是照旧。"旧友重逢"，我欢欣至极，连忙大叫："麻子伯伯，你还认得我吗？从前你曾经爱我，用小毛巾包裹我，后来拿我去换一担米的！自从别后，我周游各地，到过四川，不料现在奏凯归来，身价一落万丈，连叫花子都不要我，只落得替人垫桌子脚！请你顾念旧情，依旧爱护我吧！"他似乎听见我的话的，把我从桌子脚下拉出来，口中

嗬嗬地说："罪过，罪过！钞票垫桌脚！在从前，这一张票子可换一担白米呢！我要它！"他就替我抖一抖灰尘，放在桌上；又用粗纸叠起来，叫它代替了我的职务，他扫好了地，带我出门。

麻伯伯住在大门口一个小房间内，门上有一块木牌，上写"门房"二字。里面有桌椅、床铺。床铺上面有一对木格子的纸窗。麻伯伯带我进门，把我放在桌上。他坐在床上抽旱烟。一边抽，一边看我。后来他仰起头来看看那纸窗上的一个破洞，放下旱烟袋，拿出一瓶糨糊来。他在窗的破洞周围涂了糨糊，连忙把我贴上，嗬嗬地说："窗洞里的风怪冷，拿这补了窗洞，又坚牢，又好看。"窗洞的格子是长方的。我补进去，大小正合适。麻伯伯真是好人！他始终爱护我，给我住在这样的一个好地方。我朝里可以看见麻伯伯的一切行动，以及许多来客，朝外更可以看见操场上的升旗、降旗、体操和游戏。我长途跋涉，受尽辛苦，又是身价大跌，无人顾惜，也可以说是"时运不济，命途多舛"了！如今得到这样的一个养老所，也聊可自慰。但望我们宗族复兴起来，大家努力自爱，提高身份，那时我就可恢复一担白米的身价了。

卅五〔1946〕年十二月十三日于南京

自流井

四川省西部，有一个地方，叫作自流井

一篑之功①

　　古人有一句话，叫作"为山九仞，功亏一篑"。就是说造一座山，已经造到九仞（八尺）高了，再加一篑泥土，山就成功。一篑就是一畚箕，缺乏这一点就不成山。故凡事差一点点就不成功，叫作"功亏一篑"。譬如小学六年毕业，你读了五年半不读了，便是"功亏一篑"，这一篑之功，是很大的！

　　我逃难到大后方，曾经听见一件"一篑之功"的故事，现在讲给小朋友们听听：

　　四川省西部，有一个地方，叫作自流井。这地方产盐有名。我曾经去参观过自流井的盐井。我们海边上的人，从海水中取盐。他们山乡的人，

---

① 本篇曾载 1947 年 1 月《儿童故事》第 2 期。

古人有一句话，叫作"为山九仞，功亏一篑"。就是说造一座山，已经造到九仞（八尺）高了，再加一篑泥土，山就成功

从井中取盐。但这井不是随地可开的，只有自流井等地方可开。这井的口，不是同普通井这么大的，只有饭碗口大小。但是深得很，有数十丈的，有数百丈的。用一个长竹筒，吊下井去。吊到井底，竹筒里便灌满了盐水。拉起竹筒来，把盐水放出，用火烧干，便成为盐。竹筒数分钟上下一次，每天每井出产的盐，很多很多！自流井地方共有数百口盐井。所以盐的产量，非常之大！抗战期间，海边被敌人封锁，没有盐进来。大后方的大部分人民的食盐，是全靠自流井等处供给的。每个盐井上面，建立一个很高的架子，是挂竹筒用的。自流井地方有几百个架子，远望风景很好看。

在讲故事之前，我们必须先讲盐井的掘法。要掘盐井，先须请内行专家来看地皮，同看风水一样。专家说：这地下有盐，就可以开掘。但他的话不一定可靠。因为多少深的地方有盐水，是说不定的。究竟有没有盐水，也是说不定的。所以掘盐井竟是一桩冒险的事业。你要晓得，掘井的工夫很大：饭碗大小的一个洞，要打下数十百丈深，必需许多人，用许多工具，费许多日子，慢慢地打下去。打几个月，然后有分晓。如果打了几个月，果然有了盐水，那功就是成了。如果打了几个月，毫无盐水，这工夫就白费！自流井的地底下虽然多盐水，但并非可以到处开盐井。白费工夫的实在不少！

我到自流井游玩，本地的友人陪我去参观各大盐井。其中有一个产量最大的盐井，叫作"金钗井"。我问本地人，为什么叫"金钗井"，他们就告诉我一个奇离的故事。现在我转述给诸位小朋友听：

从前，自流井有一位寡妇。她的家境并不好，却有许多子女。她为子女打算，决定把所有财产变卖了，去请掘井专家来掘盐井。她想，如果掘得成功，子孙世世代代吃用不尽。于是她实行了：先请专家来看地；看定了地，再请掘井工人来动手。她每天供给工人工钱和饮食。掘了数十天，掘出来的只是石屑，并没有盐水。再掘下去，仍是石屑！掘了一百多天，总是不见盐水！工人告诉寡妇："老板娘，这工作没有成功的希望了，还是作罢，免得再白费金钱了！"老板娘不甘心，回答说："你们再掘三天吧。如果再掘三天没有盐水，我甘心作罢。因为我还有几匹布，可以卖脱了当作三天的工本。"工人依她的话，再掘三天。但盐水仍是没有。工人们再要求老板娘罢手。老板娘说："请你们再掘三天吧。我还有几担谷，可以卖脱了当作工本。"工人也依她的话，再掘三天。掘出来的依然是石屑，却没有盐水。

其实最后一天，老板娘卖谷的钱已经用完，伙食开不成了。但这寡妇是很仁慈而慷慨的。她觉得工人们很辛苦，最后一天非款待不可。于是她拔下头上的金钗来，典质了钱，去买酒和肉，来答谢工人们的辛苦。她说："掘井不成功，是我的命运不好之故，与你们无关。我仍要答谢你们的辛苦。"工人们吃了她金钗换来的酒肉之后，大家觉得感激和抱歉。这晚上，工头同工人们商量："我们替老板娘掘了几个月井，毫无成功。她白费了许多钱，又典金钗来请我们吃酒肉，实在太客气了。我的意思，我们从明天起，替她再掘三天，不要工钱，作为奉送。如果掘出盐水，大家欢喜，如果依然没有盐水，我们也对得起她了。你们意思如何？"工人们一致赞成。

于是工人们尽义务，再掘三天。第一天没有盐水，第二天又没有盐水。到了第三天的傍晚，忽然大量的盐水来了！工人们大家欢呼："老板娘万岁！"老板娘也欢呼："老司务万岁！"于是皆大欢喜。原来因为三天三天地延长，这井掘得特别的深，已经掘通了盐水的大源泉。所以盐水的产量特别的大。自流井所有的盐井都比不上它。于是这井就变成了自流井最大的一个盐井。这寡妇和她的子女因此发了大财，现在还是当地的一大财主呢。

因为寡妇典质金钗来款待工人，所以工人奉送三天。因为奉送三天，所以掘井成功。因此这井就称为"金钗井"。假使寡妇不典金钗来买酒肉款待工人，不会再延长三天。那么这盐井就变成"功亏一篑"了！由此可知：一篑之功，非常伟大！

有人说："这是善的报应。因为老板娘良心好，待人好，所以天公给她一个好的报应。"但我不喜欢这样说，我以为这完全是科学的问题与毅力的结果。假如地下真个没有盐水，即使工人们奉献十天，也是不成功的。地下真有盐水，人们真有毅力，就自然会成功了。小朋友们大概都赞成我的话吧。人类文明的进步，全靠科学，全靠毅力！

卅五〔1946〕年十月十八日在杭州作

油　钵①

古代，在南方的一个国家里，曾经有这样一个故事。

国王要选一个赤胆忠心的人来做宰相，为人民谋幸福。怎样选法呢？他确信凡专心致志、坚定不移的人，必定能够尽忠报国，成就大事。他就照这标准去选人。他找了很久，发现有一个小官，最为合格。但他不敢决定，还要考考他看。有一天，他做错了一件小事，国王大发雷霆，要办他的罪。那是个专制国家，不像我们的有法律，一切由国王作主。国王说要怎样，就怎样，没有人敢反对。那天，国王就对这小官说："你犯罪了！现在我要罚你做一件事：我有一钵油，你捧了这油钵，从国都的北门走到南门，路上只要不掉出一滴油，这样不但可以免罪，而且封你做宰相。如果掉出一滴油，立刻在当地斩首！"

---

① 本篇曾载 1947 年 10 月《儿童故事》第 11 期。

兵士把他押送到北门，他看见地上放着满满的一钵油，约有十余斤重。这一钵油，满到不能再满，钵的口上，几乎溢出来。油钵旁边站着一个刽子手，拿着一把闪亮的大刀。这刽子手是押送他捧油钵走路的。从北门到南门有二十里路。

　　这小官心想，这回一定死了！这样重而满的油钵捧着走几步，早已滴了；何况二十里，更何况这样闹热纷乱的街道！他最初觉得非常恐怖而且悲伤，后来他想：准备死了！但我要尽我平生之力去做这件难事。万一成功，还有活的希望。"尽人力以听天命！"

　　他下了这样的决心之后，就振作精神，走上前来，不慌不忙地双手捧起油钵，开始走路。最初，油面略起波浪，幸而没有滴出。他两眼注视油钵，绝不看别处！他两耳对于周围一切声音，如同不闻。总之，他全身之力，集中在油钵上，他心中只有一个"油"字，其他一概不知。这样，他果然顺利地开始进行了。岂知一路困难很多。

　　这消息震动了全城。许多人跑来看这奇怪的刑罚。他的前后左右，簇拥了大群男女老幼。大家跟着他走，一边看他捧油，一边纷纷议论。有的人说："你们看这个人，生得一脸苦相，他一定是个杀头犯。这样满的油钵，这样远的路程，怎么会不掉呢？"有的人说："你看，他的脸色发青了！他的手上青筋突起了，他的手就要发抖了！"有的人说："前面的坡，高低不平。他上坡的时候，油一准会掉出。唉，他就要死了……"你一声，我一句，说得可怕至极。但他全不听见，专心一意，只管捧着油钵，一步一步地走。

这消息传到了他的家族和亲戚那里。他们大为惊骇，大家跑来探看。他的亲戚们在他身边悲叹吊慰。有的说："唉，你真命苦，犯了这样的罪！我对你有无限的同情！"有的说："你要小心，千万不可掉出油来呢！"他的父母在他身边呜咽呜咽地说："我的儿呀！你死得这样苦，做父母的肝肠寸断了！"他的夫人在他身边号啕大哭："啊呀！我苦命的丈夫呀！我同你恩爱夫妻，如今不能到头了！啊呀！我要和你一同死呀！"就滚倒在他身旁的地上。他的孩子们在他背后哭："爸爸不要捧油！和我们一同回家去呀！……"哭得旁边的人都掉下泪来。但他的油，没有掉下来。因为他的心中只有"油"，没有别的，所以一切悲叹号哭，他都没有听见。这样，他已经走了五里路，到了繁华的大街。

　　忽然前面有人叫喊："标准美人来了，大家看！"原来这国有十个美女，是国王选定的，叫作标准美人。这一天，标准美人打扮得十分艳丽，乘车在市中游行。观者人山人海。看捧油的人们就转向去看美人。有的说："啊！你看她们的脸庞儿，个个像盛开的桃花呢！"有的说："你看她们的胸脯多么白嫩！腰身多么窈窕！她们的腿都是透明的呢！"还有些人说："近看更加漂亮了！竟是天上的仙子呢！""看了这样的美人，我死也情愿了！""不看这样的美人而死，才是冤枉死呢！""嗄！美人在车上舞蹈了！大家看！"……这种话声就在他的耳边，照理他都听见。但他如同不闻，他目不转睛，只管注视着手中的油钵，一步一步地、稳健地向前进行。此时他已走了十里路，到了市中心区。

　　标准美女过去了不久，忽然前面发生一片惊喊之声，路上的人纷纷逃避，

原来是一只疯象，逃出槛门，闯进市内，
踏伤行人，撞破房屋，真是可怕得很

店铺纷纷关门，好像我们抗战期中来了警报。原来是一只疯象，逃出槛门，闯进市内，踏伤行人，撞破房屋，真是可怕得很！有几个胆大的人，拿出刀枪来驱象，谁知那象一点不怕，张开大口，好像一扇血门，翘起鼻头，在空中乱舞，吓得人们东西乱窜，大喊救命。忽然又有人喊："象师来了！"原来南国地方多象，有一种人专门管象的，叫作象师。凡有疯象、凶象，象师都能救治镇压。这回，他们把象师请到。象师手拿着法宝，口里唱一种奇怪的歌，来镇压这疯象。逃避的人大家又走出来，争看象师治象。象师唱了许多歌（他们本地人说，念了许多咒），疯象渐渐静起来了，后来把头垂下了，最后它跪倒了。看的人大家拍手，喝彩。象跪倒的地方，就在捧油的罪人的

刽子手在后面喊了："到了，把油钵放下！"
但他没有听见，只管捧了油钵出南门去

身旁。但一切惊呼、号哭、骚乱、歌唱、喝彩，对他没有丝毫影响，在他如
同不闻。因为他心中只有"油"，别无他物。这样，他已经走了十五里路，
不曾掉下一滴油。

走了一会儿，前面又传来一片哭喊奔逃之声，比前更加惨哀，原来这大
街上失了火，两座大楼正在焚烧，火光烛天，爆声震地。许多人被火灼伤，
许多人被屋压倒，正在大声哭喊；许多人正在抢救人命，搬运货物；还有许
多消防队员正在救火，许多水龙尽量地喷射，好像许多小瀑布。水沫溅在捧

油的罪人的头上，火星飞到罪人的衣上，烟气迷漫在罪人的眼前，哭声起伏在罪人的耳旁。但他对于一切没有感觉。因为他心中只有"油"，没有其他。这时候，他已经走了十八里路。再走两里，就是南门了。

剑子手在后面喊了："到了，把油钵放下！"但他没有听见，只管捧了油钵出南门去。直到剑子手放下了刀，伸手去接他的油钵，他方才喊道："你不得打翻我的油！性命交关！"剑子手笑着对他说道："国王指定的地点已经到了！你已经是一个无罪的人了！"这时候他方才从"油"中惊醒过来。他向四面一看，摸摸自己的头，问道："唉！果然到了？"剑子手恭敬地答道："而且可去做大官了！"就指着旁边的大车说："请宰相爷上车！这是国王预先派来等候着的。"

原来国王预料这人有绝大的毅力，无论何事，能够专心一志，坚定不移地去办，一定办得成功，所以预先派了御用的大车，在南门等候他。经过这番考核，国王更加信任他。车子到了王宫，国王就拜他为丞相，把国家大事全权委托他。后来这个国家迅速进步，非常昌盛。

〔1947 年〕

忽然警报响出了

赤心国①

抗战时期中，有一个军官，在近海的某城中服务。他有临危不惧的镇静、清楚灵敏的头脑、不屈不挠的精神、刻苦耐劳的毅力和爱好和平的天性。他天天努力训练他的军队，预备将来率领了去杀敌人。这地方离前线很近，故敌机时常来滥施轰炸。幸而城外有一个坚固可靠的山洞，而且非常之深，可以容很多的人。有人说这洞是无底的，但无人知道它的究竟。

有一个初夏的午后，炎热的太阳照遍了大地。忽然警报响了。"呜——"，声音凄惨可怕得很。许多居民都纷纷逃到这山洞里去。那军官也跟着众人逃避在这洞里。这平时冷静得可怕的山洞，现在顿时热闹起来。那些胆大的、

---

① 本篇曾载 1947 年 8 月 1 日《论语》第 134 期。作者以此题材另写一篇《明心国》，载 1947 年 9 月 22 日《天津民国日报》。《博士见鬼》一书中原来收《明心国》，最初编文集时，将题材相同的《赤心国》编入，以代替原来的《明心国》。因《论语》版本插图画质欠佳，本篇所采用的 31 幅插图来自上海《亦报》版（1950 年 7 月 1 日至 31 日）。因版本不同，图片及说明与正文略有差异。

一齐走向洞的深处

不耐烦的和头脑不清的人们，都拥挤在洞口，不愿躲到里面去，虽然他们知道里面很深。

不一会儿，敌机果然来了，架数很多，炸弹立刻像雨一般落下。大概是看得惯了的缘故吧，洞口的那批人依旧拥在洞口，心以为他们的地点已很安全。忽然一个重磅炸弹飞下，正落在洞口。那一批可怜的无辜者顿时血肉横飞，化为乌有。军官幸而没有被难。他的身体跳了丈把高，但是他竭力保持镇定。在这一刹那间，他眼看见无数平民变成了血浆和肉块。这景象吓得他不知如何是好。本能指使他往里钻，其余的许多平民也都争着往里面挤。小孩的号哭声，妇人的惊喊声，嘈杂的脚步声，都混成一片。数千人挤成一团。

他再也不忍看了

　　那军官终究年富力强，他走在最前面，钻进洞的深处，无数男女老幼都跟着他向里面挤。忽然又是震天一声响，不料洞上面的岩石压了下来。把洞口封住了！一刹那间，哭声、喊声和脚步声同时骤然中止。军官忽然觉得异样，忙回头拿电筒一照，只见跟在他后面的大队民众已尽数被岩石压死，他自己离开岩石落下的地方仅三尺，侥幸不死！他吓得大喊起来，可是这喊声没有人响应，只有岩石间的回声跟着他的喊声作悠长而凄惨的反响。"呀，只留下我一个！"他不禁喊出这句话，同时又听见一个短促而可怕的回声。他立刻觉得绝望。再用电筒照时，只见岩石的隙缝间参差露着被压死的人们的手、脚和小孩的头、小手等。有的头颅被压碎，脑浆淋漓；有的只露着一个头，两个眼球仿佛两个胡桃，向外突出，有的因为肚子和胸部被岩石突然重击，肠胃等竟从口中吐了出来！……军官再也不忍看了。他熄了电筒，两

他用尽平生之力，把脑袋向岩石上撞去

腿站不住，便倒在地上，几乎昏过去。

　　不一会儿，他清醒了。他想，在这情形之下应当怎么办？他知道这山很高很大，简直是一条长岭。要掘一条通路呢，他身边没有家伙；况且这山都是岩石，即使有家伙，也是不容易的。大声喊救呢，便是震断了声带，外面也无论如何听不到。向洞的深处走呢，只觉里面阴气袭人，好像伏着可怕的鬼怪。况且这里面十有八九是绝路呢！他想到这里，觉得完全绝望。他想到不如像那些平民一样被炸死或压死了干净。像他现在的情形，正是不死不活，使他万分焦虑而难受。后来他想，与其这样活活地饿死，还不如现在撞死在石上了痛快。打定了主意，他便站起身来，用尽平生之力向岩石撞去。

拿出芝麻糕来吃，省省地吃

但是，他忽然把头缩回。他想道："就这样撞死了，未免太不甘心。我何不冒着险向洞里走，或有一线希望。如果这是绝路，到那时再撞死还不迟。"他就开始实行他的计划。他很经济地使用他那唯一的光源——电筒。幸而前面并没有可怕的阻碍物，又并不是绝路。不过路很崎岖，而且黑得伸手不见五指。但是这些他都不怕，因为他能刻苦耐劳，他有不屈不挠的精神。他一刻不停地前进，希望能发现生路。

可是，一个阻碍来了——就是肚子饿了。他伸手向衣袋里一摸，幸而带有一包糕，这是平时备着逃警报时吃的。他拿出来省省地吃，一面又不断地前进。他用电筒照照前途，依旧有通路，但依旧是黑暗，依旧是崎岖。在这里不知白昼和黑夜，但照他的经验估计，大约已经走了一天光景了。在平时，

他像狗一样向前爬去

他一天能走七八十里路。现在他在黑暗中走这崎岖的路，大约只走四五十里。他只管前进。可是，又有一个不可避免的阻碍来了——他疲倦了。于是只好随地躺下来休息。不一会儿，他就昏昏睡去。

他醒来的时候，起初还以为睡在自己寝室里的行军床上。疑虑了好一会儿，他才觉察了：原来自己正处在这绝境里，前途渺茫至极。悲哀和绝望立刻笼罩了他的全身。幸而勇气出来把它们赶走了。他起来继续前进。可是肚里饿得难受。他又伸手向袋里搜寻食物，但只有不可吃的钥匙和一些钞票。这时候，电也用完了。他只好弃了电筒，暗中摸索爬行。他像狗一样地向前爬去。忽然他的头在岩石上撞了一下。"呀，不通了？"他惊恐地自语，忙举起双手向前摸索，果然前面都是凹凸不平的岩石，没有通路。他忙转身向左去摸，又都是岩石。他慌极了，心想右边也许通的，急转至右边，双手向

不久，他走到了发出光明的那个洞口

前乱摸。果然，天无绝人之路，两手明明没有碰到阻碍物。他才透了一口大气，不觉自言道："原来转了一个弯！真吓得我要死。"

转弯之后，他忽然看见很细的一线阳光从远处射来。他忙上前去把手放入光线中，居然看见了五指。他欢喜极了，心中立刻充满了快乐和希望，顿时忘记了饥饿和疲劳，急向着光明前进。后来洞渐渐狭小，只能容一人通过。

不久，他便到了洞口。他向洞外一望，只见一片平原，平原外面是汪洋大海。好久不见阳光了的他，一时觉得异常兴奋。起初他觉得非常耀眼，不能正视洞外的景物，但不久也就惯了。于是他便想钻出洞去。可是他忽然又把身子缩回来，因为他看见那平原上有许多野人般的东西在来往工

他狼吞虎咽地把两碗马铃薯一口气吃完

作。他想道："奇怪，这些是什么东西？会不会害我呢？"为了小心起见，他暂时不出去，躲在洞口探望，想等那些野人走后再出去。可是他等了好久，野人们只管不走。他饿得实在难当，疲倦得再也不能支持了。他想，若再不出去，便要饿死在这里了。不如冒着险出去，如果他们对我凶，我可用手枪吓他们。这样，或者还有生望。心中想着，便钻出洞来。

军官刚出洞，就被野人注意了。他们都停止了工作，惊异地向他看。其中有几个急忙逃去报告一个胸部很高的野人，这大概是他们的王。野人王来了，他向军官叽里咕噜地问，军官一句也不能懂。他看见野人并不凶，才放了心。于是他便以手指口，表示饥饿。野人王懂得他的意思，就向旁边的野人叽咕了一会儿，他们立刻跑去拿了两大碗热腾腾的东西来。军官一看，两碗都是煮熟的马铃薯。尝一尝，原来一碗是咸的，一碗是甜的。他已饿得很，

首领拉住他的手到各处去参观

便不顾一切，狼吞虎咽地把两大碗马铃薯一顿吃完，觉得味道真好。野人王见他吃完了，便过来指着碗，又指着他的嘴，叽咕地问了些话，军官懂得他的意思，便摇摇头，又指自己的肚子，表示"已经吃饱"。他见野人待他这样好，心里好欢喜。

吃饱之后，他才开始认识他的环境。原来这地方很好：中央一片半圆形的平原，三面是崇山峻岭，一面是茫茫大海。世间的人永不知道有这地方。这里很有些像桃源洞，真是所谓"峡里谁知有人事，世中遥望空云山"。可是这位军官终不免"尘心未尽思乡县"。他望着大海，心想："如果遥见有海船驶过，我可以大声喊救，叫他们把我载回去。"他又回转身来看那些山岭，只见岩石间有许多洞，一层层排着，好像大洋房的窗子。在每个洞里，住着男女老幼的野人。他们身上都有毛，外面穿着棕榈制的衣服。

有两个人跳舞起来

岩石的中央有一个较狭长的小洞，他就是从这洞里出来的。只见这洞口的地上植着几排形似蜡烛的植物，又放着几个棕榈制造的蒲团。他初出洞的时候却没有注意到。他不懂这是什么意思，难道他们向这洞礼拜的吗？这洞的左边有一个精致的小洞。那野人王一手拉着他，一手指这小洞，他知道意思是叫他住这洞，便点点头。天色渐黑，众野人都各自钻进洞里去睡，他也就钻进自己的洞里去躺下。因为几日来身心都很辛苦，故躺下来就昏昏睡去。

次日，军官到海边去眺望，希望有海船驶过。但近岸一带水很浅，故航线离这里一定很远。他望穿了眼，也不见有船只驶过。于是他觉得绝望，心想只好永远住在这里了。幸而野人们都待他很好。他们一天吃三餐马铃薯。

胸脯最高的便是首领

早上是淡的，中午是甜的，晚上是咸的。吃之前，有一野人用木锤击石器数下，几十个洞里的野人听见了都纷纷出来，排成圆形，坐在地上。国王坐在圆形的中央。每人手里捧了一碗马铃薯，大家欢乐地吃。他们很客气，请军官同国王并坐。

他在这里住了几天，渐渐知道了他们的组织：胸部最高的一个是王，还有六个是官，胸部比王稍低，其余的都是平民，他们的胸部又比官稍低，但和世间的人相比，还是高得多。六个官各有其职，其中一个专管"衣"的事，其余五个分管"食"的事。"食"的事共分五项，即马铃薯、甘蔗、糖、海盐、土器皿及柴火，每个官担任其中一项。每天，这六个官各向人民中轮选数十人去工作，官在旁监督、指挥和教导。他们工作的地方是海边和左边山

这里竟是一个小工场

坡上。这里中央及右边都是岩石造成的峭壁，上有无数的洞，独有这左边的山上却是一片肥沃的土地，上面种满了植物。

军官常到海边去散步，看野人们做晒盐的工作；或是坐在洞口闲眺风景。他到左边山坡上去参观他们工作：有的在剥下棕皮，有的在缝成棕衣。官在林间来往发令，指挥他们。众野人无不绝对服从。棕林外面是数百亩马铃薯地，他们正在收获。管马铃薯的官在旁监督并教导。棕林旁边是一大丛的甘蔗林，他们也正在收获，后面的山上隐约可望见许多野人在丛苇及茂林间樵柴。山的左边有一个天然的岩石的平台，上面建着一个大窑，窑口冒着火焰和浓烟。这是烧碗盏的。平台上有野人们在工作。有的打黏土，有的制器皿，有的烧火。这里俨然是一个小工场，他们所制造的器皿

"你们这里真好，地方又好，人又好。"

虽粗，形式却很美观，可用以盛马铃薯、盛盐、盛糖。他们工作都很认真而尽责，从不偷闲，永无争吵。军官看了这分工合作的办法、这忠勤简朴的民众和这和平欢乐的景象，他觉得真可佩而可羡。他想，这正是一个理想的国家的缩型。

光阴如箭。军官虽没有日历，但由他的经验和时节气候的变迁，他知道在野人国已过了四五个月。这时候已是秋天了。他渐渐懂得他们的言语，现在他差不多已能和他们随意闲谈了。有一次，野人王工作完毕，便来找他闲谈。他们两人坐在地上晒太阳，一面就开始谈话：

"你们这里真好！地方又好，人又好！"军官真心地称赞。

"地点的确很好！至于人民，就是大家能互相帮助，互相爱护罢了。"野人王说。

"你们究竟共有几百人？我还没有清楚。"军官问。

"约有五百人呢！"野人王回答，"你们呢？你们世界上大约有几千人吧？"

"不止！有几万万呢！"军官心中不觉好笑。

"万？什么是万？"野人王很奇怪。

"一万就是十千。我们共有几万万！"军官解释给他听。

"啊，真多！"他似乎不能相信，因为多得不能想象，"那么，都是像你这样身上没有毛的吧？"

"自然都没有毛的。"军官回答。他觉得太阳晒得怪热，便把自己的衣服脱下。里面穿的是一件织得特别细致的夹棕衣，中间还填满了芦花。这是野人王叫他的人民为军官特制的。因为恐怕他身上没有毛，禁不起冷，所以特制这夹棕衣给他。他把脱下的衣服在地上一丢，同时发出"汀零"一声。

"什么东西？你袋里有什么东西？"野人王听到这声音便问。

"这是钥匙，你知道么？"

"这是我袋里的钥匙，是从前带来的。钥匙！你知道？"军官恐他不懂这名字，故反复问一句。

"什么是钥匙？"他果然不懂。

"这就是——"军官觉得有些难以解释，他一面拿起衣服，从袋里取出那串钥匙，"你看，是这样的东西。我们的衣服等藏在箱子里，箱子关好后，一定要在上面加一个'锁'。锁好之后，箱子便不能再开。要开的时候，一定要用这种钥匙才行。"军官以为已解释得很清楚。

"那么为什么一定要把箱子锁好呢？"野人王还是不懂。

"你冷了，偷衣服的人难道不冷么？别的人难道都不冷么？"

"因为如果不锁好，别的人便要来偷。"他看见野人王听到"偷"字茫然不解，便继续说，"'偷'就是有些不好的人等物主不在的时候，把箱子里的衣服等东西私下拿了去。倘使——"

"有这样的事吗？"野人王打断了他的话，很惊奇地问。"怎么可以偷呢？哈哈，你们世界上的事真奇怪！"这时，站在旁边的几个野人都惊奇得笑起来。

"是的，你们听了原要奇怪。"军官脸上不觉有羞惭之色，"我们的世界没有你们这样好，故我们的箱子一定要锁好！不锁便有人要偷。倘使我的衣服被人偷了去，我便没得穿，便要觉得冷。"

军官看时，只见他胸前突出一个很大的赤心

"你冷了，偷的人难道不冷吗？别的人难道都不冷吗？"野人王惊异地问。

"哦？"军官不懂他的意思，"我冷了，别的人怎么会冷呢？"

"咦！你们的世界真太奇怪了。怎么一个人冷了，别的人都不冷呢？"野人王说。这时旁听的野人都表示异常的惊奇。

"我是我，别人是别人。我冷了，与别人有什么关系？偷的人既已得了衣服，哪里还会冷呢？别的人只要有衣服，当然是不冷的。"

"啊，原来你们和我们不同。我们五百人中，若有一人冷了，其余的人大家觉得冷。因为我们个个都有赤心！"他说着便解开棕衣，露出他的赤心，

"你看，是这样的东西。"

军官看时，只见他胸前突出一个很大的心形，鲜红得非常可爱。

"我们五百人都有赤心，不过大小稍异。"他继续说。

"我是他们的王，故我的赤心最大。那六个是官，赤心比我略小。其余的都是民众，他们的赤心又比官的略小。赤心越大，感觉越灵敏。譬如五百人中有一人没有衣服而冷了，我最先有同感，其次是官觉得冷了，然后人民都觉得冷了。"

"啊，有这样的事吗？"军官奇怪至极，几乎不能相信。

"这有什么奇怪？我们觉得这是很平常、很合理的事，你们世界上的事才真奇怪呢！什么'钥匙'，什么'偷'……啊，你还有什么奇怪的东西从世界中带来吗？"

"还有——"军官迟疑了一会儿。可是野人王早已拿起地上的衣服，自己伸手在袋里搜寻了。他取出一叠钞票来。

"这是什么东西？"他问，一面把手里的钞票分给旁边的野人鉴赏，大家翻来翻去地细细地看。

"多么精美的东西！"旁边一个野人不觉喊道，"我知道了，这一定

从他衣袋里搜寻出一叠钞票来。"这是什么呢？"他问

是你们玩的！"

"不是玩的，这是我们世界上最重要的东西。这叫作'钞票'！"军官
为他们解释。

"有什么用处呢？"他们齐声问道。

"这可以拿了去买东西。'买'就是拿这种钞票去向别人交换你所需要
的东西。譬如你想吃马铃薯，你便可拿钞票去买。"

"那么没有钞票呢？"他们又问。

野人们都要去做工了。军官独自坐在那里出神

"没有钞票便不能买，只好挨饿。我们世界上很不好，有些人有很多的钞票，有些人一张也没有。没有钞票的人便只好挨饿。"军官说到这里，不觉现出愤恨。

"没有钞票的人饿了，别的人难道不饿吗？"他们又很奇怪。

"别的人有钞票，要吃东西只要去买，自然不会饿的。"军官还是现着愤恨。

"哈哈，你们又和我们不同了，我们五百人中若有一人饿了，其余的人都觉得饿，心里都很不安。一定要等那人吃饱了，方才大家都舒服。因为我们都有赤心，五百个胃都相关的。"

"原来如此！"军官不胜羞惭，又不胜羡慕。这时野人们都要去工作了。军官却还是坐在那里独自出神。他想：

"这里真是一个理想的世界！我以前因为见他们身上有毛，故把他们当作野人看，这真是亵渎了他们。原来这里不是野人国，这里是赤心国！那个胸部最高的不是野人王，他是理想世界的领袖，是赤心国的国王！那些钥匙、钞票，的确是奇怪的东西，是可耻的东西！"他忽然想起了裤袋里的手枪。"啊，还有这东西！这是何等野蛮，何等可耻的东西！幸亏这手枪还没被他们看见。如果给他们知道了它的用处，他们将怎样地笑我们，我将何等地羞耻！他们若知道我以前曾把他们当作野人看，他们一定要说：'你们痛痒不关，自相残杀，你们才是野人！'啊，我必须小心藏好这手枪，无论如何不能给他们看见。"他觉得手枪硬硬地在他身边，怪不舒服。

可是有一次，军官不小心把手枪落在地上。恰巧被赤心国的国民看见了。他们忙拾起来，喧哗地争着看，一面问他是什么东西。赤心国的国王也来了。

"多么精致的东西！这是做什么用的？"国王好奇地问，似乎希望再听到一些奇怪的事。

"这是——"军官现出很狼狈的样子，"这不过是一种装饰品罢了。"他说谎了，态度很不自然。

"多么精致的东西！这是做什么用的？"

"啊，多美丽的装饰品！你们的世界上真好，有这么精美的装饰品！"他们齐声真心地称赞，大家轮流把手枪在身上试挂，现出很高兴的样子。军官在旁看了，现出尴尬的神情。幸而他们只拿来挂挂，就还了他，并没有细玩。他才放心了。

自此，军官不再把手枪拿出来。他安心地在赤心国里和他们共享和平幸福的生活。

有一个半夜里，天气很冷。军官正睡得很熟。忽听见五百人都起来，喧哗不住。军官被他们惊醒，忙跑出洞来问。只见围着一个不穿棕衣的青年，正在关心地问他什么。那管衣的官忙拿了一件新的棕衣来给他披上。原来这人夜里起来到洞口小便，忽然一阵大风把他身上的棕

"对不起了！这孩子不小心，使你也受了冷么？"

衣吹了去，他冷得发抖，使得所有洞里的人都觉得冷，所以大家起来查问。他们见军官也起来了，大家问他："对不起得很！你也觉得冷了吗？"军官回答说，他并不觉得冷，不过听见他们喧哗，所以起来问问。

又有一天的正午，大家正在吃马铃薯。忽然，中央的国王皱着眉头高声问周围的人："我觉得很饿，你们都觉得吗？"

"啊，果然饿得很！"大家仿佛被提醒了，齐声回答。

"你们赶快去调查，不知有谁没吃饱呢！"国王关心地吩咐那些管食事的官。

她吃饱之后，大家方才也觉得饱

他们不等国王说完，早已跑去侦查了。不久，他们拉着一个孩子来了。

"这孩子到山上去采花，迷了路不能回来，肚子饿得很！"他们一面拉着她过来，一面报告国王和大家。

那管马铃薯的官忙捧了一碗马铃薯来给那孩子吃。她便捧着碗大吃。她吃饱后，大家方才觉得饱了，现出舒服的样子。

又有一次，潮水来了。声音宏大而可怕，像狮吼，又像打雷。在海边工作的人来不及逃避，几乎被潮水卷去。他们拉住海边的芦苇，拼命挣扎。忽然国王慌张地从洞里出来，四顾而大喊：

赶快救命!

"有谁遇着灾难了? 大家快去查!"

　　他没有说完,许多人民都纷纷从洞里出来,脸上都有惊慌之色,一齐叫道:"我们身上也觉得不安,一定是谁遭遇祸患了!"于是大家忙向四处寻找。

　　"呀! 你们看,潮水里不是有人在挣扎吗?"国王同那盐务官同声喊起来。

　　民众看见如此,忙去拿竹竿来救。海边的人拉住了竹竿,爬上岸来。管衣的官早已拿了新的棕衣来给他换。大家都去慰问。军官和国王也去问讯。幸而没有被潮水卷去。

给他一只新的泥小狗

军官看了这种现象，觉得惊奇、羞惭，又欢喜。他想："我虽然没有赤心，但我要竭力仿他们做。"自此军官和他们同欢乐，共患难。他每天帮他们做些轻便的工作。除了身上没有毛和赤心之外，他简直和他们一样了。

这一天，天气很好。军官和许多人民在棕榈树间工作。和暖的太阳射入林中，晒在他们身上，温暖得全身很舒服。他们一面工作，一面闲谈：

"你们的世界真好！我希望永远住在这里。"军官说。

"我们也希望你永远和我们在一起！"他们高兴地说。

"前几天潮水几乎把你们的同胞卷了去，我看见你们大家立刻现出不安

"生病？是什么东西？"

和惊慌。难道你们不仅是冻和饿大家同感，连灾难也有同感的吗？"军官想起了前几天的事，便问。

"当然啰！只要一个人遭了灾祸，我们大家便觉得有亲自遭灾祸似的感觉。"他们回答。

"那么你们之中若有一个人生了病，五百人便都生病吗？"军官暂停了工作，奇怪地问。

"生病？是什么意思？"他们望着军官，不懂这话。

"你们有人死的时候，怎么样呢？"军官不答而问。

"我们凡到了很老的时候，便安然死了，一点苦痛也没有。我们把尸体缚在板上，大家唱着悲哀的歌送他到海里去。"

　　"啊，原来你们都是无病而逝的！"军官不觉自语。

　　"……？"他们疑惑地向他望，不懂他的话。

　　"如果你们的国王死了，谁即王位呢？"他忽然想起了这问题。

　　"如果国王死了，人民中自然有人的赤心变大起来。谁的赤心最大，谁便是我们的王。因为做王的应该有最大的赤心。"他们回答。这时候，平原上传来敲石器的声音。大家便停止了工作，一同去用午餐。

　　军官觉得这种生活有趣得很，他跟着他们日出而作，日入而息。闲时散散步，看看风景，或是和他们谈谈天。度着这种和平幸福的生活，他的身体一天健康一天了。

　　光阴如飞，时候已到严冬了。山上那株大橘子树已经结实累累。果实又大又红又可爱。有一天，国王指着这橘子树对军官说：

　　"你看，这些橘子都已成熟了！等我们每人尝了一个后，便把所有的橘子采下来，剥出来，放了糖，烧甜羹吃。这时候便要开一个大的宴会。你一定欢喜参加的。"

"你看，这些橘子都已成熟了！"

军官很高兴。他想，这和我们的过年无异。

没有几天之后，第一个橘子落下来了。他们拾得后，便拿去献给国王先尝。第二个落下后，便拿来送给军官尝。其次的给六个官。以后便按着年纪的大小，顺次分给人民。所有的人都尝到后，树上还有许多橘子没有落下。于是他们便爬上去尽数采了下来。这一天，大家停止每日的工作，围着橘子堆剥皮。剥好之后，放入一个很大的砂锅里，加了许多甘蔗糖烧起来。酸甜的香气从锅中喷出，散遍了满个平原。

不久，橘子羹烧好了。他们把大锅子放在中央，请国王、军官和六个官坐在锅旁。几百人民绕着他们围成圆形。各人手里捧着一大碗橘子羹，欢

首领欢喜之极，哈哈大笑

乐地吃。军官觉得的确好吃。又甜，又酸，又香，又鲜。这时候，没有一个人不喜形于色。有时候，他们放下碗，手挽着手，绕着国王等跳舞，口里唱着庆祝的歌。国王也欢乐至极，哈哈大笑。

"呀，我想起了，你不是有一件很精美的饰品吗？当这快乐的时候，为什么不把它拿出来挂着？"国王忽然问军官。

军官没法，只好把手枪从衣服里取出。国王一面细细玩赏，一面亲自替他挂上。忽然"砰"的一声，军官倒下了。原来国王不知道，碰动了那扳机。子弹飞出，恰巧穿过军官的喉边，流血不止。他立刻昏了。众人非常惊骇，忙聚集拢来。幸而子弹没有伤及喉管，只是在其旁的肉里通过。

忽然砰的一声，军官倒在地上了

不一会儿，他略略清醒了些，但不能讲话，也不能动。他隐约听见众人惊骇及诧异：

"这不是装饰品吧？这究竟是什么呢？"有的怀疑了。

"他们的世界到底不好！怎么有这样危险可怕的东西？"有的摇着头太息。

"他有没有死？我们怎么救他呢？"大家同情地说。

众人纷纷地议论了好久，终于没有办法。有的说，他一定死了，为什么他不动呢？国王起初也惊慌，但不久就镇静了。他问众人：

"他欺骗我们，因此丧失了他自己的生命。"

"我想他一定痛苦，你们都觉得痛吗？"

"奇怪，我们都不觉得痛。"众人回答。

"我也不觉痛苦。大概他和我们没有关系的。我想，他一定就要死了。"国王说到这里，现出悲哀样子。众人也都悲伤起来。不一会儿，国王又说：

"现在，你们大家静听我讲！你们都知道，这人是从中央的小洞里出来的。以前我常常吩咐你们，大家应该向这小洞礼拜，祈祷上苍保佑我们，切不可进去窥探。但我没有把这理由告诉你们。现在我告诉你们这理由：每当一个王传位给另一个王的时候，必定将一句话传下。这话就是：'中央的小洞里万不可去窥探，因为这洞通一个不好的世界。'我以前不把这事告诉你

"我们赶快把他送入海中。"

们，是因为恐怕你们知道这洞是通另一个世界的，心中起了奇异之感而偷偷地去窥探。当我初见这人时，我以为他一定很坏。哪知后来看他倒很好。但从他的口中，你们一定相信那世界的确是很坏的。

"况且他们竟有这种可怕的杀人的家伙！现在这人既已无知觉，我们赶快把他送入海中，现在，我告诉你们，让我们赶快把这危险的洞封了，免得再有后患。好，大家听我的命令！你们几十个人快去封洞！喂，你们几个人来，把这不幸的人缚在木板上！"国王结束了他的说话。

军官没有完全昏去，他听见国王的话，但他不能动，只好任他们缚。他很不愿离开这地方，心中很悲伤，恨不得立刻挣扎起来，告诉他们："我虽是从那坏世界中来的，但我不是坏人！"可是他没有气力。

放下舢板，把他救起

"不要忘记把那可怕的'装饰品'给他带回去！"他隐约听见国王的声
音。于是他听见他们齐声唱追悼歌，随即觉得身入水中，他又昏过去了。

当他醒来的时候，发现自己安卧在船舱里的床上。原来他已被一只大轮
船上的水手们救了起来，伤口已被搽上药膏，绷上纱布。床的周围站着医生、
看护妇和别的人，他们都注视着他。现在他完全清醒了。大家忙问他是怎么
一回事。他便断断续续地把他所遇的一切完全告诉他们。

全船的人都知道了这军官的奇遇。有的人不信，有的人半信半疑，有的
完全相信，并且说一定要亲自驾驶了帆船去寻找这赤心国。

他就像开留声机一般，一遍一遍地讲给他们听，毫不厌倦

　　军官不管他们信与不信，他心里永远憧憬着赤心国里的和平幸福的生活。当这大轮船泊岸之后，他便回到家乡，把他因躲警报而得的奇遇讲给人们听，并且希望把我们的社会改成同赤心国的一样。人们听他讲到胸前那颗赤心，大家都笑他发痴。有的人说，他大约被炸弹吓坏了，所以讲这些疯话。但他不同人争辩，管自努力考虑改良的办法。他到现在还在努力考虑着。

卅六〔1947〕年十月①于杭州

---

① 十月，疑误。因此文已于当年8月1日出版的《论语》刊登。

一个失手，索子圈飞也似的荡了开去

生死关头[1]

小朋友听了我这故事，恐怕要心惊肉跳。但只要你聪明，也就不可怕了。

往年我逃难到大后方，有一回住在荒山之中。附近的山都是峭壁，高数千丈，无人爬得上去，只有鸟可以飞上飞下。其中有一种鸟，名叫"神鸦"的，常在峭壁的凹处作窠，那些凹处，好像一个平台，约有一张床这么大小。鸟蛋生在这里，也不会滚下去。而且没有人或其他动物，能够上去偷它们的蛋。

住在这附近的土人，有一种信念：神鸦的蛋可以医治一切疑难杂症，是一种世间无双的良药。但是因为没有取得神鸦的蛋，无法证明其是真是假，所以这信念在土人们的心里愈加坚定。凡有人生重病的，总要想起或说起"神鸦的蛋"；可是无法办到，只得听其死亡。我曾经听土人说过这样的一个故事：

---

① 本篇曾载 1946 年 12 月《儿童故事》第 1 期。

有一个青年土人，姓王名毅的，从小确信神蛋的灵效。他家里有一母亲，他非常孝顺母亲。但母亲年已六十多岁，常常多病。有次病得非常危险，王毅买各种良药给母亲吃，都无效果。忽然他想：若能取到神鸦的蛋，给母亲吃了，病一定痊愈。他便下个决心，一定要取得神鸦的蛋。他就独自深入荒山去找寻。

　　他跑到峭壁底下，仰望神鸦的窠。但见峭壁中央有一处凹进的石床，离地大约有一百多丈。两只神鸦衔着泥和草，正在飞进飞出，这证明它们就要生蛋了。但这峭壁不止垂直，又且向外扑出，神鸦的窠离地一百多丈，从下面无论如何走不上去。他徘徊观望，望见峭壁的顶上，有一株老树，枝干向外扑出，好像巨人的两臂。这两臂离开神鸦的窠，大约也有数十丈。他仰望这株老树，计上心来：若得从后面的山坡爬上峭壁的顶点，用几十丈索子从老树干上挂下来，用荡秋千的方法荡过去，一定可以站在石床上而取得神鸦的蛋。这是唯一的办法，他想。

　　他回家去，准备一根又坚又长的索子。又做一只布袋，准备盛了蛋挂在身上的。他再走进荒山，看见神鸦不再衔泥衔草，只是轮流出来觅食，知道蛋已经生下了，他连忙回家。次日早晨，他带了索子、布袋和干粮，向峭壁后面的坡上进发。他爬山过岭，走了许多崎岖的路，下午方才走到了峭壁顶上，老树的旁边。他向下窥探，看见数百丈之下的地面，一片模糊。他打个寒噤；但坚贞的孝心，恢复了他的勇气。他把布袋挂在背上。他把索子的一端牢牢地缚住在老树的干上。他把数十丈的索子往下抛。于是他两手紧握索子，一把一把地缘下去。他的眼睛不看下面，恐怕看了要心慌。前面说过，这石壁是不止垂直，又且向外扑出的。所以他的身体愈缘下去，离开石壁愈远。到了石壁凹处神鸦生蛋的地方，他的身体离开神鸦的蛋已有大约两丈的距离。但见两只神鸦正在孵蛋，看见人从上面挂下来，吃惊飞去。王毅就看见雪白的两个大蛋，放在石床里边的草窝里。他想，取得这两颗神蛋，给母亲吃了，母亲的病霍然若失，我们母子永远团聚，岂非人间之至福！于是他用荡秋千的本领，将绳索前后摇摆。绳索摆荡的幅度愈来愈大，终于使他的脚踏住了峭壁凹处的石床。他站住了，抽一口气。他把索子的下端打一个圈，套在头颈里。于是他俯身下去取蛋。

他把蛋装进布袋里，挂在背上。不料一个失手，他把头颈里的索子圈摆脱，那索子圈飞也似的荡了开去。他一时心慌意乱，不知所措。眼看见那索子又荡回来，荡到离开石床两三尺的地方，又荡开去。随后又荡回来，荡到离开石床两三尺的地方，又荡开去。

在这数秒钟之间，他的聪明来了。他想：如果再不握住索子，这索子愈荡愈远，将终于垂直地挂在离开他两丈的空中，无论如何拿不到手。到那时，喊破喉咙无人听见，跳下去粉身碎骨，只有坐在这里饿死。想到这里，他胸中豁然开悟。他想，索子第三次回来的时候，若不拿到，就永远拿不到手，他只有死路一条。这是他的生死关头了——这些念头只在一两秒钟之间掠过他的脑际。

索子第三次回来了，离开石床有三四尺之远。他毅然决然，奋身一跃，果然抓住了索子。他两脚踏在圈子里，抱住索子，抽一口气，然后慢慢地缘上去。他爬上树干，走下老树，坐在地上，放声大哭了一回，接着又放声大笑起来。然后背了神蛋，下坡回去。他的性命是他的毅然决然的果敢力所换来的，是他的聪明所给予的。

至于神蛋，是否真能医好他母亲的病，我没有详细查明，诸位小朋友也不必追究。我讲这故事的兴味，全在抱住索子这一段。诸位小朋友设身处地地想想，也许要心惊肉跳。但只要你有毅然决然的果敢力，只要你聪明，也就不可怕了。

卅五〔1946〕年十一月五日于上海作

公子章台走马

夏天的一个下午 ①

暑假中，上午温课，下午休息。休息，在孩子们是一件苦事。赤日当空，阳光满室，索然地枯坐一个下午，在孩子们看来真像一年有期徒刑呢！

小妹先喊无聊，向午睡起来的爸爸诉苦。二男大男就附和。爸爸一想，说："我有一种游戏，教你们玩。"他就取纸笔，写出一首六言诗来：

> 公子章台走马，老僧方丈参禅。
>
> 少妇闺阁刺绣，屠沽市井挥拳。
>
> 妓女花街卖俏，乞儿古墓酣眠。

三个孩子嚷道："读诗上午读过了，有什么好玩？不要！"爸爸说："且慢，这是很好玩的，看我来做。"

---

① 本篇曾载 1947 年 9 月《儿童故事》第 10 期。

老僧方丈参禅

少妇闺阁刺绣

　　他向抽斗里寻出三粒大骰子来，用白纸把每粒骰子的六面糊上。然后用笔在每粒的每面上写字：在第一粒的六面上，写"公子""老僧""少妇""屠沽""妓女""乞儿"六个人物。在第二粒的六面上，写"章台""方丈""闺阁""市井""花街""古墓"六处地方。在第三粒的六面上，写"走马""参禅""刺绣""挥拳""卖俏""酣眠"六个动作。写好以后，就去拿一只碗来，把三粒骰子放在碗里，教三个孩子来掷，爸爸说："你们轮流掷，看哪个掷得好，我来评定分数。"

　　小妹抢先，掷出来一看，是"公子闺阁酣眠"。爸爸说："还好还好。公子原来是在章台走马的。如今到闺阁里来酣眠，也许这闺阁就是他的夫人的房间，也就无妨。小妹是及格的，定六十分。二男掷！"

屠沽市井挥拳

妓女花街卖俏

　　二男兴味津津地一掷，一看，是"少妇古墓参禅"。爸爸想一想说："这太奇怪了！参禅就是静坐念佛。这少妇怎么到古墓里去参禅呢？"二男说："这是她的祖母的坟呀！"大家笑起来。爸爸说："倒也说得通，不过很稀有，不及格，只能定三十分。"

　　大男很有把握地掷骰子。爸爸最先看到，就说："哼！岂有此理！"大家去看，原来是"妓女方丈走马"！爸爸说："方丈是和尚的房间，妓女怎么可去？况且方丈是小房间，根本不能走马！这句话是不通的，只有零分！"就在纸上大男的名下画一个大烧饼。小妹高兴得很，跷起大拇指说："我分数最高！我第一，大哥押尾！"

　　大大男失败之后，要求再来。仍旧从小妹掷起，小妹乘兴一掷，展出的

152 / 猫叫一声夜未央

乞儿古墓酣眠

文句是"老僧市井卖俏"！大家笑得弯腰。小妹张大了眼睛，莫名其妙，反抗道："难道老和尚卖不得俏的？"大家笑得更响，小妹却要哭出来了。爸爸就替她解说："卖俏，就是妆粉，点胭脂，烫头发，穿了很摩登的衣服，给男人们看，向他们笑，引他们去爱她。你看老和尚能不能？"小妹也笑了，说："我以为是卖硝磺，或者卖一种纱布。"大家又笑起来。爸爸说："小妹零分！二男再掷。"

二男掷出来的是"屠沽花街刺绣"。这回小妹要先问明白了："屠沽是什么人？"爸爸就把它翻作白话："杀猪屠在妓女们所住的街上绣花。"说罢大家笑起来。妈妈从房里洗好澡走出来，听了这句话，也来参加这笑的团体，她说："这杀猪屠大约是妓女的哥哥吧？"爸爸说："就算是哥哥吧，杀猪的人怎么会绣花呢？"小妹拍手说："零分，零分！"二男辩道："隔壁的黄木匠自己拿针线补衣服，昨天我看见的。杀猪屠难道一定不会绣花的？"爸爸说："勉强讲得通，不过又太奇怪了，也算你三十分吧。"二男说："我两次都是三十分。"

最后大男来掷。掷出来的是"乞儿章台挥拳"。爸爸解释说："一个叫花子在京城的大街上打拳头。"大家说："很好，很好。"爸爸就定他六十分。

小妹在分数单上看了一回，大声喊道："咦，奇怪，掷了两回，每人共得六十分，平均大家都是三十分！"她就把碗捧到妈妈前面，要她掷一把看。妈妈一掷，居然掷出原句"公子章台走马"来。大家拍手喊："妈妈一百分！"爸爸说："既然妈妈手运好，让她同你们玩吧！"就把三个孩子和一碗骰子移交给妈妈，自己走到廊下，躺在藤椅里看报了。

妈妈同三个孩子掷骰子，一直掷到晚凉。闷热的一个下午，就在笑声中爽快地过去了。这天晚上，三个孩子又从这骰子游戏中想出另一种新的游戏。这新的游戏是怎样的？以后有机会再讲吧。

卅六〔1947〕年七月二日于杭州作

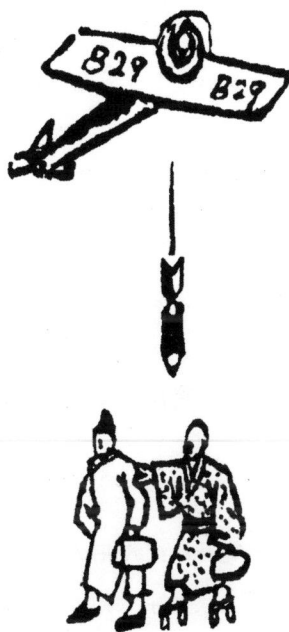

"盟军的飞机想炸死日本鬼,就连中国人也炸死。想不炸死中国人,就连日本鬼也不炸死。"

种兰不种艾①

　　吃过夜饭，母亲到灶间里去了，父亲和五个孩子坐在客间里休息。五个孩子的名字，是一号、二号、三号、四号和五号。一号是十二岁的男孩。二号是十一岁的女孩。三号是十岁的男孩。四号是八岁的女孩。五号是六岁的男孩。

　　父亲点着一支香烟。四号先开口："讲故事了！"五号喊一声："大家听故事！"一号、二号、三号大家坐好，眼睛看着父亲。

　　父亲说："今天不要我一个人讲，要大家讲。"一二三号同时嚷起来："我们不会讲的！爸爸讲。"四五号模仿着喊："我们不会讲的！爸爸讲。"

---

① 本篇曾载 1947 年 7 月《儿童故事》第 8 期。

爸爸说："我先讲。今天讲一首诗。"就抽开抽斗，拿出铅笔纸张来，把诗写给他们看：

> 种兰不种艾，兰生艾亦生；
>
> 根荄相交长，茎叶相附荣。
>
> 香茎与臭叶，日夜俱长大；
>
> 锄艾恐伤兰，溉兰恐滋艾。
>
> 兰亦未能溉，艾亦未能除。
>
> 沉吟意不决，问君合何如？

一号、二号看了略略懂得；三号以下，字还没有完全识得，爸爸就替他们解说："这是唐朝的诗人白居易作的诗。意思是说：他种兰草，并不种艾草。因为兰草是香的，而艾草是臭的。但是兰草的旁边，自己生出许多艾草来。兰草的根和艾草的根搞在一起；兰草的茎叶和艾草的茎叶也混杂了生长。香的茎和臭的叶，日日夜夜一同长大起来。他想用锄头把艾草锄去，但恐怕伤了兰草。他想用水浇兰草，又恐怕艾草得到水更长大了。于是乎，兰草也不能浇，艾草也不能除。他想来想去，决不定办法，问你应该怎么办。"

二号、四号两个孩子说："把艾草一根一根地拔去。"爸爸说："他们的根搞在一起，拔艾草的根，兰草的根会带起来！"一号、三号两个男孩子说："统统拔起，另外种过兰草！"爸爸说："连兰草也拔，很可惜，这办法不好。"五号说："叫艾草也变成香的。"爸爸和一二三四号大家笑起来。爸爸说："它不肯变的！"

五号说："我想只吃肉，不吃糯米。"
四号说："我只要上唱歌、游戏和图画，不要上国语和算术。"

二号这女孩子最聪明，她眼睛看着天花板，笑嘻嘻地若有所思。爸爸问："二号想什么？"二号说："这首诗真好！它是比方世间的事。世间有许多事，同这一样难办。"爸爸点头说："对啊！"一三四号大家点头，说："对啊！"五号这六岁的男孩子想了一想，也点点头说："对啊，对啊！"

爸爸说："你们大家说对，现在要每人说出一件事体来，同这事一样难办的。五号先说！"五号不加思索地说："妈妈裹的肉粽子，肉很好吃，糯米不好吃。我想只吃肉，不吃糯米，妈妈说：'不行，要吃统统吃，不要吃统统不吃。'"说到这里，五号一脸悲愤。

一二三四号大家笑起来。四号这女孩子笑得最多，她旋转头去低声问五号："糯米也很好吃的呀，你为什么不要吃呢？"大家又笑起来。爸爸说："五号讲得很好。不管糯米好不好吃，总之，这件事说得很对，正同种兰不

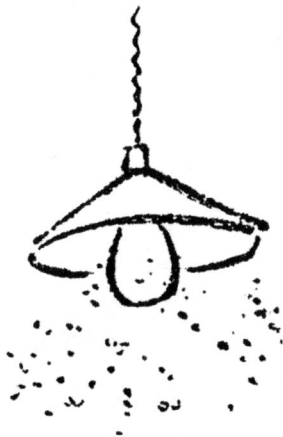

"我关了电灯，它们都去了。我开了电灯，
它们又来了。我要电灯，不要飞虫。"

种艾一样。这回要四号讲了。"

四号想了一想，怕难为情，不肯讲。大家催促她。她终于讲了："我昨天对王老师说，我只要上唱歌、游戏和图画，不要上国语和算术。王老师说：'不行，要上统统上，不上统统不上，你回家去吧。'我气死了。"

大家又笑起来。二号向四号白一眼说："你不上国语、算术，将来不能毕业，老是一个小学生。"爸爸说："二号的话是对的。不过四号这件事，比方得也很对。四号很乖。以后用功学国语、算术，还要乖起来呢。如今要三号讲。"

三号早已预备好，眼睛看着电灯，说道："我最喜欢电灯的光，但最不喜欢那些飞虫（注：他们的家住在西湖边，天气一热，有小虫群集，在电灯

"最好这狗能分别强盗和客人，咬强盗不咬客人。"

四周飞舞）。它们会撞到我眼睛里，钻进我鼻子里，又要掉在菜碗里。我关了电灯，它们都去了。我开了电灯，它们又来了。我要电灯，不要飞虫，有什么办法呢？"他接着吟起诗来："要光不要虫，光来虫亦来——"把"来"字拖得很长，好像爸爸读诗的调子，引得大家大笑起来。

爸爸说："三号说得好！如今要二号说了。二号是最会讲话的，一定说得更好！"二号不慌不忙地说了：

"我倒想起了逃难到大后方的一件事。我们为了怕警报，住在重庆乡下的荒村里的时候，房东人家养了一只凶狗，为了防强盗（注：四川人称窃贼为强盗）。有了凶狗，果然强盗不敢来了。但是客人也不敢来了。除了房东家熟悉的常来的几个人以外，其他的生客，它一见就要咬。我们的客人都是生客，一个也不敢来看我们。弄得我们好寂寞！当时我想，最好这狗能分别强盗和客人，咬强盗不咬客人。但它不行。"三号又作诗了："不要强盗要客人，强盗不来客人也不来。"大家笑起来。二号说："这两句不成诗，哪有九个字一句的？"三号说："我这是白话诗！你问爸爸，白话诗随便几个字都可以的，爸爸是么？"

"你不要胡闹！"爸爸说，"二号讲得果然更好。如今一号最后讲了。"

一号说："我讲的也是抗战期间的事：那时我们的美国飞机到沦陷区汉口等地方炸日本鬼。那些日本鬼很调皮，和中国人住在一起。我们的美国飞机——"二号模仿一句："我们的美国飞机。"

一号旋转头去看她说："美国是我们的盟国！难道不好说'我们'的？"二号说："好，好，你讲下去！"一号续说："盟军的飞机想炸死日本鬼，就连中国人也炸死。想不炸死中国人，就连日本鬼也不炸死。"爸爸拍手说："一号说得最好。到底是一号！"

母亲从灶间走出来了："我一边收拾灶间，一边听你们讲故事呢。你们讲得都很好。你爸爸说一号说得顶好，我道是五号说得顶好。"她拉五号到怀里，摸他的头，说："你要吃肉，不要吃糯米，明天我烧一大碗肉给你吃。"

卅六〔1947〕年五月二日于杭州作

有情世界①

阿因的爸爸坐在椅子里看书，忽然对着书笑起来，阿因料想，书里一定有好听的故事了，就放下泥娃娃，走到爸爸面前来问：

"爸爸笑什么？讲给我听！"

爸爸指着书，又指着阿因，说道：

"我笑的是他和你。你们两人一样。你替凳子的脚穿鞋子，同泥娃娃讨相骂，给枕头吃牛奶。这位宋朝的大词人辛弃疾，就同你一样，他同松树讲话，你看。"

---

① 本篇曾载 1947 年 6 月《儿童故事》第 7 期。

说着，指着书上一段，读给阿因听：

"昨夜松边醉倒,问松'我醉如何'？只疑松动要来扶,以手推松曰'去'！"

又解给阿因听："辛弃疾喝酒醉了，倒在松树旁边的草地上。他就问松树：'喂，老松！你看我醉得什么样了？'松树不答话，它的身体动起来了，似乎要把辛弃疾扶起来。辛弃疾很疲倦，想躺在松树旁边的草地上休息一会儿，不要它来扶起。就用手推开松树的身子，喊道：'不要来扶我，你去！'"

阿因听了，很奇怪。他张大眼睛想了一会儿，也笑起来。他的笑是表示高兴。他想：大人们都说我痴。哪知大人们也是痴的。他们的痴话还要印在书上给大家看呢。自今以后，如果再有人说我痴，我就可回驳："你们大人也是痴的，有辛弃疾的书为证。"

这天晚上，阿因就去遨游"有情世界"。

他吃过夜饭，正被母亲迫着去睡的时候，忽然看见地上一块白布。他想把布拾起来。先用脚踢它一下，白布不动。仔细一看，原来是窗外照进来的月光。他抬头向窗外望，但见月亮正在对他笑，好像有话要说。他高兴极了，先向窗外喊一声："月亮姐姐，我就来了。"飞也似的跑出去了。

他跑到门外草上，仰起头来一望，月亮姐姐的脸孔比窗里看见的更加白，

他提了小篮出门，说声："月亮姐姐，同去，同去！"就
快步上山

更加圆，更加大了。同时笑得更加可爱了。但听她说：

"阿因哥儿，到山上去野餐，他们都在等候你呢。快去拿了小篮出来，我陪你同去吧。"

阿因不及回答，三步并作两步，回进屋里，走到床前，向枕头边去取出小篮。一看，里面有半篮花生米，两包巧克力，是白天爸爸买给他的，现在正好拿上山去野餐。他提了小篮出门，说声："月亮姐姐，同去，同去！"就快步上山。月亮姐姐走得同他一样快，两人一边说话，一边上山。忽然路旁一群小声音在喊：

"阿因哥哥，月亮姐姐，我们也要去野餐，带我们同去！"

阿因回头一看，原来是一群蒲公英。阿因站住了，月亮姐姐也站住了。阿因说：

"好极，好极，我正想多几个人携着手，一同上山。月亮姐姐高高地在上面走，不肯同我携手呢！"

他便伸手拉蒲公英。蒲公英们齐声叫道：

"拉不得，拉不得，我们痛得很！"

阿因一看，知道他们都是生根的，便皱着眉头，想不出办法。月亮姐姐喊道："阿因哥儿，他们是走不动的，你给他们吃些东西吧！"阿因觉得这话不错，便从小篮里取出花生米来，给蒲公英们一人一粒。蒲公英们都笑了，大家鞠一个躬，谢谢他。阿因再走上山，月亮姐姐又跟着他走，快慢完全一样。虽然不能携手，一路上都好谈话，不知不觉，已到山顶。山顶上有方平原，平原中央有一块大石、一块小石。阿因坐了小石，就把小篮里的花生米和巧克力倒在大石上，开始野餐了。他叫道："大家来吃东西！"山顶四周围站着的松树一齐"哗啦哗啦"地笑起来。阿因向四周一望，但见他们一个长，一个短，一个蓬头，一个尖头，大家正在探头探脑地望着石桌上的花生米和巧克力，嘴里都滴着口水呢。忽然附近发出一阵娇嫩的喊声，原来是睡在石桌周围的杜鹃花们：

"阿因哥哥，你这时候还来野餐？我们早已睡着，被你惊醒了！谁带你上来的呀？"

阿因点着上面说："月亮姐姐带我上来的！杜鹃花妹妹，你们睡得这么早，真是无聊！大家快点起来吃东西吧？今晚月亮姐姐这样高兴，你们不可不陪她。你们看，她的脸孔从来没有这样的白，这样的圆，这样的大；从来没有这样的可爱的呢！"

白云听见了阿因、杜鹃花们、松树们的笑语声，慢慢地从远方跑过来，也要来参加这野餐大会了。白云走到了石桌顶上，望着花生米和巧克力吞唾液。忽然松树们、杜鹃花们，一齐喊起来：

"白云伯伯，让开点，不要遮住月亮姐姐！"同时月亮姐姐也在上面喊起来：

"白云伯伯最讨厌！他老是欢喜站在我的面前，使我看不到你们。"

松树们大家同情月亮姐姐，接着说道：

"对啊！白云伯伯不但欢喜遮住我，有时竟会走下来，蒙住我们的头，气闷得很！这人真讨厌！"

杜鹃花们也娇声娇气地喊起来：

"白云伯伯怕你们吃东西，所以拿他那个庞大的身体来遮住你们。他想一人独吃这花生米和巧克力呢！"

白云被他们说得难为情起来，只好让开。但他的身体实在庞大，行动很不自由，过了好一会儿，阿因方才看见月亮姐姐的脸。白云伯伯被骂，阿因觉得太可怜了。他就劝道：

"白云伯伯，你下次站在月亮姐姐的后面，就好了。何必一定站在她前面呢？你横竖身体伟大，她遮不到你的呢！"

月亮姐姐扑嗤地笑起来。白云伯伯说：

白云就慢慢地变样子，先把身子伸长，变成一条，然后弯转来，变成一个白环，绕在月亮姐姐的四周

"阿因哥儿，你不知道我的苦处，我是不能走到她后面去的。她的身体实在太娇小，我的身体实在太庞大，一不小心，就要遮住她。如今我有办法：我把身体变个样子，站在她的周围，好不好？"

阿因、松树、杜鹃花们大家赞美。白云就慢慢地变样子，先把身子伸长，变成一条，然后弯转来，变成一个白环，绕在月亮姐姐的四周。底下的人们看了这变态，大家拍手喝彩，大家吃东西，高兴得很！从此大家不讨厌白云伯伯，而且请他多吃点东西了。

大家吃饱了东西，月亮姐姐的身体渐渐地横下去，好像想休息的样子。阿因说：

"我们散会吧，月亮姐姐疲倦了，大家明天再会！"月亮姐姐要送他下山。阿因说：

"你要休息了，不必送我下山。就叫松树哥哥送我下去吧！"

杜鹃花们一齐笑起来。松树说：

"阿因弟弟，要是我们走得动，我们很想送你下去，看看世景，可惜我们是走不动的呀！我有办法：叫我们的溪涧妹妹代送吧。她是一天到晚欢喜跑路的。"

溪涧接着说话了：

"我因为忙得很，没有参加你们的野餐会。但你们的谈话我都听见；而且风伯伯把你们的花生米和巧克力包纸都带给我吃了。香气倒很好。谢谢你们。我原要下山去，就由我代表你们，陪送阿因哥儿下山吧。"

阿因就跟了溪涧妹妹一齐下山。溪涧妹妹会唱许多的歌，在路上唱给阿因听，一直唱到阿因家的门前的河岸边，方始"再会"分手。阿因在路上，从溪涧妹妹学得了一曲最好听的歌。他一边唱着，一边走进屋里去，直到听见他母亲的声音："阿因，你睡梦里唱的歌真好听！"他方始停唱。张开眼睛一看，只见母亲坐在床前的椅子上，泥娃娃笑嘻嘻地站在他的枕头旁边，等候他起来同她玩呢。

卅六〔1947〕年清明于西湖作

赌的故事①

　　我做小孩子的时候，每逢新年，镇上开放赌博四天。无论大街小巷，到处都有赌场。公然地赌博，警察看见了也不捉。非但不捉，警察自己参加也不要紧。因为这四天是一年一度，人人同乐的日子，而警察也是人做的。那是前清末年的事，大家用阴历，警察局叫作团防局。警察叫作团丁。

　　后来民国光复，废止阴历，改用阳历。公开赌博也废止，虽然人家家里及冷僻的地方，仍有偷偷地赌博的。我向大后方逃难，去了十年。我重归故乡，今年过第一个新年，我很奇怪：胜利后的阴历新年，比抗战前的阴历新年过得更加隆重，好比是倒退了十年。记得抗战以前，阴历新年虽然没有尽废，但除了十分偏僻的地方以外，大都已经看轻，淡然处之。岂知胜利以后，反而看重起来：公然地休市，公然地拜年，有几处小地方，竟又公然地赌博。这显然是沦陷区遗留下来的腐败相，这便是战争的罪恶。

---

① 本篇曾载 1947 年 4 月《儿童故事》第 5 期。

赌博之中，有一种叫作"打宝"

　　我好比返老还童，今年在乡间的朋友家里（我自己已无家可归）过了一个隆盛的阴历年。在炉边吃糖茶年糕的时候，听别人谈赌经，想起了儿时不知从哪里听来的一个故事。我讲了一遍，围炉的人听了都很纳罕。我现在就写出来，再在纸上谈给诸位小朋友听。

　　赌博之中，有一种叫作"打宝"。其赌法是这样：有一只有盖的四方匣子，匣子里面有一块四方的木片，木片的一边上有一个"宝"字。摆赌的主人秘密地将木片放入匣中，使"宝"字向着一边，然后将匣子盖好，拿出来放在桌上，叫人猜度"宝"字在哪一边。赌客中有的猜度"宝"字在东面，就在东面打一笔钱，有的猜度在南面，就在南面打一笔钱，有的猜度在西面、北面，就在西面、北面打一笔钱。打齐了，主人把匣子的盖揭开，一看，"宝"字在南面。于是打在南面的人就赢了，主人加三倍配他，例如他打十个铜板，主人要配他三十个铜板。打在东面、西面、北面的钱，都归主人没收。——但我所讲的，不过是一种原理。因为我不懂得赌，所以只能讲个原理。他们有种种名称，什么天门、地门、青龙、白虎……我都弄不清楚。久住在沦陷区的乡间的小朋友，看惯赌博的，也许比我内行，要笑我讲不清楚。但我情愿被笑，而且希望大家不要把这种东西弄清楚。因为这是低级的而且有害的玩耍，我们不可参加。我们现在的兴味，在于一个奇离的故事。

有一个人想靠赌发财。他借了一笔大款子作本钱。在新年里大规模地摆宝。在一个大房间里设一张大桌子，桌子上放着宝匣，许多人围着匣子打宝。大房间里面还有个小房间，小房间与大房间之间的壁上开一个窗洞，他自己住在小房间里做宝。他雇用一个伙计，叫他住在大房间里大桌子旁边开宝，收付银钱。开赌的时候，他先在小房间内把宝做好（就是把匣内的木片上的宝字旋向某一边）。把盖盖上，把宝匣放在窗洞缘上。窗洞的外面挂一个布幕。伙计撩开布幕，取出宝匣，放在桌上，让赌客们大家来打。打齐了，伙计嘴里唱着，把宝匣的盖揭开。一看，"宝"字在哪一边，打在哪一边的钱都要加配三倍；打在其他三边的钱一概吃进。收付完毕，伙计再撩开布幕，把宝匣还放在窗洞缘上，让主人去做宝。主人自己不出来对付赌客，但他可从布幕里静听赌场的情形，知道赢输的消息。

这一天开赌，主人运气不好，连输了三次。到第四次上，有两个大赌客，拿一笔大钱来打在"天门"上，数目我已忘记，总之是很多的，比方是现在的几千万或几万万。主人从幕里听见这情形，大吃一惊。因为这回的宝正做在"天门"上！他听见伙计开宝，他听见一片欢呼声，他听见伙计把他所有的钱配给这两大赌客还不够，又亏欠了一笔大债，而他的赌本完全是借来的，他这一急，非同小可！他急得发晕了！

伙计照常办事：他借债来配了钱，仍旧撩开布幕，把宝匣放在窗缘边，让主人去做。过了一会儿，又撩开布幕，把宝匣取出，再叫赌客们来打宝。赌客们一想，上次"天门"上庄家大输，这次决不再在"天门"，大家打其余的三门。谁知伙计开出宝来，宝字又在"天门"上！于是庄家统统吃进，上次所负的债，还清了一半。

伙计又撩开布幕，把宝匣放在窗缘上，让主人去做。过了一会儿，又撩开布幕，取出宝匣来赌。赌客们想："天门"上一连两次，如今决不再在天门上了。于是大家坚决地打其余三门。谁知伙计开宝，第三次又是"天门"！大批银钱全部吃进，庄家还清了债，还赢了不少。

伙计又撩开布幕，把宝匣放在窗缘上，让主人去做。过了一会儿，又撩开布幕，取出宝匣来赌。这回赌客想："天门"上一连三次了，决不会再联第四次。于是更坚决地打其他三门，而且打的钱数更多。有许多人同时打三门，因为他们计算，吃两门，配一门，还是赢的。谁知伙计开宝，第四次又是"天门"！更大批的银钱全部吃进，庄家发了财！

伙计又撩开布幕，把宝匣放在窗缘上，让主人去做。过了一会儿，又撩

这无心的奇计，竟能使主人大赢；只可惜赢来的这笔大财，主人已经享用不着了！

开布幕，取出宝匣来赌。赌客们看见过去四次都是"天门"，料想他赌五次决不敢再做"天门"。于是大家打其他三门，一人同时打三门的比前次更多。谁知伙计开宝，第五次又是天门！赌客们大声地喧嚣起来，但也无可奈何，只是惊讶庄家好大胆而已。庄家又发了一笔财。

到了第六次，赌客们纷纷议论了。有人说："恐怕第六次又是天门？"但多数赌客不相信，说："从来没有这样的戆大①。"于是大家又打其他三门。结果开出宝来，第六次又是"天门"。大批的钱，又归庄家吃进。

---

① 戆大，江南一带方言，意即愚蠢的人。

如此下去，一连十次，统统是天门。庄家发了大财，银钱堆了两大桌子。赌客们大嚷起来，都说："从来没有这种赌法，"一定要叫主人出来讲话。伙计也被弄得莫名其妙，就推进门去看主人。但见主人躺在榻上，一动不动，手足冰冷，早已气绝了！

　　原来第一次天门上大输的时候，主人心里一急，竟急死了！后来伙计每次撩开布幕，把宝匣放在窗缘上的时候，主人早已死去，并未拿宝匣去从新做过。所以一连十次，都是"天门"。这无心的奇计，竟能使主人大赢；只可惜赢来的这笔大财，主人已经享用不着了！

　　　　　　　　　　　　卅六〔1947〕年二月九日于西湖招贤寺

大人国①

　　我讲的大人国，和一般童话里所讲的不同。所谓大人，并不是身体比山还高，脚比船还大，把房子当凳子坐，而在烟囱上吸烟的那种大人，却是和我们一样的人。那么为什么他们的国叫作"大人国"呢？诸位小朋友读后，也许会相信他们的确是大人。

　　这个国在什么地方？我忘记了。但我曾经去玩过，觉得很特别，所以讲给诸位小朋友听。这国内的社会状态，与我们的国内相同，有农夫，有工厂，有市场，有学者和公教人员，而且也有叫花子、贼骨头②和强盗。他们也有语言文字，但是他们对于有几个字的解释，意义与我们相反。譬如物价涨的"涨"字，他们当作"跌"字讲。福利的"利"字，他们当作"害"字讲。

---

① 本篇曾连载于《儿童故事》1947年6月第6期和9月第9期。
② 贼骨头，江南一带方言，意即小偷、贼。

"吃亏"两字，他们当作"便宜"讲。……这样一来，他们的人事就和我们不同，简直使我们笑煞。我先把他们的商卖和公教的情形讲给你们听：

我们买东西，总希望多得东西，少出铜钱。他们却相反：我看见有一人去买米，问："多少钱一斗？"店主说："顶多八千①块钱一斗，再贵没有了！"买主惊奇地说："哪里的话？别人都卖一万二千元一斗，为什么你只卖八千？我是老主顾，你要客气点，算一万二千吧！"店主不肯："你放心，不会亏待老主顾的！既然说了，就算八千五吧！"买主也不肯："你这老板太精明了，只加五百块钱，差得太多了！顶少顶少，我出一万一，总好卖了！"再三讲价，最后店主说："爽爽气气，一万块钱，再多一个铜板也不卖！"买主勉强答允了。店主拿斗去量米，买主赶过去监督："量好一点，不要量得太满！"店主说："放心，不会叫你吃亏的。"说时斗的上面已经戴了一个高帽子。买主连忙抢上去，用手把米掳平②，又挖了一个深的窟窿。店主连忙拦住他的手，愤愤地说："这变成半斗了！这样我吃亏不起……"双手把米捧进斗去。买主又来抢住。结果，用木棒来夹，公平交易，米才量成功。买主拿了米出去，嘴里还在叽里咕噜，嫌他们的斗太大。店主点一点钞票，追上去说："喂喂，这里是一万一千五百元，多了一千五，不相信你自己去点！"买主惊奇地接了钞票，点过一遍，果然多了一千五百元，只得收回，悻悻然地说："是别人当作一万元给我的，我没有点过，不是有心欺骗你的啊！"这交易方才完成。

---

① 八千，指当时的"法币"，下同。
② 掳平，江南一带方言，意即抹平。

她定要店伙把油倒出，而且定要补送六百块钱

　　小孩子去买东西，最易受商人欺侮。常常有父亲或母亲去向商店交涉。我曾见一个母亲，同一家酱园吵架。母亲手提一瓶菜油，点着瓶说："我叫我家的宝宝拿了一千六百块钱来，买半斤菜油，怎么你们给她装了这满满的一瓶，一斤半还不止？而且只收她一千块钱，退还了六百元来。你们大字号，做生意应该童叟无欺！怎样好欺骗我家这个小孩子呢？不成！"她定要店伙把油倒出，而且定要补送六百块钱。店伙辩解："没有这回事的！这两天菜油跌价，你不相信可以去问。半斤油收她一千块钱，已经二千元一斤了。别

家卖一千六的也有！至于斤两，你这瓶装满也不过半斤多一点点，我们的秤本来是这样大的。"说过，略为倒出一点油。母亲赶上去握住了瓶，狠命地一竖，倒出了小半瓶，店伙连忙抢住。母亲把六百块钱丢在柜上，三脚两步走了。店伙拿了六百块钱追出去，硬要还她："这不行，我们做生意说一不二的！"讲之再三，母亲收回三百块钱，店伙只得拿了其余三百块钱回店，口里不绝地喊："蚀本生意。"

有一次我看见他们的市教育局门前，有大批群众示威请愿。这批人都穿制服，原来是学校的教师。他们手里都拿着旗子，旗子上面写着："要求减低待遇！""要求政府保证以后不再预发薪水！"我看了纳罕。但他们非常认真，高呼口号，群情激昂。后来里面出了一个代表，对群众解释："并非教育局不肯减低，只因政府拨给的教育经费，有增无减。物价一天一天地低落，而政府的教育经费毫不减少，不但不减，而且还有增的消息。至于预发，不瞒你们说，我们已经受了政府五个月预发教育经费，而我们对学校只预发两个月，并不算多。希望诸位体谅国库经济过剩的困难，暂且忍耐。只要国库渐渐空松起来，总有一天接受你们的请愿，而实行减低待遇的。"群众被他搪塞，也只得解散回校。中有一位校长，似乎认识我，就在路上同我谈天。他恳切地告诉我："你是外客，不知道我们的教育界的苦况。我们并非嚣张，实在到这地步，非示威请愿不可了。就照我所管的初中说：底薪五百万，薪水一倍多，平均每人有一千多万，而教师们大都单身青年，担负很轻的，这许多钱叫他们怎么用？最可恶的，物价一天一天地跌落，这一个月来米价跌了一倍多，十二万一担忽然变成五万，猪肉又大跌，五千元一斤的已经跌到两千！听说就要卖一千五呢！你想,这种时局,叫他们做教师的怎么过日子？

市教育局门前，有大批群众示威请愿

我们的会计处，天天有人来存薪水，接受了一个人，其他的人都来，那位体育教师，敲台拍桌，硬要存进三个月的薪津，竟同会计先生吵起架来。你看，这时局怎么得了！……"走了一会儿，他又说了："实在，我们的教师的生活，的确为难！第一，政府拨给的房屋太大。一个单身教师，派到两幢三层楼洋房，叫他怎么支配？勉强雇了三四个工役，还是空得很，许多沙发椅子上积满灰尘，空房里老鼠夜夜猖獗！第二，衣服，政府不断地按月赠送。不是三件哔叽料，就是四匹士林布①。堆在家里，鼠咬虫伤。拿出去送人，受的人一定要出钱，出的比市价高几倍！第三，食物更是一大问题：政府把军政界不放在心上，而对于我们教育界太偏爱了。薪水吃用不完，还要每星期发给公粮。不是面粉，就是奶粉。许多教师家里，面粉堆积如山，都在虫蛀，奶粉堆积日久，发了霉，也只得喂猪；自己又不养猪，拿去送给人家，人家定要付很多的钱。第四，行也是一个问题：街上公共汽车、电车这样多，这样空，政府还要送给每个教师一辆小包车，弄得汽车、电车竟无一人搭乘，常常空车开来开去！……总之，我们今天的示威游行，决不是嚣张、好事，真是万不得已的啊！"讲到这里，我和他分手了。

我和那校长分手之后，在街上漫步，想再找点花样看看。忽然看见一家公馆门口，有一个男人在那里表示要求，公馆里的主人在那里表示拒绝。我走近去，靠在一根电杆上，仔细观看。旁边又来了一个人，一个瘦长子，也站着观看。他自言自语地说道："叫花子这样多，不得了！"我才知道这是叫花子。我看见这叫花子手里拿一只大袋，从袋里摸出一束钞票来，鞠躬如也地向主人哀求：

"谢谢你，好先生！收了这一点点！我实在太多了。送了半天，只送掉二百万。家里还有一屋子的万元钞票呢！先生做做好事，收了这一点点，不过一百万，不在乎的！有福有寿的好先生！"公馆主人厉声地说："不要，不要，走，走！昨天受了你一大束，你今天又来了，宠不起的！以后一点也

---

① 士林布，指当时以"阴丹士林"为牌子的一种棉布。

主人的太太出来了，骂道："叫花子走！
又不是吃饭时光，谁有胃口吃你的？走，
走，走！"

不再受了！快走，快走！"

　　叫花子把钞票分出一半，又哀求道："好先生，受了五十万吧！以后我
不再来了，只此一回，谢谢你好先生！"主人说："你年纪轻轻，不晓得自
己去享用，来推给别人，不要，一个钱都不要！快走，快走！"那叫花子只
得收了钞票，垂头丧气地走了。

　　主人刚想关门，忽又来了一个女人。她手提一只篮，向主人鞠躬，看样

子又是一个叫花子。我听她说道："大老板，修福修寿的吃了这一点！"她揭开篮盖，露出一大碗红烧蹄髈和一大碗鱼翅来。"我实在吃得太饱，不能再吃了！大老板做做好事吧！"接着就伸手去拿出碗来。主人的太太出来了，骂道："叫花子走！又不是吃饭时光，谁有胃口吃你的？走，走，走！"就把门关上了。女叫花子咕噜咕噜地走开了。

我看得出神，忽然觉得，手里的皮包为什么重起来了？提起来一看，发现皮包上已割了一条缝，约有半尺来长。打开来一看，原来的一副衬衣和毛巾、牙刷、牙膏之外，多了两条金条，怪不得这样重！我正在惊讶，一位老人走过，看见我皮包一条缝，就站住了，对我说："你可是遭扒手？这几天扒手多得很，要当心呢！"他问我多了什么东西，我说："两根金条！"他愤然地说："岂有此理！这损失太大了，我替你去报警察。"老人就陪我去告诉岗警。岗警检点我的皮包，问："什么时候被扒的？"我说："我看得出神，竟不觉得。"他说："那很难查，叫我哪里去捉人呢？"我说："我疑心是一个脸有麻点的瘦长子扒的，因为他曾与我一同站着观看叫花子。"警察说："有麻点的瘦长子不只有一个，也很难捉。你留下地址，捉到时再通知你好了。"我说："那么，我把金条给了你，你捉到时还了他吧！"警察双手乱摇："那不行，我们当警察的受不起！"他就去指挥汽车了。

我和老人只得走开。老人边走边对我说："算了吧！你的皮包横竖空空的，受了这两根金条吧。你这损失不算大。我告诉你，上一个月，我家遭贼偷，这损失才大呢……"我请教他怎样大，他继续说道："那一天，风雨之夜，我半夜里起来小便，两脚从床上挂不下来，似觉有物阻挡了。点上灯一看，大吃一惊：满屋子都是钞票，凳上、桌上、地上、床前踏脚板上，纯是钞票。家人被我喊起，大家喊'捉贼'，东寻西找，发现墙脚上一个大洞，可容一个人进出，贼便是从那里送进钞票来的，这一次损失浩大！大大小小，共有二三十捆，而且都是万元大钞票，顶小的也是五千元票子。总数是有几百亿呢！"老人言下不胜悲愤。我说："你报警察吗？"他说："当然！我雇一辆大卡车，装了这些钞票，直送警察局。"我说："他们受了么？"他说："哪里肯受，同你刚才一样：他们说我们警察只能给你们通缉，不能赔偿损失。我只得仍旧把钞票载回。但他们始终没有给我捉到这贼骨头。唉，现在的警察也办得不好！"他不胜悲愤。

谈谈说说，不觉已经走到市梢。忽然听见前面大吹警笛。老人说："又发生事体了！"我跟他上前去看，看见许多武装警察，向公路那边出发。这里公路上停着一辆大卡车，车中满装着米，堆得比黔桂路上逃难的车子还高。一个司机哭丧着脸，向一个警察告诉："我这卡车从君子县开出，本来是空的。不料开到谦让乡附近，突有暴徒十余人从路旁草中跃出，手持木壳枪，迫我停车，将预藏草中的白米两百余袋，如数堆入车中，又用木壳枪迫我开车。我是替老板当司机的，负不起这个责任，务请赶快抓住强盗，退还赃物！"警察说："已经派一小队前去剿缉了。不过谦让乡离此有二十里路，深怕强盗已经匿迹。你何不就近告警察呢？"司机说："没有警察，叫我哪里去告诉？"警察看看车上堆得高高的米，皱一皱眉头，安慰他说："你暂且运去，我们负责侦缉是了。"司机看看米，号哭起来："这许多米叫我怎么办呢！"路上的人都来安慰他。最后他没精打采地上车，把车子开走。

"这许多米叫我怎么办？"

　　老人又悲愤地对我说："警察办得不好！二十里内没有一个警察，无怪盗贼蜂起了！"至此我就和他分手。因为有要事，我在这一天就离开大人国，回到我自己的中华民国来。被扒来的两根金条，依旧存在我的破皮包里。我回进中国，搭上火车。下车的时候，觉得皮包忽然又轻了。打开一看，只有衬衣、毛巾、牙刷、牙膏。那两根金条已经不见了。我记起了，我在火车中看《申报》时，觉得旁座的人摸索摸索，金条一定是他拿去的。我高兴得很，我想："到底是中国！我们的乘客比他们的警察更好。他知道我被扒了，自动替我还赃，而且不告诉我，免得我报谢他。到底是中国！"

卅六〔1947〕年五月三十日于杭州作

姚晏大医师[1]

从前，在一个城市里，有一家报馆。这报馆每日出一张大报，所记载的新闻，一向非常公正，非常确实，全城的民众都爱读，而且信赖。

有一天，报馆的编辑，接到某一市民的一封信，信里面说：

近来民国路一带的小孩子，发生了一种很可怕的病。这病的来势很轻微，不易注目；但日子长久了，不可救药，心碎肠断而死。染到这病的人，口中多唾液，常常想吐口水，或者背脊上发痒，常常想搔。或者手拿了东西容易发抖。病的时候，就是这三件事，此外一点也看不出。但日久以后，其人忽然心痛、肚痛，痛不可当，终于心碎肠断而死。该处门牌某号某姓

---

[1] 本篇曾载 1948 年 1 月《儿童故事》第 2 卷第 1 期。

家等，已有儿童患此病而死者两人，传染此病而未死者不少。因为病的征候轻微，不易注目，故病者忽略求医。即使求医，医生亦看不出病，没有药可给他。这事对于公众卫生，祸害甚大，为此函请报馆，将这事在报上公布，使市民大家注意，当局设法防止。

编者看了信，一想，这决不是造谣，造这谣有什么好处呢？况且即使不确，关于公众卫生的事，预防越周到越好。有则赶快医治，无则岂不顶好！他就把这信在报上发表了。

民国路一带的市民，看了这新闻，大为惊骇。有几个人特地到某号某姓家去问。果然，数日前有两小孩患急病而死，死得很惨、很快，医生也说不出是什么病。问他们的家人，"死前是否有上述三种征候"？家人们回想一下，都说"似乎对的"。有几个女人惊愕地说："对了！我原觉得奇怪，为什么这孩子常常吐馋唾①。"有的说："我似乎记得，他睡着时常常转侧不安。"

又有的说："这孩子拿碗时，手似乎的确有点发抖。"于是一传二，二传三，不到一日，街上的人个个知道，大家不知道这叫什么病，就称它作"心病"。

大家恐怕传染这心病，惧怕得很。这街上最热闹的地方，有一家姓哀的

---

① 馋唾，作者家乡话，意即唾液。

人家，兄弟三个，都在学校上学。父母亲钟爱他们，天天用包车送上学，用包车接回家。他们听到有可怕的传染病，便叫三儿停学，把他们关在家里，不准出门。父母的意思，读书事小，性命事大。三儿的性情都像父母，个个同意，情愿牺牲学业。哀先生和哀太太都是胆小的，时时刻刻地留心，查看三儿的举动。有一次看见大男吐一朵口涎，便大惊失色，扼开他的嘴来查看，是否唾液过多。又有一次看见二男拿木手插进衣领里，在背脊上搔痒，又大惊失色，脱开他的衣服来查看，背上有否异样。又有一次，看见七岁的三男提起茶壶来倒茶，抖抖曳曳的，又大惊失色，便教他试拿种种东西，是否规定要抖。一天之内，要查问数次，察看数次。母亲和父亲，一天到晚眉头紧皱，提心吊胆。外面来一个人，父母两人首先便问："心病是否蔓延？"回答多数是有，"某家的小姑娘传染了，两手抖得厉害"，"某家的男孩子也传染了，一天到晚搔痒"，"某家的婴儿也传染了，一天到晚流口水"。……这种消息，报上也天天登载。

大男、二男和三男，自己也着急。吐出一朵口涎，好似吐出一口血，吓了一跳。舌头连忙在嘴里打滚，看看还有唾液生出来没有。果然又生出唾液来，又吐了一朵。于是悲观起来，疑心自己确已染上"心病"。背脊上呢，感觉更是异样，似乎常常有蚤虫在爬，爬到后来咬你一口，就痒起来，不得不弯过手去抓。越抓越痒，越痒越抓，于是又悲观起来，疑心自己确已染上"心病"。手拿东西呢，拼命用劲，防它发抖。越是用劲，越是要抖。悲观和疑心，一天一天地大起来。后来，三个孩子都躺在床上，不能起身，变成正式的心病患者了。远近知道这事，宣传开去，报上也登出来："民国路某号哀姓家三男孩，同时患心病，起初出口水，背脊痒，两手发抖。近来病势加重，卧床不起，医生皆束手。"第二天，第三天，同类的消息陆续登出，眼见得病势蔓延，全城充满了恐怖的空气。政府当局，召集全城中西医生，开会讨论。医生们毫无办法，大家说，从来没有见过这种病，实在没有药可医。有几个医生，家里也有子女患这种病，都在那里等死呢。

有一天，救星到了。报上登出大字广告来："姚晏大医师专治心病。"下面小字说："本医师亲赴四川峨眉山，采取灵药，专治心病，保证痊愈，不灵还洋。"远近病家，闻知这消息，争先恐后，来请教这姚医生。姚医生看病不须按脉，但用两拳将病人全身敲打，好像剃头人的敲背。敲过之后，给你一点药，嗅入鼻孔，打了无数的喷嚏。然后给药三包，收费三十元。病人走出姚医生的诊所，似乎觉得病已霍然。回家去吃了一包药，果然口里唾液减少了；再吃一包药，背脊上也不痒了；吃过第三包药，手也不抖了，病完全好了。

哀先生和哀太太，用小包车载了三男孩，来请姚晏医生诊病。每人被敲了一顿，打了无数的喷嚏，拿了九包药，付了九十块钱。回到家里病已好了一半。各人吃完三包药，就变成了健康的孩子，依旧上学去了。不消多天，满城的病人个个痊愈，"心病"从此绝迹。政府当局，褒奖姚晏医生的功劳，想聘他做市立医院的院长。全城的医师佩服姚晏医师的妙技，想推他做公会的会长。哀先生哀太太感谢姚晏医师的再造之恩，想替他上一块匾。但他们去访问姚晏医师时，看见屋中空空如也，并无一人。问邻近的人，方才知道姚医生昨夜迁出，不知去向了。追问过去，邻人们说，这医生租住这屋，一共不过半个月，不知从何处来，也不知向何处去。大家惊诧得很。有的人说：

恐怕这是峨眉山的修道者，下山来救我们的？有的人说：恐怕这是天上的仙人，下凡来救我们的？又有人怀疑：这很像是一个骗子。因为姚晏医生这几天之内，收了上千上万的钱。但他的确医好了无数人的病，又不能说是骗子。究竟这是怎么一回事呢？新闻记者们大伤脑筋，弄得莫名其妙。

姚晏医生突然失踪之后，满城议论纷纷。大家说这医生来得神秘。又有人说，这"心病"也来得神秘。曾经患病的人听了这些话，觉得自己从前所患的病，的确神秘；到底是不是一种病，还是问题。哀先生从茶楼上听到这种消息和议论，回家来对太太和三男儿说了，三男儿也都怀疑。大男说："我现在只要心里想口水，口中也会生水。"二男说："对啦，我现在只要疑心背上痒，果真会痒起来。"三男更直率，他说："我的手拿重的东西，本来要抖，现在也要抖，你看！"他就拿起一方砚子来，当场表演。果然两手抖抖曳曳，同从前患病时一样。三男又说："我实在没有病，因为爸爸妈妈说我病，我就病了。"哀先生说："我因为看见别家的孩子都患病，所以怕你们病呀！"三男说："我只吃一包药呢。我觉得自己已经好了，我就懒得吃了。"他就把偷藏在袋里的两包药拿出来。哀先生打开药包来看，见的是白色的粉末，他就包好了，藏在自己袋里。

第二天哀先生上茶楼，茶桌上都在讨论"心病"和"姚晏大医师"的事。大家细心研究，怀疑没有这病，都是谣言造成。哀先生就把三男儿的话讲出来，又拿出两包药来供大众研究。座上一位医生，立刻拿去化验。回来报告，这两包都是苏打粉！饭后吃了助消化的苏打粉！这消息传播开去，曾经患病的人听见了，细心研究，发觉是心理作用——吐口涎、身发痒、手发抖，都会因为疑心而加剧的。原来是上当啦！报馆的记者听见了，要知道他的究竟，就回到报馆里，找出第一次寄来的新闻的原稿来，又找出姚晏医生的广告的原稿来。两下一对，笔迹相同，所用的纸也相同。于是恍然大悟，这原来是一个人造成的骗局！无风起浪，使得许多孩子冤枉生病，许多家长冤枉操心，又冤枉花钱。姚晏大医师原来是个谣言大家！原来是个骗子！

卅六〔1947〕年五月三十日于杭州作

斗火车龙头①

这是我小时候听人讲的故事。三十多年前的事，现在讲给小朋友们听。

火车龙头，其实应该称为"机关车"。那时的中国人对龙有兴味，曾把邮票称为龙头，又把机关车称为龙头。现在我讲的是斗，称为龙头，有趣一点。火车龙头，是钢铁制造的一架大机器，我想多数小朋友是见过的；即使没有见过，在常识书中，一定是大家读到过，而且大约知道其构造和作用的。

话说：某大都市铁道辐辏，比我们的上海复杂得多。他们所用的龙头，也比我们多得多。有一年，铁路局里的人发现有四个火车龙头用得太久，已经很旧；再用几个月，就不能用了。龙头虽然用钢铁制成，但天下没有不坏的物质，龙头用得太久了，寿命也会告终的。铁路局就须得另造四个新龙头

---

① 本篇曾载 1948 年 2 月《儿童故事》第 2 卷第 2 期。

来代替它们。但是，造新龙头工本浩大。铁路局觉得有点肉痛。他们就用心思，动脑筋，希望不费一文，而拿四个旧龙头去掉换四个新龙头；最好呢，掉换之后再倒贴一笔钱。他们真是死要便宜。

但是小朋友们不要笑，他们死要便宜，果然能够达到目的。非但四个旧龙头换得四个新龙头，又赚了一笔钱；却又不是偷来的，不是抢来的。你们想，用什么方法得来？其方法便是"斗火车龙头"，这真是挖空了心思而想出来的玩意儿。

他们在郊外选一块广大的空地。在这空地上，临时造起铁路来。铁路长六十里。在六十里的中点的轨道两旁，临时搭起竹篱笆来。竹篱笆是圆形的，把铁路圈在里头。也就是铁路穿过这圆形，成了这圆形的直径。竹篱笆很大，其直径大约有两里长。这场子的情状，小朋友们大约可以想象：就是六十里的铁轨的正中央，造一个直径两里的圆竹篱，其直径上造着铁轨，铁轨的两端，各自圆外延长二十九里。因为铁轨的共长为六十里。

于是在圆篱笆内，铁轨两旁，离开铁轨两旁各半里的地方，用绳索拦成界线。表明界线以内，看客不可进去。再去借些木梢木板来，在竹篱和界线之间，临时造起几排长凳来，后面一排最高，前面的几排逐渐减低，好像马戏场内的座位。不过坐在这座位上看的，不是马戏，而是斗火车龙头。

于是大登广告。标题：

请看斗火车龙头！

轰轰烈烈，天下伟观！

破天荒大表演！

广告里详细说道：火车龙头，有世间最大的力，可抵七万匹马力。因此，又有世间最高的速度，开足速率时，每秒钟可行××里。故火车，一方面使交通便利，为人类造福；另一方面危险性极大，非当心管理不可。因此，铁路各站，对于行车，管理非常认真。一不小心，设有两车互撞，一定死伤许多人命，毁坏许多物资，其结果之残惨，不可想象。

但人类是万物之灵，既有伟大的创造力来创造火车，又有伟大的好奇心，想要看看火车互撞而不残惨的奇景。为满足人类这好奇心起见，本局不惜工本，情愿牺牲四个火车龙头。并且在郊外某处特辟车场，铺设铁轨六十里，专为表演斗车。今定于某月某日，星期日，下午二时，在该场举行。四个龙头，分两次表演。两龙头相隔六十里，开足最大速率，相对而来，在场的中央互相猛撞。一刹那间，轰声震地，山鸣谷应；火光烛天，烟气冲霄。真是轰轰烈烈的天下奇观，破天荒的大表演。同时经物理专家仔细研究，对看客保证绝无危险。今世科学昌明，机械万能！机械的建设力伟大，早为吾人所目睹；而机械破坏力的伟大，世人实难得看到。欲广眼界，请到××处预购入场券，每位五元，可看两次斗车。座位无多，欲购从速，万勿坐失良机！

那时那地方的五元，大约与中国抗战前的五元相近。照现在物价指数五万倍算，就是廿五万元一看。梅兰芳演戏，票子卖到五十万、一百万，外

再过半秒钟!

加买不到票,有人出加倍钱买黑市票。倘使现在有斗火车龙头,肯出廿五万元看一看的人,一定也很多。况且那时那地方的人的生活比我们安定得多,谁都拿得出五块钱。所以这广告登出之后,买票的人非常拥挤。十个人五十元,一百个人有五百元,一千个人有五千元,一万个人有五万元。十万个人有五十万元。那场子很大,能容不止十万人!铁路局的收入,也不止五十万,那时的五十万,照物价指数五万倍算,就是现在的二百五十亿。造龙头工本虽然浩大,四个龙头总要不到二百五十亿。造了四个新龙头,铁路局还有很多钱可赚。

这表演,我虽然没有亲眼看见,但听人说,的确是很好看的。那天下午,人山人海,手持入场券挤进竹篱笆的入口去,霎时间把场中的座位都占满。

四个旧火车龙头，远远地放在六十里铁轨的两端，起初是看不到的。龙头里的煤，特别加得足，好比给处死刑的犯人吃最后一餐酒肉，特别丰富。煤燃透了，火力大极了。司机走下龙头来，等候发车。沿着六十里轨道，临时装着电话。轨道两端的司机，随时可与轨道中央篱笆内斗车场上的司令部通电话。两端的龙头都已准备，司令部就用电话接洽，以炮声为号，叫两个龙头同时出发。"砰"的一炮，两个司机就将预先布置的机关开动，司机不必在车头内，车头自己会开出了。从出发到相遇，有三十里之遥。这龙头由于特别装置，会越开越快起来。走第一个十里时，已经比寻常载客的特别快车快得多了；走第二个十里时，又快一倍。场内观众万头攒动，遥见两个龙头相向而来的时候，其速度实在异乎寻常。

从观众望见龙头，到双龙相斗，其间不过二三十秒钟！忽然霹雳一声，惊心动魄！但见火光一团，五色缤纷，惊地动天，满天烟雾迷漫，金光闪烁，好比放一个极大的万花筒；又好比照片上见到的原子弹爆炸。真是天下之伟观！天空中的烟雾，据说要过二十分钟方才散尽。天空散下来的，都只是细小的碎片，没有整块的铁，更找不到轮盘、螺旋等机件的痕迹。这两个龙头真是粉身碎骨，化作灰尘！这冲击的猛烈，实在使人不能想象！

这样表演两次。十万观众紧张两次，兴奋两次，拍手欢呼两次；然后带了满足的心情和欢乐的疲劳，而缓缓地回家去。次日，铁路局把这铁轨和斗车场拆去，拿了大笔的收入，去造四个新的火车龙头。

〔1947—1948 年〕

骗　子①

这回讲一个骗子的故事给小朋友们听。骗子是下流人。但我讲的骗子，表面上是上流人，实际上却是做骗子的。你们将来长大了，到社会里做人，说不定会碰到这样的坏人。大家留心，不要受他的骗。

我所讲的骗子，是一个当地有名的大画家。事情是这样：

有一处地方，很大的城市里，有一个富翁。他家里钱很多。但他从小不曾读书，他的家财，是做生意运气好而赚来的。他既然不读书，便无知识，但他有很多的钱，一定要装作有知识的富翁，好在别人面前作威风。他便拿出一大笔钱来，造大房子。他的房子非常高大，非常讲究，同王宫差不多。房子里面的设备，更是富丽堂皇。红木的桌子椅子、大理石的屏风、高贵的

---

① 本篇曾载 1948 年 4 月《儿童故事》第 2 卷第 4 期。

地毡、画栋、雕梁、朱栏、长廊，无所不有。只是缺少一样东西：堂前最好挂一幅名笔的古画，这才古色古香，高雅至极了。他的房子非常之高大，堂前的古画，必须要八尺长的中堂。小的画就不配挂。于是他到处托人，求求这幅八尺长的名笔的古画。

话说当地有个大画家。他的名气非常之大，不但本地人知道，外埠的人也都仰慕他，常有人远道而来，拿很多的钱送他，求他作画的。这大画家很有研究，他看见过许多古画，明朝的、元朝的、宋朝的甚至唐朝的古画，他都见过，家中还藏着不少古画。因此他学得古人的画法，画出来的非常古雅，有人称赞他说："画法直追古人。"凡是爱好古画的人，要买一幅古画，一定去请他看定，是真是假。他说真，人就买了。他说假，人就不要买了。人们对他的"法眼"，是十分信仰的。

富翁到处托人访求八尺长的名笔的古画。有一天，有一个"掮客"，果然替他找到了一幅（掮客，就是代人买卖的人。譬如我有古画想卖掉，就托掮客去找买的人。卖脱之后，譬如卖一百万块钱，我就拿出十万或廿万来送给掮客，酬谢他的辛苦）。这一天，这掮客替富翁找到的，是一幅八大山人画的八尺大中堂。"八大山人"这名字，小朋友们也许在茶碗、花瓶等瓷器上面看见过。这是清朝初年的人，姓朱，名字很奇怪，"大"字底下一个"耳"字，即"奊"，读作"答"。他原是明朝皇帝的本家，所以姓朱。后来明朝亡了，他做了和尚。他这和尚，专门吃酒、作画。他的别名叫作"八大山人"。他的画粗枝大叶，笔力非常强大，气势非常雄浑。当时就很有名，死后名气更大。他的遗作变成了宝贝，卖得非常之贵。有钱的人都想收藏，当作传家之宝。烧窑的人也知道他名气大，在碗上、花瓶上画画的时候，借用他的大名，写"八大山人"四字，假作这碗上、花瓶上的画是大名鼎鼎的"八大山人"画的。这明明是假的。我看一半是为了"八大山人"这几个字笔画简单，都是两笔、三笔的，写起来容易，所以烧窑的人爱借用他。这些闲话不必多说。且讲那一天，那捎客拿了八大山人的八尺大中堂去给富翁看，说："这是中国最有名的大画家的真笔，我好容易从某县某姓人家访来的。"富翁毫无知识，对画更看不懂。他哪里晓得"八大山人""七大山人"呢？他一看，果然纸色黄焦焦，笔致很粗大的一幅古画，便问价钱多少。捎客说："八大山人的东西，因为年代太古了，世界上流传的已经不多。小小的一幅，也要一两亿（那时的价钱数目，我已经忘记了，现在假定这数目，是照最近物价），这幅八尺大中堂，更加难得，至少需价四亿元，不能再少了。"富翁有得是金条，四亿元也不在乎。但他也不肯上当，要查一查这画是真笔还是假造的。他自己没有眼睛，要请别人看。他说："放在这里，等我去请大画家看一看。若是假的，我不要；若是真的，就出四亿元同你买。"捎客高兴得很，连连点头，说："很好，很好，请大画家看，再好没有。他说真便真，假便假，是不会错的。"捎客就把画交给富翁。

富翁办了一桌酒，请大画家来吃，同时请他鉴定这幅八大山人的画。画家果然到了。酒筵非常丰盛，主人非常客气。吃到半酣，主人立起身来，双手一拱，对大画家说："今天大画家光临，小弟有一幅八大山人的古画要法眼鉴别，是真是假。这是别人拿来卖的。若是真笔，便可收买。费心了！"大画家满口答允："便当，便当！八大山人的画，兄弟见过不知多少，家里收藏的也不少。是真是假，一看就可看出，容易得很。便当，便当！"于是

大画家哈哈大笑

画家叫两个二爷①，把画挂起来。大画家戴上眼镜，站起身来，先立在远处一望，再走近去看各部，再退回远处，向画一望。他就哈哈大笑，连忙回到他的座位里去，喝他的酒。富翁问："怎么样？怎么样？"大画家不说话，只是哈哈大笑。富翁再问："到底是真的，是假的？"大画家摇摇头，干脆地说："假！假！假之至了！这不必细看，一望而知是假的！买不得，买不得。"他又哈哈大笑，喝酒，大说八大山人的真笔的好处。他的话都是专门

---

① 二爷，作者家乡话，指高级侍者。

的术语，都是有古典的。富翁张大了嘴巴静听，一点也不懂，只懂得"这画是假的"一句话。他决定不买这假画。他向大画家表示感谢："亏得法眼鉴定！不然，我大上其当了。"吃过之后，大画家就告辞，富翁送到门口，千谢万谢。

第二天，掮客来了。富翁把画交还他，决然地对他说："这画我不要。大画家说是假的。你拿回去吧！"掮客吓了一跳，诧异地说："怎么是假的？大画家怎么会说假的？你老人家不要开玩笑！"富翁说："谁同你开玩笑。假的硬是假的，不要硬是不要。你不相信，去问大画家就是了。"富翁说过就回进内房去。掮客只好掮了那幅八尺长的八大山人大中堂，垂头丧气地回去。

这回富翁虽然靠了大画家的指点而没有上当，但画始终没有买到，大厅的壁上仍是空荡荡的。他总想买到一幅真的。他又到处托人，定要访到一幅八尺长的名笔的古画。但是，古画一定要名笔的，而且要八尺的，实在很难得。过了个把月，他仍未买到画。他想："还是再叫那个掮客来问问看。他那幅虽然是假的，但也许还有真的。别人连假的都没有拿来，万一没有真的，我就暂时买了那幅假的，挂挂再说。价钱要打大折扣。"于是他又派人去叫掮客来。掮客来了，他问："我要真的古代名人的大画，你有没有办到？"掮客说："老爷，这样大的古代名画，我其实办不到了。我只有那天办到的那一幅。"富翁说："那天的那一幅现在还在吗？你真个办不到，就是那一幅假画吧；不过价钱要打大折扣。"掮客说："老爷，没有了！那天的那一幅，你说不要，早已被别人买去了！"富翁说："哦！哪个买去的？出多少钱？"掮客说："是大画家买去的，出四亿元，一个少不得呀！他说这是真的，他并没有对你老人家说这是假的。你老人家被欺骗了！"掮客表示愤慨而得意的样子，又说："那幅画卖四亿，我到手四千万，有得用了，不想再做生意。你老人家托别人去找吧！"说过，转身就走。富翁想了一想，一把拉住他，说："不行，他欺骗我了！他明明对我说是假的，劝我切不可买；原来是他自己要买！他用欺骗手段来抢我的古董！不行，不行，我定要收回那幅画来。你替我去拿回来，我多给些钱你亦可。不然我要同他打官司！"掮客惊诧地说："原来如此？是他要抢买你老人家的？我一定去说，不过他既已买去，能不能拿回来，我不敢负责。"掮客匆匆地去了。富翁愤愤地走进内房，口中自言自语："真真岂有此理，这家伙抢我的宝贝。我非取回不可。我有得是钱！"他老人家气得发昏了。

第二天掮客又来了。讲了一大套话："昨天我从这里走出，立刻去向大画家说，要赎回画来。岂知他对我说：'我是出四亿元买来的！他不要买，我买了。我并不犯法，有什么官司好打？'我说：'你骗他这是假画，所以他不买。你就抢买了去。这明明是欺骗罪。如果打官司，你名誉损失。我劝你还是让给他买吧。'我说过后，他脸上有点儿红。迟疑了一会儿，被我逼不过了，他才对我说：'他要买，拿出八亿元来，我卖给他。少一个我不肯卖，让他同我打官司吧。'我再三辩解，要他照原价卖给你，他无论如何也不肯，说了许多'打官司吧'。我看，真个起官司来，你老人家不见得赢。因为他骗你是没有凭据的，谁叫你相信他的话呢？况且为一张画打官司，也不好听。我看，你老人家是大富翁，只要画是真的，多出三四亿元不在乎此。就出八亿买它回来吧。"富翁听了这一大套话，觉得有理，就出八亿元向大画家买了那幅八大山人的八尺大中堂。又赏了掮客二千万元。

大画家把奸计告诉掮客

　　故事好像完结了，其实还没有，小朋友们，以为我讲的骗子故事就是用欺骗手段抢买一幅古画这件事么？不然！不然！骗子的故事还在下文呢。原来这幅画是大画家假造的。大画家看过许多古画，他手法很巧，能够照样画一幅来冒充古画。起初，富翁托掮客访求八尺长的有名的古画时，掮客就去告诉大画家。大画家就用一张八尺长的旧纸来假造古画。造好了，叫掮客拿去。富翁请客时，大画家故意哈哈大笑，说是假的，劝他切不可买。次日富翁把画退回掮客，说大画家说是假画所以不要，掮客弄得莫名其妙。他想："怎么你自己假造出来的画，对人老实说是假的？莫非自己不要生意？"后来去问大画家，大画家把奸计告诉他，叫他静静地等候，富翁再来叫他时，就说大画家买去了。如此，富翁一定确信这画是真笔，一定要买回去。那时就好敲他一倍的竹杠。结果，富人果然中了大画家的奸计，出八亿元买了一张假画。倘然当初出四亿买了，富翁疑心是假画，心中不高兴。如今出八亿元买了，富翁确信是真笔，心中很高兴了。

〔1948 年〕

窖银拐

掘银窖

银　窖①

江南有个镇，抗战时是游击区。日本鬼同我们的游击队打进打出，打了四五次，打得镇上的房屋全部变为焦土！胜利后，居民无法还乡，都迁居到他处。这镇就变成一片荒土，只有拾荒的贫民，常常到瓦砾堆中去翻垦。有时垦出一把铜茶壶，有时垦出一把火钳，有时垦出一个秤锤……

有一次，一群贫民，在一处石墙脚的旁边，竟垦出一只银窖来。石板底下，有一只铁箱子，箱子里尽是银洋钿。共有七大麻布包，每包内有皮纸封好的十封，每一封内有银洋一百块。就是每封一百元，每包一千元。一共是七千元。贫民们大家抢银洋，一会儿就抢光了。

七千元，在现在只能买三根半油条。但在从前，是可以造一所大房子的，这是谁埋在地下的？人们都不知道。我却是知道的。

---

① 本篇曾载 1948 年 5 月《儿童故事》第 2 卷第 5 期。

三十多年以前，我做青年的时候，这镇上有一家杂货店，就开在那石墙脚的地方。店主人姓王，人都叫他王老板。王老板在民国初年就死去。他的老板娘比他先一年死。只剩一个儿子，是没淘剩①的，滥吃滥用，把店和房子都卖了。买房子的人，抗战以后不知去向了。这荒地就没有主人。银窖呢，正是王老板做的。这七千块银洋，便是王老板一生节省下来的，他看见儿子没淘剩，竟没有告诉他地下有财产。买屋的人，也不知道地下有银窖。因此，王老板遗产就被这群贫民分得了。

　　王老板怎样积得这七千块钱的？我知道的，现在讲给小朋友们听听。这真是很可怜的一个故事！

　　王老板是非常会当家的人。吃的也省，穿的也省，用的也省。他等青菜最便宜的时候，买许多来，做成咸菜，一年的菜蔬就有了。鱼、肉，他是从来舍不得买来吃的。他买最粗最牢的布来做衣服，一件衣可穿一世。他不游玩，不看戏，不喝酒。他的唯一的"靡费"，是每天吸几筒烟。他买最便宜、最凶的老烟，（最凶的烟，容易过瘾，每天可以少吃几筒，就节省了。）装在一支毛竹烟筒里，每天饭后吸几筒。这是他平生唯一的享乐。另外，他还有一件更大的乐事，便是积钱。

　　他的积钱，真是用尽心血，一个一个地积起来的。那时候还没有钞票，

---

① 没淘剩，作者家乡话，意即没出息。

只有铜板、银角子和银洋钱。读这故事的小朋友们，恐怕都是没有见过的。我告诉你们：三十个铜板换一个银角子。十二个银角子换一块银洋钱。（大约如此。有时多些，有时少些，没有一定。）王老板的杂货店很小，每天赚的钱不多。但他一天一天地积存起来，积了三十个铜板，就去换一个银角子。积了十二个银角子，就去换一块银洋钱。他身上有两只袋，一只在大褂上，一只在衬衣上。他规定：铜板藏在大褂袋里，银角子藏在衬衣袋里。大褂袋里的铜板积满了三十个，他就拿出来，去换一个银角子，藏在衬衣袋里，大褂袋就空了。衬衣袋里的银角子积满了十二个，他就拿出来，去换一块银洋钱，藏在枕头底下，衬衣袋就空了。枕头底下的银洋钱积满了十块，他就拿出来，用纸包好，藏在箱子里，枕头底下就空了。箱子里的银洋钱积满了十包，就是一百元，他就用皮纸封好，藏在地窖里，箱子里就空了。地窖里的皮纸包积满了十包，就是一千元，他就用麻布包好，叫作"丁包"。丁包就是一千块银洋钱的包。那些贫民在荒地的石墙脚旁边掘出来的，便是七个"丁包"，就是七千块钱。这七千块钱，都是王老板在几十年间由铜板、角子、洋钱，一个一个地积存起来的。可怜他自己省吃省用，苦苦地把钱藏在地窖里，如今白白地送给素不相识的人！然而这样还算是幸运的。因为分得这些银洋的人都是拾荒的贫民，他们本来饥寒交迫，如今得了这些钱，也可以暂时安乐一下；他们虽然不认识王老板，他们的心里大家感谢这位藏银洋的人的。假如永没有人去发掘这地窖，让这些银洋在地下埋了几千万年，变作泥土，那时王老板的心血才真是冤枉呢！这样说来，王老板并不可怜。但是，在他生前，为了积钱，确是受了不少的苦。你听我说来：

他的大褂里，铜板最多是二十九个。这是他铜板最多的时候，有时看见

他看见茴香豆卖过，心里想买几个铜板
茴香豆来充充饥

糖担挑过，也许买一两个铜板糖吃。但一到了积满三十个的时候他就等于没
有铜板了。因为三十个如数取出，换成银角子，藏在衬衣袋里，他决舍不得
再拿出来兑作铜板而买糖吃了。夏天日子长，王老板中午吃了两碗咸菜下饭，
到下午肚子里"各鹿各鹿"地响。他看见茴香豆卖过，心里想买几个铜板茴
香豆来充充饥。但是这一天他正好积满三十个铜板，早已换成银角子，藏在
衬衣袋里，大褂袋里空空如也，一个铜板也没有了。他只得忍着饥饿，看一
看茴香豆篮，吞一口唾液。

　　有时街上羊肉上市，乡下人杀了羊捎了羊肉到街上来卖。王老板天天吃

他指着一只羊腿问问价钱，那人说八角
银洋

他扛起两肩，缩拢两手，站在店门
口的西北风里发抖

咸菜饭，几个月不吃油水了，看见了羊肉口中生津。他指着一只羊腿问问价
钱，那人说八角银洋。但这一天，王老板的衬衣里正好积满十个银角子，早
已换成一块银洋，藏在枕头底下，他的衬衣袋里只积得两只角子，不够买羊
肉了。他只得向那人摇摇手，反背了两手走开了。

　　有一年冬天特别冷。王老板的棉袍已经穿过十多年，像木板一样硬了。
他扛起两肩，缩拢两手，站在店门口的西北风里发抖。他很想买一件新的棉
袍。探听价钱，大约要七八块银洋。但这时候，正好他枕头底下的银洋积满
十块，早已包成小包，藏在箱子里，他的枕头底下空空如也，一块钱也没有

了。他只得忍着寒冷，早些儿钻在被里睡觉了。等到他枕头底下再积到七八块银洋的时候，冬天已经过去，他就舍不得再买新棉袍了。

有一次，王老板生病了。生的是伤寒病，病势非常沉重。王老板这人家，舍不得请有名的良医，舍不得买贵重的药。他起初只叫老板娘到庙里去求求菩萨，拿点"仙方"（就是香灰）来吃吃。后来旁人劝不过，只得请个医生来开方吃药，医生说，这病很重，须得吃贵重的药，大约要六七十元。但这时候，王老板的箱子早已积满十小包，即一百块银洋，用皮纸封好，藏在地窖里，箱子里所剩的只有两个小包，即二十块钱了。王老板对老板娘说："请医，买药，只能尽此二十块钱，再多我拿不出了。你看我的箱子里，不是只有二十块钱了吗？"老板娘知道他的老脾气，不劝他开地窖。因为银洋一进地窖就等于没有了。但是二十块钱请不到好医生，买不出好药，王老板只得任他生病。总算侥幸，没有病死。他在床里躺了两个多月，起来的时候骨瘦如柴，从此身体就变坏了。但他仍旧省吃省用，把铜板积成银角子，银角子积成银洋钱，银洋钱满了十块藏进箱子里，满了一百块藏进地窖里。

后来有一年，老板娘生病死了。王老板要买棺材，请和尚道士，做丧事，安葬，大约一共要花四五百块钱。地窖本来是不开的，因为王老板平常决没有上一百块钱的用度。如今死了人，用度非上百不可，只得忍痛打开地窖，取出皮纸封的银包来用。但这时候，王老板的地窖中共有七个丁包和两个皮纸小包。这就是七千元和二百元。王老板看见丁包，同没有看见一样，因为他认为丁包是"无论如何不可动用的"。他就关了地窖，哭丧着脸对人说："我只有这两百块钱！老太婆的丧葬，只能尽两百元为度，不能再多用了。"

于是只得去买一个最薄的棺材，和尚道士也省了，草草地安葬。这样已经用了两百元。王老板从来没有这样肉痛的！王老板死了老婆，又花了两百块，悲伤而且肉痛。他把他的不长进的儿子逐出门外，让他去讨饭，免得多花家里的钱。但他终于年纪老了，身体坏了。杂货店的生意又难做，他不能多赚钱了。等到箱子里积到九小包（就是九十元）的时候，他就死了。他的儿子回来了，打开箱子一看，只有九十块钱，就统统拿了。他拿三十块钱去买一个最薄的棺材，把老子的尸体装进，叫人扛到义冢上，就无事了。他先把店中家中所有的东西变卖，拿卖来的钱去喝酒、赌钱、嫖妓女。一会儿花完，就把店和房子统统卖光，拿到钱流荡到他处，不知下落了。那藏着七个丁包的地窖，只有老头子和老太婆两人知道。现在两人都死去，世间就没有人知道。所以他的儿子没有去掘，买屋的人也没有去掘。直到日本鬼子打进来，全镇变成焦土之后，才让拾荒的贫民无意中发掘出来，而给他们受用。故事就这样完了。

〔1948 年〕

原来是一只大白熊，坐在溪边饮水

猎　熊①

　　这一天正是阳春三月，风和日暖。猎人走出门来看看天色，就叫唤他的儿子，准备猎枪、子弹和干粮，到山中去打猎。他的儿子是个小猎人，最爱打猎，本领比他父亲还高。因此他父亲非常欢喜他，每次出猎，必定带他同去。

　　小猎人兴高采烈地准备用具和食物，就跟了大猎人一同入山。因为天气太好，他们父子两人准备在山中打一天猎，中饭也不回来吃，所以要带干粮。他们的干粮是两个面包、两只粽子、两只广橘和一袋水果糖。小猎人在路上想：这一个上午，可以打得许多鸟雀，说不定可以打得一只野鸡。肚子饿了，选一块青草地，同爸爸两人坐着吃粽子，吃面包，吃广橘和水果糖，吃饱就躺在青草地上休息一会儿。下午再打许多鸟雀，说不定可以打得最好吃的斑鸠，然后背着许多野味回家，晚上还有一餐最美味的夜饭呢！

---

① 本篇曾载 1948 年 6 月《儿童故事》第 2 卷第 6 期。

果然，这一上午打得了许多野味，有麻雀，有野鸡，有斑鸠。大猎人提了一部分，小猎人背了一部分。两人走到一处山腰里，一道小溪的旁边，太阳光照着的青草地上，放下东西，相对坐着开始野餐了。大猎人检点一只一只的死鸟，计数一下，还是小猎人打来的多，而他自己打来的少。他称赞他的儿子能干，握住他的两手，表示疼爱。小猎人心中高兴，对着父亲微笑，两人就合唱《幸福的家》的小曲。太阳和暖地照着，溪水潺潺地流着，山上的杜鹃花默默地笑着，蝴蝶翩翩地飞着，父亲和儿子亲爱地唱着。这光景真是一幅美丽、和平、慈祥、幸福的图画。

　　吃饱了干粮，唱完了歌，小猎人立起身来，站在溪边看风景。他向小溪的上流眺望，忽然轻轻地叫道："爸爸，你来看，这雪白的一团是什么东西？在那里动呢！"大猎人立刻从草地上爬起来，走到溪边向上流一望，说声："啊哟，不得了！"小猎人忙问："什么？"大猎人不作声，向腰间拉出望远镜来一窥，就递给小猎人。小猎人一窥，也叫一声："啊哟，不得了！"原来是一只大白熊，坐在溪边饮水！幸而两人没有被它发现。假如他们父子二人正在欢笑唱歌的时候，被这熊听见，它一定悄悄地走到这山腰里来，把父子两人吃掉！熊的脚底下有一块肥厚的肉，叫作熊掌，踏在山地上，好像我们穿软底鞋子，毫无声音。父子两人不曾提防，来不及抵抗，一定死在它手里的！好危险啊！如今父子两人先发见熊，而熊不曾注意他们。他们都是有枪的，熊就一定要死在他们手里了。

　　父子两人，大家装上枪弹，缓步低声，靠溪边的乱草掩护，悄悄地走向熊坐的地方去。同时张大眼睛，密切地注意熊的动作，不要被它发见了追赶过来。熊的后足坐在溪边的石上，前足在溪中弄水，有时向左，有时向右，好像在捞取什么东西。因为距离还远，望不清楚。熊头转向这边的时候，父子两人一齐蹲下来，伏在草间，防它看见，熊的头转向那边的时候，父子两人就站起来走。越走越近，到了枪弹打得中的距离，父子两人停步，蹲在一大丛茅草后面，把枪口插在茅草中间，向熊瞄准。熊并没有注意，管自弄水。

"砰"的一声，小猎人一枪弹正中在熊的项颈里。但见熊身略略颤抖，以后就兀坐不动。又是"砰"的一声，大猎人的枪弹正中在熊的肚皮上。但见一条鲜血，从伤口涌出，流到石上，在雪白的熊毛上画出一根根很粗很红的垂直线。但是那熊依旧兀坐石上，两前足伸起，如像一个人拜揖的样子，一动也不动。随后项颈里的创口也流出一条血来，又在雪白的熊毛上画出一根很粗很红的垂直线。两个猎人都觉得很奇怪。这两枪明明是致命伤，何以这熊不倒下去，却兀坐不动呢？难道这不是熊而是无生命的东西么？再用望远镜细看，一点不错，正是一只大白熊，两眼紧闭，两前足缩起作拜揖状，两后足蹲在石上，两条血汩汩地流着，在望远镜里都可以明白地看出。然而为什么兀坐不动呢？小猎人想走上前去看个究竟，大猎人阻住他，说："再开一枪，打中它的头部，方才可以放心走近去。"小猎人眼睛好，"砰"的一声，正打在熊的脑袋上。熊仍旧兀坐不动。

两个猎人走出茅草，向着熊一步一步地走近去。他们在溪岸上走，走到离熊约一百步的地方，站定了。向下望去，那熊好像冬天孩子们玩的雪菩萨[①]，

---

① 雪菩萨，即雪人。

一动不动地坐着。向侧面看看，创口里的血还不住地流出。大猎人大喊一声，熊如同没有听见。小猎人拾起一块石子，抛到熊的背上。熊不动。再拾一块更大的石子抛到熊的臀部。熊又不动。两个猎人就放心地爬下岸，走到熊的身边去细看。

一看，熊的两眼紧闭，似乎早已死去。两手（就是两前足）捧着一块大石头，死不放手，好像和尚捧着经跪在佛前默祷的样子。猎人觉得非常奇怪，就在离开熊二三尺的地方大喊，又用枪柄敲熊的背脊。但熊仍是不动。猎人用枪柄抵它的身体。熊身太重，动摇不得。到这时候，猎人已不把它当作熊看，两人放下枪杆，走上前去，两手撑住熊的右侧，把熊的身体用力地推。推了好久，熊的身体方才向左倾倒，翻在溪水滩上。它的手里依然紧紧地抱着那块大石头。这可证明熊确已死了。但是，何以它绝不抵抗、咆哮或挣扎，而死活抱住那块大石头呢？小猎人向大猎人看看，大猎人向小猎人看看，大家弄得莫名其妙。

大猎人正在纳罕，眼梢头觉得水里有什么东西正在活动，转身一看，忽见大熊坐的那块石头的旁边，有两只小白熊蹲在浅溪底上的石缝里找小动物吃。这两只小白熊比白兔大些，生得肥头胖脑，雪球似的，十分可爱！它们俩所蹲的地方，正在大白熊手里捧的大石头的底下。这时候，大猎人恍然大悟，长叹一声"啊——哟——"，摇头，悲恸，掉下眼泪来。小猎人到底年纪轻，还没有明白这个道理，慌忙地问："爸爸！怎么了？"他爸爸看看捧着大石头的已死的大白熊，又看看可爱的小白熊，抬起头来，仰望青天，凄惨地叫道："天啊，我做了最残忍的事了！我犯了很大的罪过了！请你饶恕

每人抱了一只小熊，带回家去，好好抚养。父子两人把猎枪折断，从此不再打猎了

我！"又掉下很大的泪珠来。小猎人弄得莫名其妙，连问："爸爸，究竟为什么？究竟为什么？"他也哭了起来。

　　大猎人定一定神，皱着眉头，指着浅滩上的石头说道："你看：那边溪水深，小熊们渡不过去。大熊想把这边的大石头搬几块过去，好让小熊们爬过去找小动物吃。你看，它已经搬了两块去。它正在搬第三块的时候，你的枪弹就打中了它的项颈。这是致命伤，它一定很痛苦，想要挣扎了。但它手里捧着一块大石头，如果挣扎，必须把大石头放手；如果放手，大石头一定掉在小熊身上，而把小熊压死！因此，它忍着痛苦，紧紧地抱住大石头，不使它掉下去。它宁愿自己忍痛而死，舍不得把它的两个儿子压死！我们后来再开两枪的时候，其实它已经死了。只因它的爱子之心太坚，所以死了还能紧抱石头。你看，它现在被我们推倒了，两手还是紧抱着石头呢！啊，父母爱子之心，比石还坚，比死还强！这是何等神秘而伟大的一件事！天啊！我们做了最残忍的事了！我们犯了很大的罪过了！请你饶恕我们！"说着，父子两人大家哭起来。大白熊紧抱石头倒在一旁，一动也不动。两只小白熊还在浅溪里捉鱼虾吃，爬来爬去，十分可爱。它们全然没有知道它们的慈母已被人打死了！

父子两人对小熊看了一会儿，不约而同地大家蹲下去，每人抱了一只小熊，带回家去，好好抚养。父子两人把猎枪折断，从此不再打猎了。

一九四八年三月四日于杭州作

毛厕救命①

　　大约是一九三九年的事，日本打中国打得正凶，天天用几十架飞机来轰炸重庆。他们想我们被炸得害怕，向他们无条件投降。这时候我不在重庆，我住在广西的深山里。有一天有一位朋友从重庆逃到广西来，一看见我，就说："我的性命是毛厕救得的！"我笑道："怎么毛厕会救命呢？"他就把他的故事讲给我和我家的人听。下面的话是他说的。

　　重庆天天放警报，天天有几十架日本飞机来轰炸。住在重庆的人，每天一早吃饱了饭，把门锁好，带了午饭，到山洞里去过一天，晚上才回来。天天如此。因为每天上午下午都有一次轰炸。免得临时仓皇，大家一早先逃。好像天天全家去"野餐"。

---

① 本篇曾载 1948 年 7 月《儿童故事》第 2 卷第 7 期。

大家吃蹄髈

我在公司做事。公司在江边上，离市区远。日本飞机炸的地方，常在市区里，我住的一带地方，从来没有被炸过。我一向胆子很大，从来不逃警报。公司里的人大家逃，我独不逃。他们笑我冒险，我笑他们胆小。我并非看轻自己的生命，实因我有一个道理：敌机虽然多，究竟重庆地方大，我的身体不过五尺，哪里一定炸到我身上？况且我们江边这带地方，房屋稀少，东一间，西一间，零零落落的。投下一个炸弹，不过炸坏一间房子，不会影响别的房子。炸弹的价钱比房子大得多。日本人很小气，一定不肯在这里浪费炸弹的。我因为确信这个道理，所以一向不逃警报。

有一天晚上，他们逃警报回来，带了一只蹄髈来。是一家肉店被炸，猪肉四处飞散，这只蹄髈飞在一道小巷里的地上，被他们拾得的。他们本来不走这小巷，第一天因为有一位同事的手表交一家钟表店在修理，而那家钟表店正在那小巷口头。这位同事想去看看钟表店有没有被炸，因此穿走这条小巷，拾得了这蹄髈。我拿来一嗅，果然新鲜。我说："你们有蹄髈，我有老酒。今晚你们请我吃蹄髈，我请你们喝老酒。"就把藏着的一瓮"渝酒"（就是重庆人仿造的绍兴酒）拿出来请客。这晚上大家吃得烂醉。我喝了两斤酒，睡在床上，好困得很。

哪晓得日本鬼子坏得很，这一天后半夜有月亮，天没有亮，他们就来轰炸。警报一发，同事们大家逃走。我照例不逃，管自睡觉。但是飞机声，炸弹声很大，扰得我睡不着。忽然肚痛起来，肚里咕噜咕噜地响，好像养着许多青蛙。原来昨夜蹄髈吃得太多，把肚子吃坏了。我们的毛厕在后院中，我只得披了一件大衣，急忙下楼，走了大约一百步，到后院去蹲坑。

我正在坑上肚痛，忽听见"豁朗"一响，好像山崩地裂。同时一阵热的灰尘，冲进毛厕房来。毛厕房里的四根柱子动摇起来，墙壁豁裂，掉下许多石灰和瓦片来，把我的头和背脊打得很痛。一块瓦正好打在我的屁股上，皮都打开！（讲到这里，听的人笑煞了。）我的眼睛被灰尘所迷，张不开来。我连忙起身，屁股也不揩了。（听的人又笑。）这时东方已白，天快亮了。我连忙逃出毛厕门外，一看，烟雾迷漫，看不清楚。过了一会儿，才看见：我住的房子已经没有了，变成了一片瓦砾场！敌机还在我头上盘旋，别的地方还在丢炸弹。我怕起来，附近没有山洞，我索性回进毛厕里去躲避。（听的人又大笑。）

毛厕救命

　　躲了很久，警报解除了。我走出毛厕，去看我们的房子的地方，但见砖石瓦砾，楼板门窗，桌面凳脚，横七竖八，一塌糊涂！墙脚还在，我依墙脚认识了我所睡的床铺的地方，但见一个深坑，足有一丈多深。原来炸弹正炸在我的床铺的地方！假如我睡在床上，现在早已粉身碎骨，化作灰尘了！（听的人的嘴巴和眼睛都张大了。）

　　你看，我的性命不是毛厕救得的吗？（大家又大笑。）

　　　　　　　　　　＊　　　＊　　　＊

　　这朋友讲完了他的故事之后，大家静了一会儿。因为大家在想象他那

他的手表要在柱子上碰破了

时的情状。我先说话了："其实，你讲的不是毛厕救命，应该说是蹄膀救命。倘使你上一晚不吃蹄膀，你不会坏肚子。倘使不坏肚子，轰炸的时候你一定躺在床上，不会到毛厕里去。这不是蹄膀救命吗？"

这朋友想了一想，说："那么，也不能说蹄膀救命。应该说逃警报救命。因为，这蹄膀是我的同事们逃警报而拾来的。假使他们不逃警报，不会拾得蹄膀。没有蹄膀，那天晚上我不会吃坏肚子。我不坏肚子，不会上毛厕去，我不上毛厕去，一定被炸死。这不是逃警报救命吗？"

我说："不对！你说过，你的同事们逃警报，一向不走这条小巷；这天因为有一位同事的手表交巷口的钟表店修理，想去看看那店有没有被炸，所以穿走小巷,拾得蹄髈,使你吃坏肚子,清早起床蹲坑,因此救了你的性命。假如你的同事不修表,他们就不走这小巷,就没有蹄髈;没有蹄髈,你不会吃坏肚子,不吃坏肚子,你不去蹲坑;不去蹲坑,你一定被炸死了!这样说来,这不是手表救命吗?"

我的朋友想了一想,笑笑,说:"这样说来,也不是手表救命,而是乒乓球救命。因为这同事有一天晚上和我打乒乓球。他的习惯,是用左手发球的。打得起劲,把左腕向柱上一碰,手表上的玻璃碰破,长短针都不见,因此拿去修的。假如不打乒乓球,手表不必修;手表不修,不必走小巷;不走小巷,不会拾蹄髈;不拾蹄髈,不会吃坏肚子;不坏肚子,不会蹲坑;不蹲坑,我一定被炸死。——这不是乒乓球救命吗?"

我问:"你们是不是天天晚上打乒乓球的?"他说:"不,难得玩玩的。"我说:"那么,那一天晚上打乒乓球,是谁发起的呢?"他想了一想说:"是我发起的。我欢喜打乒乓球,他也喜欢这个。我一发起,他就赞成了。"我说:"那么,也不是乒乓球救命,却是你自己救自己的命。假如你不发起,他不会打破手表;手表不打破,不会去修;不修手表,不会走小巷;不走小巷,不会拾蹄髈;没有蹄髈,不会吃坏肚子;不坏肚子,你不会蹲坑;不蹲坑,你一定被炸死——这不是自己救自己吗!"我的朋友和旁听的人,大家大笑。

这朋友想了一想,又说:"也不是我自己救自己,却是老天救命。因为那天晚上下雨,闷坐无聊,因此我发起打乒乓球。要是老天不下雨,我们的同事们一定三五成群地到山城夜市中去散步，不会关在屋子里打乒乓球的。这不是老天救命吗？"

我拍手称赞："对啦对啦！老天救命，这才对啦！我们刚才那种追究，其实都靠不住。因为还有许多旁的原因，我们没有顾到。譬如说，假使你的朋友没有用左手打球的习惯，手表也不会碰破。假使你的朋友的手表不交付小巷口的钟表店修，而交别的店修，也不会走小巷而拾蹄髈。假使那家肉店的蹄髈不飞到这小巷里，你们也不会拾得。假使日本鬼的炸弹不丢在肉店上，蹄髈也不会飞出来。假使你不爱吃或少吃些蹄髈，也不会坏肚子。……旁的原因，追究起来就无穷尽。所以我的意思，说'老天救命'最为不错。一个人的生死，都操在'运命之神'手里。'运命之神'就是老天呀！"

我的朋友若有所思，后来决然地说："你的说法果然很对。但是太笼统，太玄妙了。我看还是大家不要向上面追究，讲最近的一个原因：'毛厕救命'吧！"

我又拍手赞善："好极，好极！要追究，一直追到老天。不追究，就讲最近一原因，这是最不错的。'毛厕救命'就是'老天救命'。"

一九四八年万愚节于杭州作

没有篙子怎么办呢？

航船户说："这只小船是空的，可是篙子被人借去了。只有一把橹，没有篙子，怎么办呢？"

为了要光明[①]

　　有一个人姓万，名叫夫，家住在乡村里。他家的房子造得很坚固，每个窗子都有三层：外面玻璃，中间铁纱，里面板窗。板窗上又有铁锁，晚上锁好，教偷儿爬不进来。早上开锁开窗，放光明进来。

　　有一天晚上，万夫锁好了窗，把钥匙藏在衣袋里，到附近朋友家去吃喜酒。吃得烂醉，由别人扶着回家，倒在床上就睡。第二天起来，想打开窗子，放光明进来，找来找去，找不到钥匙。这一定是昨夜吃酒醉了，把钥匙掉在外头。万夫连忙到做喜事的人家去问，"有没有在地上捡到钥匙？"人都说："没有。"他在归家的路上仔细寻找，哪里找得到呢？他的钥匙是很特别的，不能向别人借钥匙来开。为了他的卧室里要光明，他只得去请铜匠师傅来开锁。

---

① 本篇载 1948 年 8 月《儿童故事》第 2 卷第 8 期。

太太皱着眉头说："真糟糕，昨天我在井边上削一根木柄，一个失手，把柴刀掉在井里了！我正要想法子拿它出来呢。"

　　村里没有铜匠，须得坐了船，摇十里路，到镇上去请。万夫自家没有船，他到隔壁航船户家里去借船。航船户说："这只小船是空的，可是篙子被人借去了。只有一把橹，没有篙子，怎么办呢？"原来这十里水路很曲折，又很浅，非用篙子撑，不能行船。万夫说："那么，让我到竹林里去砍一支竹竿来，就有篙子了。"

　　为了要砍竹竿，万夫先到灶房里去找柴刀。找来找去找不到。他问他的太太："我们的柴刀哪里去了？"太太皱着眉头说："真糟糕，昨天我在井边上削一根木柄，一个失手，把柴刀掉在井里了！我正要想法子拿它出来呢。"万夫想了一想，说："我有办法。东村李先生家里有一块

吸铁石掉在
地板洞裡了

先生对万夫说："真不巧，我那块吸铁石掉
在地板洞里，还没有取出来呢。"

大吸铁石。我去把它借来，用长绳缚牢了，挂到井底里，柴刀被吸铁石吸
牢，就好拉出来了。"他的太太说："好极，好极，你去借吧。"

为了要取井里的柴刀，万夫走到东村李先生家去借吸铁石。李先生对万
夫说："真不巧，我那块吸铁石掉在地板洞里，还没有取出来呢。因为昨天我
的太太把一只绣花针掉在地上，寻来寻去寻不着，想是落在地板缝里了，就用
吸铁石去吸。谁知绣花针没有吸到，一个失手，反把吸铁石掉进地板洞里了。
这洞虽然很大，可以伸手进去，可是地板下面非常之深，手臂摸不到底，因此
无法取出。你要借用只有请木匠来，把地板拆开，取出吸铁石来。我本来早想
请木匠来把这个洞修补呢。"万夫说："那么，我到西村去把王木匠请来。"

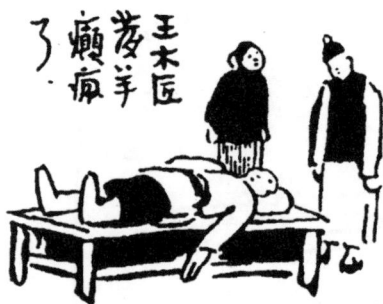

原来王木匠有一种老毛病，叫作"羊癫风"，
一年之中，要发好几次

　　为了要拆地板取吸铁石，万夫走到西村去请王木匠。刚走进门，不见
王木匠，只看见王大嫂坐着，正在发愁。万夫问道："王大嫂，王司务在家吗？"
王大嫂说："他今天老毛病又发作，好端端的倒在地上，我刚把他扶到床上，
现在还没有醒呢。"原来王木匠有一种老毛病，叫作"羊癫风"，一年之中，
要发好几次。发的时候，突然倒在地上，不省人事，口中吐出白沫来，须
得别人把他抬到床上，躺着静养，半天之后，方可起身。倘使要他早醒，须
得到北村去请老郎中来，替他按摩一下，便起身了。万夫晓得他这老毛病，
便说："那么，我到北村去请老郎中来。"

　　为了要医好王木匠的羊癫风，万夫走到北村去请老郎中。刚走进老郎中
家的门，天下起雨来。万夫说："老郎中，王木匠又发羊癫风了！请你劳驾，

老郎中没有雨伞

老郎中说："我一定去的。但是天下雨了，我家的雨伞被客人借去，没有还来；须得到邻家去借一把伞来，方可出门去看病。"

伞放在阁楼上

"伞吗？有是有的，很大的一顶，可是放在阁楼上。"

去救救他！"老郎中说："我一定去的。但是天下雨了，我家的雨伞被客人借去，没有还来；须得到邻家去借一把伞来，方可出门去看病。"万夫说："是的是的，我到隔壁人家去借，借一顶大伞，我们两人合用吧。"

为了要请老郎中出门去看病，万夫傍着屋檐，走到邻家去借伞。隔壁的老婆婆正在念阿弥陀佛，看见万夫进来，站起来说："万夫哥冒雨来！坐坐，躲雨吧。"万夫说："我是从隔壁老郎中家过来的，想请老郎中出门去看病，没有伞，想请你老人家借我们一顶，大一点的。"老婆婆说："伞吗？有是有的，很大的一顶，可是放在阁楼上，那梯子昨天被泥水司务借了去，不能爬上去拿，怎么办呢？"万夫看看阁楼，果然很高，非用梯子，爬不上去。他想了一想说："那么，我去借把梯子来吧。"

梯子放在
后院子裡

"梯子吗？有是有的，放在后院子里。
后院子的大门锁着。"

　　为了要上阁楼去取伞，万夫穿过田塍，到对面的土地庙里去借梯子。土
地庙里的小和尚看见万夫进来，就请他坐。万夫说："不坐了，我要借一把
梯子，用一用就拿来还的。"小和尚说："梯子吗？有是有的，放在后院子里。
后院子的大门锁着，钥匙放在老师父身边，老师父到小桥头张家去念经了。
张家的老太太今天断七①呢！"万夫搔搔头，想一想，说："那么，我到小桥
头张家去找你的老师父拿钥匙吧！"他就走出土地庙，向小桥头去。其实
这时候天早已晴了，用不着伞了。但是万夫只顾目前的需要，从不追究根本
的意义，所以管自奔向小桥头去。

---

① 按照作者家乡风俗，人死之后七七四十九天，谓之"断七"，要为死者诵经念佛。

后来把和尚衣解开来，细细寻找，连裤子腰里、
袜筒里都寻到，寻不见钥匙

　　为了取土地庙后院大门的钥匙，万夫辛辛苦苦地跑到小桥头张家，找到
了老和尚。老和尚正在念经，万夫不便打扰，只得坐着等他念完。等了一个
钟头，老和尚还没有念完。其实这时候，王木匠的羊癫风早已发完，早已起
来了。但是万夫只顾目前的需要，从不追究根本的意义，所以管自坐着等候。
约莫等了两个钟头，老和尚方才念完经。万夫就告诉他，要借庙里的梯，请
他把后院大门的钥匙拿出来，好去开门拿梯。老和尚一口答允。但是，他在
他的衲褯衣里摸来摸去，摸了半个钟头，摸不到钥匙。后来把和尚衣解开来，
细细寻找，连裤子腰里、袜筒里都寻到，寻不见钥匙。老和尚说："啊哟！
我老昏了，把钥匙都掉到不知哪里去了！怎么办呢！"万夫说："你也许放
在庙里没有放在身上？你念经已经念好了，我和你一同回去找找看吧。"老
和尚说："没有放在庙里，一向放在身上这个袋里的。"但是没有办法，姑

我早上对你说过了："这只小船是空的，可是没有篙子。"

且答应他回庙去找。老和尚收拾经书袈裟，交庙祝背了，又算了张家的经忏钱，然后同万夫一同走回土地庙去。走到庙里，就寻找钥匙。寻来寻去，终于寻不到。老和尚说："我这铁锁很坚牢，要扭也扭不断；又很特别，没处去借钥匙。只有请铜匠司务来开了。但是，村里没有铜匠，只有到镇上去请。镇上去，有十里水路，向你们隔壁的航船户家去借一只小船吧。"万夫说："好的，好的，我就去借。"

为了要请铜匠开土地庙后院大门的铁锁，取梯，上阁楼拿伞，陪老郎中去医好王木匠的羊癫风，请王木匠去拆开李先生家的地板，取出吸铁石，吸起井底里的柴刀，到竹林里去砍竹竿，当作篙子，撑船到镇上去请铜匠，来开万夫卧室板窗上的锁，使卧室光明——万夫又走到航船户家去借船。航船户笑着说："我早上对你说过了：这只小船是空的，可是没有篙子。你不是说，去砍根竹竿来当篙子吗？你竹竿砍来了没有？"到这时候，万夫方才想起他这一天的种种行动的根本意义。他似乎恍然大悟了一下。但是过了一会儿，他又把根本意义忘却，而努力追求目前的需要了。他毅然决然说："是的，是的，我去砍竹吧！"说过，就回家去找柴刀……

一九四八年五月六日于杭州

六千元

六千元

金大圆和士云[图]从黑暗的扶梯上走上楼来。

少伯2，汇丰支票四千元，现钞二千元。支票已经到银行

照过了，现钞和和士云的将两个人点过了。一共六千元，向少伯2交代。

金大圆把一只[蓝色牛皮]纸包放立鸦片盘穿边了，向少伯2嗳！

少伯2正立卷云吐雾，自身子里嗯己了一声，就递他嗳2

2地吸烟。吸完一筒，用右手的大拇指把枪斗的口士上一抹，

放下烟枪，立刻拿起少茶壶来喝一口茶，这没闭上眼睛，

停止呼吸，仿佛实划死图了。

此乃游戲文章，
不发表的。（子陵记。）
給知道此事案田人看看。

六千元

六千元①

J 和 S 从黑暗的扶梯上走上楼来。

"小伯伯，汇丰支票四千元，现钞二千元，支票已经到银行照过了，现钞我和 S 阿哥两个人点过了。一共六千元，喏！"

J 把一个蓝色牛皮纸包放在鸦片盘旁边了，向小伯伯交代。小伯伯正在吞云吐雾，鼻子里"嗯"了一声，就继续"嗦嗦嗦嗦"地吸烟。吸完了一筒，用右手的大拇指把枪斗的口子上一抹，放下烟枪，立刻拿起小茶壶来喝一口茶，然后闭上眼睛，停止呼吸，仿佛突然死了。

J 立刻走到里面的马桶间里去了。S 向鸦片铺上的美丽牌香烟罐头里抽了一

---

① 本篇在作者逝世后发表于 1984 年《西湖》杂志 12 月号。小说中有些人名由于不便公开，代之以英文字母。

支香烟，在烟灯上点着了，走到窗边，默默地坐在椅子上，等候小伯伯复活。

　　小伯伯死了约一两分钟，慢慢地张开眼睛来，伸手摸了一支香烟，抬起上身凑近烟灯上去吸着了，重新躺下来，摸摸胡须，慢慢地抽香烟。这时候J已经出来。小伯伯满面春风地看J缀裤带，洗脸，擤鼻涕，梳头发。

　　"天落雨吗？你们辛苦了。"小伯伯说过之后，就打开那个纸包来。他先把那张汇丰银行明天到期的四千元支票映在鸦片灯上仔细察看了一会儿，然后放下支票，拿起厚厚的一刀钞票来约略一翻，对坐在鸦片铺上的J说：

　　"你们点过，总不会错了。J，今天银行关门了，这包东西暂时在你的洋箱里寄一寄吧。"

　　J答应一声，立刻站起身来，拿了纸包，走到鸦片铺旁边的洋箱面前，摸出钥匙来开了洋箱门，把纸包放进里面，再把洋箱门关上，锁好，把钥匙向鸦片铺上一丢，说：

　　"钥匙归您保管好吗，小伯伯？"

　　"岂有此理！你的洋箱钥匙怎么归我保管？你自己也有不少东西在里头。钥匙归我保管了，你少了东西我恕不负责呢，哈哈哈。"

　　J陪着"哈哈哈"，坐上鸦片铺，随手拿了那串钥匙，放进衣袋里，一面搭讪地说："那么你少了钞票我也恕不负责了。哈哈哈。"一面从小伯伯手里接过鸦片枪来，先把枪斗放在灯上，用力一吸，发出"吱"的一声。然后拿起签子来放在火上一烧，签住了一个烟泡，就向烟斗头上装烟。他的手法的熟练令人吃惊：拿签子的右手配合了灯的热度而不停地绕圈子，把签子上的烟泡逐渐移交到枪斗上去。最后他把签子迅速地一扯，所有的烟泡全都粘在枪斗上，签子头上一点也不留存。他立刻放下签子，用拇指和食指去塑造枪斗上的烟泡。他把烟泡塑成阎王殿前的"一见生财"的帽子的形状，然后迅速地拿起签子来放在火上一烧，迅速地向"一见生财"的顶上打进去，又迅速地拔出来，在这打洞的期间，他的拇指和食指不绝地把签子迅速旋转，就像木匠在木头上钻洞一样。他在枪口上吸一下，检验洞是否畅通，然后放下烟枪，透一口气，脸上表出面临幸福似的喜色。的确，他已经辛辛苦苦地把走向黑甜乡的路打通，今后即将逍遥恍惚地遨游于幸福的黑甜乡中了。他在这劳作期间不断地和小伯伯谈话：

"一手交钱，一手交货。现在他们钱已经交清，但我们言定六月一日交屋，今天是五月三十，明天是三十一，这屋子的所有权还是我们的。明天的事情倒也不少，你得把你自己的东西搬回家去；我呢，到汇中旅馆开房间吧。"小伯伯一面说话，一面摸胡须。

"倒要开个大一些的房间。这羊行开张了三十年，零星东西共有六大木箱。家具连屋子卖了，这六木箱您得带回家乡去，总算是淘存①。"J感慨地说。

---

① 淘存，作者家乡话，意即收获、得益，在这里是"总算还有点剩下的"之意。

"怎么，零星东西有六木箱？是些什么东西呢？"

"您没有出来的时候我早已整理好了。喏：账簿、碗盏器具、被褥，还有杂七杂八的东西。我已经把破破烂烂的东西统统送给F（工役）拿回去了。木箱里的都是好用的，白送给他们犯不着，乐得带回去。"

小伯伯拿起一片松子云片糕塞在嘴里，也感慨地说："J，你家父子两代替我管这爿羊行。现在虽然为了生意难做而歇业、卖房子，然而过去三十年间你父子两人功劳不小！这只洋箱我说过送给你了，这些零星东西你也带回家去，也许可以派派用度。这不能算我对你的报酬，是你应得的。我这房子卖得六千元，在这周家嘴路地带，价钱总算还好。我已经满意了。这也是全仗你的忠告和奔走而玉成的。不瞒你说，先父当时买这块地皮是不出钱的。造屋花的钱也很便宜。那时候上海滩上刚刚开辟租界，这一带都是荒地，没有人肯买地造屋。先父有先见之明，大胆地圈定了一块地皮，造起屋子来。造屋还是你父亲监工的呢。全靠有这机关，我们把湖州的羊运到上海来推销，扩大营业，三十年的日子总算大家过得还好。可是以后倒成问题了：我在家坐吃，一时还不至于山空，你那交易所的事到底怎么样？我倒替你担心呢。"

"我的事体，小伯伯，你不要担心。成功与否，虽然现在还渺茫，但是我在上海滩上混了十多年，吃口饭总有办法。过去三十年，我们父子全靠三公公、大伯伯和你小伯伯照顾，一直吃你家的饭，谈不上功劳。倒是这次我劝您把羊行歇业，把房地产让掉，确是替你小伯伯打算。倒不是为了六千元的收入。原来贩羊这个行当，显然已经不是生意了。五六年来连年蚀本，便是一个证据。这件湿布衫，小伯伯亏得现在脱却了，否则受累无穷：年年亏蚀下去，不消几年，连房子地皮都蚀光，恐怕还不够呢。啊，小伯伯，对不对？"说到这里，正好在烟泡上打好洞，就放下烟枪，透一口气，脸上表现出面临幸福似的喜色。

S一直不讲话。在两人谈话的期间，他又到铺上来拿了一支香烟，把这支新的香烟用力在桌子上顿，顿到烟丝紧缩，香烟头上显出一两分深的一个洞的时候，把吸残的小半支香烟装进洞里，接成了一支特别长的香烟。然而，生怕接上去的小半支掉下来，所以他不敢把香烟放平了，垂直地拿着它，却仰起头来吸它：直到火势延及新香烟，方才把手放平。他站起身来，走到烟榻旁边，把本来略驼的背脊弯下些，把本来翘出的下巴更加翘出些，对小伯伯发表一大篇议论：

"J阿哥真可说是两代功臣了。小伯伯总还记得：我们小时候在西栅头的平屋里。五间平屋，是我家公公和你家三公公兄弟两人的共同产业。两家同住，屋子又低小，又狭窄，又潮湿。后来你家三公公有见识，在上海圈了地皮，造了房子，开了湖羊行，全靠J伯伯在上海一手经营，不多几年三公公就在北栅头造起五进三开间的新房子来。那时候人家把我和你叫作'大侄儿、小阿叔'。我还记得新屋落成乔迁之喜那天的晚上，我和你长得一般高，大家穿着新衣服，打着小辫子，拿着火把走在前头，街上的人都喊：'大侄儿送小阿叔进新屋了！'不要说你进屋的阿叔，连我这送进屋的侄儿也满面风光。我记得三公公常说：我家全靠一个J一叔（J

的父亲）和一只老母羊。J一叔在上海替你们挣家当，那只老母羊呢，真真忠心！每逢乡下收来一大批羊要装船运送上海的时候，那些羊都很调皮，仿佛知道这船是载它们去送命的，大家死不肯下船。有时伙计们硬把若干只拖下船去，上岸来再拖别的羊时，只要船里有一只跳上岸，其余的都立刻跟着跳上岸来。扶得东来西又倒，两个伙计竟无论如何不能把一大群羊装进船里去。这时候就非请那只老母羊来不可了：它最先独自乖乖地走下船，在那里咩咩地叫。一大群羊看见老母羊在船里，就模仿它。都自动地跳下船去，结果毫不费力，一大群羊全部装进船里了。船里的伙计立刻把老母羊拉到船头上，推它上岸，立刻开船。岸上的伙计拉了老母羊回去，给它好好地吃一顿。这样，一大船湖羊就装运到上海去换元宝了。可惜J一叔不寿长！然而我们的J阿哥实在能干，可说是'强爷胜祖'！轮到J阿哥手里，湖羊生意已经一落千丈，远不如昔了。几年来虽然连年亏蚀，然而比较起别家来，我们的亏蚀还是小的。湖州好几家湖羊行都破了产呢！全靠J阿哥有眼光，识时务，处处谨慎小心，处处把握胜算，所以这几年来，小伯伯和大伯伯可以安稳地躺在新屋里的鸦片榻上。这回的决策：把羊行歇业，把房子卖脱，又是J阿哥的胜算。要是不然，小伯伯！一年一年地蚀本下去……"

S忽然咳嗽起来，说不下去了。原来小伯伯的香烟蒂头丢在烟灰缸，没有熄灭，那股辣气冲上来，正好冲进S的鼻子里，使他咳嗽得把腰弯成九十度角，好像在对小伯伯深深地鞠躬。然而他觉得意思已经发挥，最后的一句话虽然没有说完，却没有补足的必要了。不，不补足反而余味无穷。所以他一面咳嗽，一面走开去，走到窗下，躺在J睡的床铺上了。

J默默地听S演讲，听到咳嗽的时候，J脸上的喜色愈加浓重了。他立刻拿起烟枪来，"嗦嗦嗦嗦"地抽。这筒烟装得真好：一口气抽下去，流畅而顺利，眼见得那个"一见生财"的帽子越来越低，而且四周平均地低下去，绝无参差，直到全部钻进烟斗里为止。J立刻放下烟枪，坐起身来，拿起小茶壶来喝一口茶，就屏着气息，站起身来，快步跑到自己睡的床铺旁边。S正好躺在他的床铺上，他见他快步跑过来，立刻起身让位。J爬上床铺，两膝跪下，两手按住裤子，头颅叩下去，作五体投地的姿势。忽然两脚飞起，翻了一个筋斗。他翻过之后立刻起身下床，站在地上透一口大气，然后拿起桌子上的水烟筒来，点着煤头纸，坐在以前S坐的那只椅子上吸水烟了。

J翻筋斗的时候，小伯伯和S都视若无睹，仿佛这是当然的，毫不足怪的事。J自己也绝无不好意思的样子，仿佛这是吐痰、擤鼻涕之类的寻常举动。原来J是吸鸦片专家，对此道有独得的研究。他替装鸦片制定三道规格：黄、光、松。这就是说：装出来的一筒鸦片，颜色要黄，表面要光，抽起来要松。如果颜色发黑，这就表示手脚不干净，烟泡烧得太久了，因而发黑，发黑就减味了。如果表面不光，这表示塑造得不好，抽的时候四周不能平均地钻进烟斗里去，即不能流畅顺利地抽完。如果抽的时候不松，这证明烟泡曾经脱落而再装，烧得太久，香味都走了。他还有一种别出心裁的"烟道"：吸完一筒鸦片之后，必须屏息静气，不使烟气泄漏一点，同时翻一个筋斗，使烟的效力由于这"旋转乾坤"的动作而普及于全身。这样，一筒烟可抵三筒烟的效力。J一向实行这"烟道"，的确见效：小伯伯一天要抽四钱，J只要抽两钱。J的抽烟，本来是小伯伯一手栽培起来的：父亲替小伯伯家的上海羊行当经理，J从小在小伯伯家里进进出出。小伯伯一天到晚躺在鸦片铺上，J常常躺在他的对面同他闲谈。小伯伯拿鸦片请客，非常"慷慨"——但必须补充说明，对不会抽的人非常"慷慨"，他逢到不会抽鸦片的人，像这时候的J之类，一定殷勤地请他抽，而且用最好的云土，亲自装好了教他抽。那人起初吞云吐雾，莫名其妙；然而主人这样殷勤，土又这样好，乐得享受，就天天来揩油。过了一两个月，主人鉴定他已经上瘾，态度就逐渐怠慢起来，终于停止请客。那人无油可揩，只得回家去置备烟具，自己开灯。有几个人后来弄得经济困难，废事失业。小伯伯得知了这消息，洋洋得意，捶床大笑。他自己说这是对揩油者的惩戒。其实他这行为出自更复杂的心理：父亲留下了一所三开间五进的大第宅和一笔用亿万条羊性命换来的、现在已经将近耗尽的财产而死去；越老越清健的母亲天天拿骂人和打丫头来消耗她的生活力；三寸金莲、一字不识而貌似土地夫人的太太天天晚上打翻醋瓶，私塾里的"四书""五经"和初等学堂里的英文数学和向上海订购来的新旧各种书籍杂志使他获得了在这小镇上可称"博古通今"的学识；同时遗传下来的守财奴气质又不许他利用遗产去"十年磨剑，五陵结客"；最后一桩近于乱伦的恋爱事件把他打入了"消沉颓废"的冷宫中，他就蓄须，自称三十老人，从此日夜伴着鸦片灯，沉浸在黑甜乡里了。这种种失意和不幸使他对世人——尤其是平安幸福的人——怀抱了嫉妒乃至仇恨的心情。他的不惜拿鸦片来请客，以诱人上瘾，正是这种嫉妒和仇恨的发泄和报复，仿佛拖人落水。J和S都是被小伯伯拖落水的人。J入水尤深，然而因为经济条件的限制，抽鸦片竭力撙节，十分精明：他抽一筒鸦片，总是一气呵成，不让一点烟气中途泄漏，这样可以增加烟的效力。翻筋斗的"旋转乾坤"作用，也是撙节之一道。

J这种举动，小伯伯和S阿哥都早已看惯，认为当然之事，毫不足怪了。

J翻筋斗的时候，小伯伯又开始装烟了。他一连抽了三四筒，然后站起身来，喊F办夜饭。

这是他们住在这屋子里的最后一晚，羊行里伙食已经停开。F押着一个满身油腻而胸前围着一条即将变成黑色的白布围裙的小伙子，走进房间来。小伙子一手提着一只有盖的大篮，一手拿着一壶酒。他把酒壶放在桌上，把篮子放在楼板上了。F揭开篮盖。拨出三碗羊肉大面、一盆白鸡、一盆划水①、一盆虾腰和三副盅筷来陈列了一桌。小伯伯身边摸出两角钱来交给F，说："你自己去买饭吃。"又对小伙子说："明天来算账。"两人答应着下楼去，三个人就围住桌子，吃他们的"最后的晚餐"②。

第二天上午十点钟，小伯伯被S叫醒。S昨晚睡在提篮桥的一个堂兄家里。他是小伯伯乡下的羊行的主管，这一次陪小伯伯到上海来，帮他结束这爿羊行，本来应该和往常一样，跟小伯伯一同宿在这里。但是因为房子已经卖掉，员工已经遣散，伙食已经停开，留宿不很方便，所以他晚上宿在提篮桥的堂兄B家里，白天来替小伯伯办事。再则堂兄B最近做交易所得发，他家的鸦片供应很好，这是S所贪爱的。

---

① 划水，江南一带方言，指鱼鳍和鱼尾。
② 典出《圣经·新约》。据说耶稣受难前曾与十二门徒共进晚餐，席中耶稣预言门徒中有人要出卖他。

"小伯伯，今天的生活结棍①呢！您要破例早起了。"

S说着，向桌子上的罐头里拿了一支香烟，坐在小伯伯对面的J的床铺上了。小伯伯平日最早下午三点钟起身，现在是上午十点钟，在他看来这是夜半。但是因为今天的生活的确"结棍"，他打了一个大呵欠，就坐起身来。他向S坐的床铺一看，问：

"J哪里去了？"

"我刚才到，推进房门来就不看见他。大概出去干什么事情了吧。"

"先到汇丰，把款子安顿了；再到汇中，开好一个房间；然后回来收拾。"小伯伯一面说，一面扭转身去向床头的洋箱上扯了一件毛绒背心，套在身上了；再反过来去扯那条夹裤子，裤脚管从洋箱上滑下的时候发出叮当的一声。小伯伯以为掉了什么东西，扭转身去察看。不看犹可，只因这一看，有分教：公子落难，恶梦团圆。且听我慢慢地道来。

小伯伯看见洋箱的钥匙孔上挂着一串钥匙，被他的裤脚管碰了一下，正在摇荡，发出轻微的叮当声。小伯伯第一秒钟本能地观察这串摇荡的钥匙，只获得一个视觉印象；第二秒钟想起了这现象的内容意义，就感到警惕，终

---

① 结棍，江南一带方言，意即厉害、扎实、够呛，这里表示活儿挺多。

于惊心动魄起来。这情况好比是起初偶然看到一个不相识的女子挽着一个男子的手臂，后来忽然发现这女子是自己的恋人。他来不及穿夹裤，就穿着衬裤下床，来不及穿鞋子，就赤脚在楼板上跨了三四步，走到洋箱面前，伸手握住把柄，用力一拉。那铁门立刻敞开，使得小伯伯几乎向后跌翻，原来没有上锁。他向洋箱里面一望，看见许多纸包，但是其中没有昨晚那个蓝色牛皮纸包。他想，也许灯光之下看不清楚，那纸包并不是蓝色的吧。就把最外面的两个打开来看，然而包着的都是些旧的发票、收据、折子之类的东西，并无支票和现钞。小伯伯心中已有五分恐慌，禁不住叫起 S 来：

"S，昨夜你们拿来的一包到哪里去了？"

S 正在用一根火柴杆子来挖耳朵，侧着头，歪着嘴，闭着一只眼睛，没有注意到小伯伯的行动。听见了叫声，立刻丢了火柴杆，站起身来，吃惊地说：

"咦！昨天您叫 J 阿哥藏在洋箱里的呀！不是他曾经把钥匙交给您保管吗？"

"我并没接受，终于交还他的。喏，现在插洞里呢！"

他一面说，一面打开第三个纸包、第四个纸包来看。这时候 S 也走过来了。两人一同检查了一会儿，S 说：

"昨夜拿来的是蓝色的牛皮纸包，这里面的都不是。"

小伯伯听说确是蓝色纸包，心里的恐慌又增加了两分，变成七分了。S想了一想，恍然大悟地说：

"对啦，一定是J阿哥拿去存银行了。他想小伯伯上午不会起床，下午存银行要损失利息，所以代您去办了。"小伯伯听了这话，心里的恐慌减去了三分，变成四分了。但他看见那串钥匙还在那里摇荡，就质问S：

"那么为什么他不把洋箱锁好，不把钥匙拿走呢？"

S约有三秒钟回答不出，后来用不大有力的声音说：

"大概他匆忙之中忘记锁了。"

"不会匆忙到这地步。管了十多年账，连洋箱都忘记锁？"

"……"S紧闭着嘴，下巴愈加翘出，比鼻子更高。

小伯伯心里的恐慌又添了两分，变成六分了。S忽然顿悟似的叫起来：

"啊，对啦，对啦！您看，这里面全是些旧发票、旧折子，一个钱也不值。蓝纸包已经拿出，还要锁它做什么呢？J阿哥是老练不过的！"

小伯伯觉得理由很对，心里的恐慌又减去了三分，只剩三分了。

这时候听见扶梯上脚步声响，S好像遭难遇救，欢喜地叫起来：

"喏，他回来了，他回来了。好了，好了。"

走进房门的并不是S所希望的"他"，却是F。他缩手缩脚地报告：

"先生，底下来了两个人，一个是一品香的账房，一个是会乐里不知什么人家的，是个老太婆。他们都要找J先生，说今天月底，要向J先生收账。"

"J先生呢？"小伯伯问。

"清早就跑出去了，还没有回来。"

这时候楼下有一个毛喉咙①高声叫喊：

"喂！有人吗？J老板在家吗？"

F向房门跨了一步，又把脚缩回来，看看两人的脸，又向房门跨一步，又缩回来，逡巡了好几次，脸上显出尴尬相，手足无措了。S挺身而出，说一声"我去"，就走下楼去，F跟着他下楼。

---

① 毛喉咙，意即沙哑的嗓子。

小伯伯走到扶梯顶上，一面摸胡须，一面倾听。但听见毛喉咙先说：

"J老板在家吗？我们是六马路信昌，来收账的。……不在家吗？什么时候回来呢？……我在这里等候吧。三个月没有付了，现在S都要现交，我们本钱短小，今天一定要算清了去。……"

接着是一个老太婆的声音："唔呢①是会乐里薛宝钏，喏，前天晚上J大少拿来的一颗金刚钻，哩②说值五百元。昨日唔③拿到好几家珠宝店去，都说是城隍庙④里的，一只铜板也勿值。唔要还给哩，请哩付现钞，两个多月勿曾破过J大少一文钞，今天一定要拿些回去。五百拿勿到，三百是少勿来的……"

最后一个粘润的声音说：

"我们是一品香，也是向J先生算账的。喏，这是账单……"

小伯伯听到这里，不想再听下去，就踱进房间去。他心里的恐慌突然增加了五分，变成八分了！"原来如此，J这个人啊！我一向蒙在鼓里！"接着他想："我这笔钱凶多吉少了！"后来又退一步想："那么为什么昨晚他

---

① 唔呢，上海方言，意即我们。
② 哩，意即他。
③ 唔，意即我。
④ 上海城隍庙一带专卖小商品。

把钥匙交给我保管呢！假定我真个保管了，怎么样呢？"再退一步想："昨天我叫他和 S 去收款。假定他蓄意要谋这笔钱，为什么不半路上抛撇了 S 而逃走呢？为什么一定要拿回来交给了我，再从洋箱里偷去呢？"这退两步的想法又把他心里的恐慌减去了三分，恢复了原来的五分。这时候 S 上楼来了。他没精打采地说：

"我叫他们下午再来，下午他一定回来的。"

S 这句毫无根据的话，在这时候的小伯伯听来很悦耳，而且是确有根据的。因为长年的习惯和现实的环境都在努力地证明它有根据：J 是小伯伯看他长大的，十多年来每次小伯伯和 S 来上海，总是三个人一同在这个房间抽鸦片、喝酒、吃饭、谈天，并且一处睡觉。所以 J 的失踪，在小伯伯的感觉上是不可能的事。这感觉曾经暂时把小伯伯心里的五分恐慌全部取消。然而这暂时真不过几秒钟。因为眼前这只空洋箱是铁一般的事实！J 的影迹全无是死一般的幻灭！小伯伯心里的恐慌一直保住五分。

小伯伯忽然觉得身体异常不舒服，原来是不曾吃早点，不曾吸鸦片的原故。他就叫 S 开铺，替他装烟。一面叫 F 去买一碗虾仁面。

F 拿了虾仁面上楼来的时候，小伯伯已经一连吸了五筒鸦片，立刻爬起身来，匆匆地把面吞下肚子里，似乎不辨滋味的，又似乎吃在肚子外面的。

手表上指十一点四十五分，J 音信全无。

且说 J 昨夜同小伯伯打对子抽鸦片，直到三点钟，J 说："小伯伯明天事情多，今天早点睡吧。"小伯伯平常最早五点钟睡觉，今天情况特殊，就听从了 J 的话。三点半钟，两人都已就睡，电灯熄灭了。

J 躺在床里，心事重重，不能入睡。他想："羊行关门了，房子卖脱了。我的饭碗敲破倒是小事，只要交易所和沙哈①顺利，一下子就抵得一年的薪俸。可恨近来总是财运不好。背了一身债，怎样得了？"他在被窝里屈指计算，妓院、菜馆、燕子窝②的赊款，以及欠朋友们的借款，共有三千元之谱！他原想在交易所或沙哈上捞一笔钱来抵偿这债款，可是屡次失败，债台就越筑越高。他劝小伯伯卖房子的动机中，的确略微含有一点不良之心，然而真不过百分之一二。因为 J 和小伯伯家是同乡又兼亲戚，并且两代宾主，数十年来相依为命。苟非万不得已，他决不肯断送这份老亲，而毁坏自己在故乡的声名。所以他这一点不良之心，一向深藏在胸怀的底奥的底奥里，从来不曾浮出到意识表面上来。三天之前，小伯伯到上海的前晚，J 在法租界的赌场里过了一夜，竭力想从这里面解决问题，免得月底讨债人在小伯伯面前出他的丑。然而这一夜非但没有赢，又输掉了从老婆的秘密箱子里偷出来的四个金戒指。小伯伯到上海，正是 J 山穷水尽的时候。那天他和 S 去收款，他的手拿到那个蓝纸包的时候，这一点不良之心开始蠢动起来，放大起来。他和 S 并坐在电车里，胸前抱着内有蓝纸包的皮箧，偷偷地想："如果这里的

① 沙哈，英文 show hand 的译音，一种打扑克赌博。
② 燕子窝，鸦片馆俗称。

纸包归了我，了清债务之外还有三千元可以受用。有了这本钱，只要运道好，说不定会发大财。那时候就好在租界上另辟小公馆，把薛宝钗接进来，家里的母夜叉住在闸北，不会知道。再想法弄一间市房，开一爿店，不，开一爿洋行。开什么洋行呢？……"想到这里，电车快到站了。S看见他坐着出神，用肘推他一下，大家站起身来。下了电车，须得走几十步路，再换乘公共汽车。走过一个弄堂口，S叫他等一下，就跑进弄堂里去解溲了。J站在弄堂口，又偷偷地想："现在我挟着这皮箧逃脱了，怎么样呢？在这个三四百万人的上海滩上，只要有了这个，我随处都可安身，谁也找我不到。走吧，走吧！"J自己怂恿自己，但是忽然又回心转意："来日方长，将来怎么见人面呢？怎么见小伯伯、S和许多亲戚朋友之面呢？我一个J难道只值六千块钱？使不得，使不得。"犹豫了一会儿，忽然想起了明天月底的债务，他的心又横转来："了结债务的最痛快的办法，现在掌握在我手里，就藏在这皮包里。机会不可错过！我们父子两代替他们挣了偌大家当，用他们这一点钱不算罪过。速断速决，走吧，走吧！"他正要拔起脚来，S掇着裤带从弄堂里走出来了。他装着神秘的笑容挨近J身边，低声地说：

"厕所上面贴着春药广告，是新出的，和你用的牌子不同。我已经把发卖地点记牢了。"

J听了这个忘年的"酒肉嫖赌朋友"的知心着意的私语，本能地感到一种亲昵，本能地同他谈论此中奥妙，本能地跟着他乘上公共汽车，乖乖地回到小伯伯那里。J在电车里和弄堂口所想的，到了小伯伯面前一切化为乌有，仿佛一个得道和尚偶然做了一个春梦。原来他从小在小伯伯身边长大起来，从小伯伯那里学得《三字经》《千字文》《百家姓》和珠算的活归、死归，在小伯伯的鸦片铺上听到做人的种种常识，最后又从小伯伯那里学会了鸦片的抽法，父亲死后终于蒙小伯伯栽培而世袭了这羊行经理的职位，到现在已经十多年了。所以小伯伯对 J 有一种魔力，能够镇压十多年来这奢侈淫荡、奇丑极恶的十里洋场所养成他的流氓气，仿佛马戏班里的人镇压狮子、老虎一样。J 把蓝纸包放在小伯伯的鸦片铺上的时候，那种不良之心早已退避到十亿国土之外了。

人生的大事件往往是黑夜躺在被窝里决策的。白天胆小的人，黑夜躺在被窝里的时候往往胆大起来；白天所不敢做的事，黑夜躺在被窝里的时候就敢做了。电灯熄后 J 躺在被窝里想起了明天月底的债务，想起了洋箱钥匙放在他的衣袋里，弄堂口的警句"机会不可错过""速断速决""走啊，走啊"都在他心中复活起来，扩大起来。到了四点多钟，东方将白的时候，这些警句充塞了 J 的心。他毅然决然地爬起身来，迅速地穿好衣服，鹤步地走到洋箱边，敏捷地开洋箱，狠心地拿了纸包，再鹤步地绕着小伯伯的床铺走到房门口，用软硬工扳开门闩，走下扶梯。凡此种种动作，都异常机警敏捷，毫无一点声息。即使有点声息，小伯伯这时候正在睡乡深处，管不得了。

J 出门之后行踪如何，作者也不大清楚，暂时不去说它。

且说小伯伯吃过面之后，和 S 相对躺在鸦片铺上，很少说话。小伯伯有时挺起眼睛注视着天花板，出神地想；有时举手在床上敲一记，叹一口气；有时恨恨地拉过 S 装好的烟枪来，用力狂吸，吸到一半又猛然地把烟枪推开，闭目冥想。S 怯怯地收回烟枪，悄悄地吸完了他剩下来的半筒鸦片，连忙再装。这样吸了十几筒鸦片，看了十几次手表，时候已经是下午两点半钟。然而扶梯上一直肃静无声，不见半个人来。小伯伯心里的恐慌已经由五分逐渐增加到九分。他希望有人来，同时又恐怕有人来。希望的是 J，恐怕的是那三个讨债的。其实希望的决不会来，恐怕的也决不会来。因为 J 已经自己分别上门去用小伯伯的钱来把债务对付过了。如果小伯伯知道这一点，让心中的恐慌就爽爽快快地达到了十分，倒也干脆；然而他不知道，所以心中还保留着一分希望，反而弄得不尴不尬。正在这时候，S 毅然地坐起身来，用坚决的口气说：

"我去找他！"

立刻飞步下楼而去。小伯伯心中的一分希望本来已经渐渐动摇，这时候又稳定下来。他异想天开：也许 J 在马路上被汽车撞伤，送进医院，但无法来通知我。他心中的希望由一分增加到了三分。他像僵尸一样直挺挺地躺在鸦片铺上，静候 S 带福音回来。

六点半钟，S 垂头丧气地走上楼来。报告如下：他先到闸北宝山路宝山里 J 的家里，J 阿嫂说他七八天不回来了。再到一品香，那个声音粘润的账司非常客气地说，他上午从羊行回来，J 先生已经自己来付过一部分了。问他 J 先生付账之后到哪里去了，他说这可不知道了。S 连忙跑到会乐里薛宝钏家里，那个老鸨头回答的也是这样。S 连忙跑到六马路信昌燕子窝，那个毛喉咙回答的也是这样。S又跑了两家舞厅和两处赌场，终于找不到J，空手回来。小伯伯听了这报告，气得发昏，张大眼睛和嘴巴不发一言。他仿佛已经失却知觉，连摸胡须也忘记了。S这时候就侃侃而谈：

"小伯伯，看样子J是溜脱了！这上海地方，哪里去找他呢？我想他良心不会丧尽，小伯伯且请宽心。倒是目前的事体要紧。这房子明天要交出，今天我们非出屋不可。我去叫一辆榻车，把东西搬到汇中旅馆，再作道理。"接着他把J骂一顿，骂得狗血喷头，淋漓尽致。

小伯伯对J的痛恨本来已经达到十分，被S一骂，竟减去了五分，可见这一顿骂足值三千块钱！小伯伯过去躺在鸦片铺上替别人的纠纷争执打主意，常操胜算，所以来请教他的人很多，但这回自己的事却遭逢了失败。他就仿佛"张天师给鬼迷了"，毫无办法，瘟头瘟脑地呆坐在椅子上，身体似乎缩小了一半。S本来仰承小伯伯鼻息，这时候被J的叛逆一衬托，显得更加忠良；被小伯伯的萎靡一对比，显得更加能干。他就发号施令，整理物件，叫车子，搬东西，像搬一件行李一般把小伯伯拖上车子。叔侄两人就在暮色苍茫中和这羊行的房子诀别，退避到汇中旅馆去了。

*　　　*　　　*

小伯伯和S在汇中旅馆住了三天。这期间S日夜跑在外面，像追妖怪一般追寻J的下落。S的主意：越是能够早一刻找到J，越是可以多捞回一些。小伯伯认为这句话是至理名言，所以特地买云土来供养S，每餐总是叫茶房喊老正兴送酒菜来。但是小伯伯不曾知道：S每天的外勤工作，主要是玩新世界，玩大世界，打台球，或者到会乐里去同熟识的妓女胡调，不过乘便打听打听J的消息而已。

第三天晚上，S照例空手回来。他的总结报告是：凡J平日足迹所到的地方，他都已找过至少三次；宝山路的家里一共去过四次，有一次还是深夜闯进去的，然而毫无结果！小伯伯自己也曾到J家里去过三次，第二次和S在那里不期而遇（S预先知道他要去的）。J阿嫂对他们只是哭，从来不曾供给他们半点消息。她诉说J平日里难得回家过夜，有时家里柴米断绝，须得她跑到羊行里去索取。这回已有十多天不曾回家，柴米又将断绝，教她如何是好！说过又哭。小伯伯起初相信她是真的，但是后来确定她是假的。为什么原故呢？因为今天下午，他第三次来的时候，偶然借马桶解溲，发现放草纸的凳子上放着一只香烟嘴。小伯伯细心，认得这是J的东西，而且分明记得前几天和J对卧在鸦片铺上的时候J常常摸出来使用它。他拿起这香烟嘴来仔细察看，插烟的洞里很滋润，显然是日常使用着的。这证明J阿嫂的话"十多天不曾回家"显然是假的。他就偷偷地把这香烟嘴藏进衣袋带回来。这时候他就摸出来给S看，用侦探小说中的语调对他说：

"香烟嘴十多天不用，一定干燥，不会这么滋润。放草纸的凳子上不会经常放香烟嘴，这一定最近放在那里的。J阿嫂不抽香烟，两个小孩更不必说。即使说是客人的，客人不会用她这马桶。况且我在羊行里的三天常常看见他摸出来用，分明就是这只香烟嘴！这确证J最近一两天内曾经偷偷地回家去过。这个'母夜叉'也不是好人，他们夫妻约通了谋我的财产！好！我也有办法对付！"

S连忙问什么办法，小伯伯不睬，他正在考虑，一面用力地摸胡须，仿佛要把它拔光的样子。

自古以来资本家是惜小不惜大的。所以吾乡俗语说："拔一根，吱哩哩；削一片，贼嘻嘻。"①

可是我们的小伯伯似乎属于例外，他被削了一片之后，并不"贼嘻嘻"，却别出心裁，想用"一根一根"的收回来补偿"一片"的损失。所以他考虑停当之后毅然决然地说：

"我搬进J家去住，一定要他把钱还出来。不然，我一辈子住在他家里，吃它出来！"

S对于这个英明的措施表面上完全拥护。但他心里想：

"还出来是做梦，吃出来是犯贱！算了吧！家里还有几十间市房，几百亩田地，高楼大厦。不回去享福，却在弄堂房子里像叫花子一般讨饭吃，真是十足的犯贱！但我决不反对，反对了说不定他会疑心我'串通'。明天我

---

① 这是浙江崇德、吴兴一带地方的土语。"吱哩哩"是叫痛的意思。"贼嘻嘻"是木知木觉、满不在乎、无可如何的意思。——作者原注。

把这胡子送进弄堂里，就回家去。关我的屁事！"当夜无话。

第二天上午十一点钟，S算清了旅馆账，叫了一辆榻车和两部黄包车，把羊行里搬出来的木箱载上榻车，就和小伯伯各乘一部黄包车，跟着榻车向闸北扬长而去。

车子在宝山路宝山里某号的后门口停下了。小伯伯推开后门，径自进去。走过灶间，跨进客堂，吃了一惊：客堂里的红木陈设已经不见，却零乱地放着床铺、柜子、桌凳、箱笼等物。一男一女正在整理物件，还有三个小孩正在天井里玩耍。小伯伯不加考虑，怒气冲冲地问：

"你们做什么？"

男女两人挺起身子来吃惊地看着这胡子，理直气壮地回答：

"我们租定这房子，今天进屋！你做什么？"

小伯伯一时穷于对付，正在周章狼狈的时候，J阿嫂从扶梯上走下来了。

"小伯伯，请楼上坐。这客堂我已经租出，他们今天早上才搬来的。小伯伯请楼上坐。"

这时候S引导车夫搬进木箱来了。他本来想把木箱堆在客堂里。问明了情由，皱皱眉头，就吩咐车夫把木箱堆在扶梯底下，催小伯伯上楼去休息。小伯伯上楼之后，S 一面监督车夫搬木箱，一面同 J 阿嫂悄悄地谈话。话谈完了，木箱也搬好了。J 阿嫂立刻出门，S 立刻上楼。

S 上楼来，看见小伯伯默默地躺在前楼窗口的醉翁椅上，就把 J 阿嫂的话如实传达：他说"她说 J 始终不曾回来过"；他说"她说她因为经济来源断绝，不得不把客堂租出"；他说"她说小伯伯来住，本来可以住客堂，现在只得她自己搬到亭子间里，请小伯伯住前楼"；他说"她说她也正在四处托人寻找 J……"小伯伯鼻子里哼了一声，不说什么。两人默默无言，过了约五六分钟，J 阿嫂手里端着一个盘走上楼来。她把盘里盛着的两碗虾仁面放在窗前的桌子上了，又从衣袋里摸出两包美丽牌香烟来放在桌子角上了，同时用无限凄凉的声音说：

"小伯伯，S 阿哥，吃些点心……我真命苦，碰出这种事情来。这杀千刀的竟同死掉一样，叫我一个女人带着两个孩子（阿大和阿二刚才在后门口弄堂里看车夫搬木箱，现在悄悄地走上楼来，怯怯地靠在房门口向小伯伯看），怎么办呢！万不得已，我把红木器具卖掉了，把客堂租出了。小伯伯来住，我们当然欢迎，现在只好让我搬到亭子间……"小伯伯不等她说完，从醉翁椅里坐起身来，提高了声音说：

"J 阿嫂，你不必多说，实情我都知道了。J 一定在借我这笔款子作本钱，去做一支生意。发了财自会回来。但我因为需用款子，定要在这里等他。住旅馆开销太大，所以搬到你家来住。你也不必让出前楼来给我住，我住亭子间够了，不过我的钱都被 J 拿走，今后的开销要你代付一下，我每天的需要你是知道的：四钱鸦片、四包香烟，饮食随你供给。等到 J 回来了，还了我钱，我一并算还你。"

"小伯伯说哪里话！我们应该招待小伯伯，只要我有办法。这回的事真真对不起小伯伯，千对不起，万对不起……"

"你不必多说了，快替我去打扫亭子间，买些烟来，要云土的。"小伯伯说过之后站起身来，坐到桌子旁边去吃面了。J 阿嫂惶恐地退出前楼，去打扫亭子间，两个孩子跟着她走。

小伯伯和 S 默默地吃面。小伯伯心里想："一碗虾仁面三角，两包美丽牌两角，一共五角。我已经吃出了这笔款子的一万二千分之一了。"他觉得这办法很高明，津津自喜，脸上不免露出一些笑容来。他继续想："四两烟二元，四包香烟四角，伙食算它六角吧，一共三元。今后我每天可以吃出这笔款子的二千分之一。况且 J 不见得一辈子不回家，总有一天被我抓住……"

S 先吃完面，就走到亭子间里去相帮 J 阿嫂布置亭子间。这亭子间不算很小，虽然两面有窗，然而都被高墙遮住，所以光线幽暗，好像洞窟。J 阿嫂已经把床铺打扫干净，把破破烂烂的东西拿出，把一只小桌子和两只凳子揩过。S 就打开小伯伯的被包来，替他铺了床铺；再打开箱子来，把羊行里带来的鸦片盘、小茶壶、烟灰缸等拿出来，布置起鸦片铺来。

刚刚就绪，小伯伯已经打着呵欠，流着眼泪，走进亭子间来了。S连忙拿出昨天吃剩的鸦片来，替他装烟，两人又遨游在黑甜乡中了。小伯伯看了这新环境，想起两句诗来："山重水复疑无路，柳暗花明又一村。"这时候J阿嫂送进一匣鸦片来，又补了两包美丽牌香烟来，又泡了一壶茶来。小伯伯感到一种幸福。的确，自从发现洋箱上挂着钥匙的时候起直到现在，这三四天之内他好比热石头上的蚂蚁；一刻不曾安定，几乎到了山穷水尽的地步，现在能够安身在这柳暗花明的洞窟里，相形之下真是大大的幸福了。

S因为小伯伯已经决心作"持久战"，就要求先回乡去。小伯伯并不挽留他，但吩咐他在三奶奶（小伯伯的母亲）和大伯伯面前不可直说，但言J暂时借用款项，小伯伯一定会把全部收回，然后还乡。S答应了，去讫。

小伯伯的"吃出六千元"的计划，第一两个星期胜利进行。J阿嫂像送牢饭一样供养他，饭菜虽然逐渐马虎，鸦片倒不缺乏。只是J影踪全无。小伯伯有时追问J阿嫂，但她只有骂和哭，使得小伯伯后来不敢再问。有一天下午，小伯伯起身不久，抽了几筒鸦片，偶然坐起身来，走到窗子旁边，望望窗外的一线天。他听见窗子下面有小孩子的话声，低头一望，看见阿大和阿二坐在灶间的门槛上，正在争吵。阿二手里拿着几片饼干，说：

"这是客堂里的大妈给我吃的，我不肯给你。"

"你不肯给我，我下次买了棒糖也不给你吃。"阿大说。

"你没有铜板。"

"我会向爸爸讨。"

"爸爸不回来。"

"爸爸回来的时候你还睡觉，你不知道。"

"明天我早点醒来，也向爸爸讨铜板，也买棒糖。"阿大突然抽了阿二手里的一片饼干，逃出后门，阿二哭着追出去。

小伯伯听了这番对话，真是"胜读十年书"。他倒身在鸦片铺上，挺起眼睛来看着了又低又黑又破的天花板，出神地想：原来J是常常回家的！时间是小伯伯就寝不久而正好睡的破晓！J阿嫂的哭骂原来都是假的！岂有此理！可恶至极！

这时候J阿嫂捧了一碗阳春面走进亭子间来，小伯伯心头火势正旺，就扯下面子，破口大骂：

"你这混账东西！瞒得我好！J天天清早回家，你当我不知道，却在我面前假哭假骂！老实对你说，我早就知道。喏！（他从衣袋摸出那只香烟嘴来）这个东西为什么放在你马桶旁边的凳子上？这明明是J身边的东西！今天你的两个孩子分明在讲，爸爸是在清早回家的。你怎么还能骗我？现在我忠告你：明天清早他来的时候，你必须留住他，叫他来同我当面一谈。只要有个合理的解决办法，我就回乡去，小小损失我绝不计较。要是一味欺瞒我，老实说，我准备一直住在这里，要你供给一辈子。再不然打官司，要你吃点苦头！"

"啊呀！小伯伯说哪里话？我瞒了你，不是人！香烟嘴是 J 一向放在那凳子上的，小孩子的话哪里可靠？我生得命苦，嫁了这个丈夫，死活不明，要我替他顶灾。我省吃省用，起早落夜，服侍你这老太爷，还要听你的骂声？钱是 J 用你的，关我什么事！你要赖在这里，我不怕你，有饭大家吃饭，有粥大家吃粥，没得吃大家饿死！打官司与我无关！"

她放连珠炮似的说完这番话，立刻板着脸回前楼去，接着听见打骂孩子的声音和孩子号啕大哭的声音。

小伯伯这一顿发泄实在是失策的。因为从此之后，J 阿嫂的供养显然怠慢起来：鸦片常常不足四钱，而且比川土更坏，香烟换了品海牌，饮食一天比一天简陋起来，常常是残羹冷饭，而且里面常常有苍蝇或蟑螂。往时按时送来，现在必须千呼万唤，有时千呼万唤也没有人答应（J 阿嫂带了两个孩子不知到什么地方去了），那时小伯伯只得自己跑出弄堂口去，在摊头上买些点心充饥。这时候已经是阳历六月下旬，天气炎热，床铺里无数臭虫全部出动，日日夜夜地剥削这整天整夜躺在床上的饿瘦了的小伯伯。有一天下午，小伯伯不胜其苦，靠楼下客堂间嫂嫂的帮助，把床拆去，就在楼板上铺一条席子，躺在那里吸鸦片。J 阿嫂出门越来越勤，她是有意规避的，客堂间嫂嫂看见这个蓬头垢面而饿得七分像鬼三分像人的老头子（其实只有三十六岁），自己摸摸索索地到灶间（是公用的）里来炒冷饭，觉得可怜，常常帮助他。小伯伯满肚皮的气无处发泄，有一次把J携款潜逃的事讲给客堂间嫂嫂听了，想博得她的同情，聊以自慰。客堂间嫂嫂听了他的话，问明了他家乡的情形之后，用开导的口气说：

"老先生，我劝你想开点，自家身体要紧。我看还是回家乡去好。在这里糟蹋了身体，反而损失。你们是老亲眷，事情总讲得明白的。犯不着自己吃苦。"

小伯伯回到亭子间里，躺在地板上抽他的搀着三分烟灰的鸦片，回想客堂间嫂嫂的话"犯不着自己吃苦"，觉得确有道理。他达观起来：我譬如没有到手这笔遗产，我譬如周家嘴路的房子火烧了，我譬如这纸包在电车里被扒手扒了去……然而这三四个星期——尤其是最近两个星期——的吃苦算什么呢？是谁教我吃苦的呢？他想了长久，想出的回答是"自己"。他痛悔"吃出六千元来"的计划的失策，埋怨S的不加劝阻。小伯伯心头又加了一种苦痛——后悔的苦痛。

小伯伯抽了三筒鸦片，站起身来，扶墙摸壁地走下楼梯，出得后门，看见一副凉面担子停着。今天J阿嫂整天出门，他没有吃过一点东西，这时候饥肠辘辘。他就站着吃了一碗凉面，然后摇摇摆摆地走出弄堂，到邮票代售处去买了五分邮票和一副信纸信封。回到亭子间里，就用铅笔写信。他写信给他哥哥，但说立刻派S接他回家，其余只字不提。写好之后，想自己去付邮，然而两眼昏花，耳朵里嗡嗡地响，坐在凳子里摇摇欲坠。他就把信放在桌子上，躺下在地板上的席子上的鸦片灯旁边了。他心知是鸦片失瘾之故，因为近几天 J 阿嫂供给的鸦片又少又坏，不能使他过瘾。今天他想和 J 阿嫂交涉，要她买好的来，然而 J 阿嫂整天出门，小伯伯叫天不应。正在狼狈，听见楼梯上脚步声，小伯伯如闻空谷足音，心情兴奋，坐起身来，正想叫喊，一个穿夏布长衫的男子已经出现在亭子间门口，这是 B，是小伯伯的远房侄儿。

B 站在亭子间门口向里面一望，不禁"呀"地叫了一声。因为他所看到的光景同他所预想的相去太远，使他大吃一惊：一个光线阴暗、墙壁龌龊、天花板发黑而破损了的亭子间里，楼板上铺着一条破席子，破席子上放着一个鸦片盘，鸦片盘旁边坐着一个人，胡须像乱麻，鬓毛两寸长，蓬头垢面，骨瘦如柴，身上穿着一件胸前有三四个破洞的汗衫和一条看来已有一个多月不曾洗过的白布裤子，光着的脚上垢秽堆积，好像油漆剥落了的某种器具——总之，竟是马路上的最标准的一个瘪三。周围地板上到处点缀着果壳、废物、灰尘和痰，看来是从来不扫的；墙边放着两只痰盂，一只已经装满绿黝黝的小便，发出浓烈的又辣又醇又腥的气息，一直扑向 B 的鼻子里。

"呀，小伯伯，您，您……"

"B，你来得正好。我鸦片绝粮了，J 阿嫂死不回来，你赶快替我去买了烟来再说。"他从鸦片盘底上摸出一张拾元钞票来，"喏，买十块钱，要云土！还有，这封信替我拿去寄了。"

B 知道他失瘾，因为自己也是"瘾君子"，深深地懂得事态的严重，连忙把手里的一篮荔枝向桌子上一放，拿了钞票和信，飞奔下楼而去。

过了大约一个钟头，B带了云土回来。小伯伯贪婪地抽烟。B坐在凳子上同他谈话。他首先声明：他起初因为事情忙，后来因为生病，所以没有来探望小伯伯，甚为抱歉。其次谈起J的事件，他骂了J几句，又安慰了小伯伯几句。最后他向小伯伯提出忠告，劝他还是早些回乡去，"犯不着自己吃苦"。——这句话和客堂间嫂嫂的话不谋而合。小伯伯听了又增加了后悔的痛苦，他拦住了B的话，说：

"我本来要回去了。那封信便是叫S来接的。几只木箱要带回去，我一个人照顾不了。"

天色渐黑，B烟瘾发作，颇想躺下去抽几筒，而席子上实在太龌龊了，他终于熬着烟瘾，匆匆告别。

J阿嫂始终不回来。小伯伯这一天就拿B送来的荔枝当作粮食。

第二天下午三点钟小伯伯起身，J阿嫂还没有回来。小伯伯心里想："这婆娘有意规避，大概是回娘家去了，昨天我听见阿二在喊'外婆家去'。好在我就要回家，由她去吧。"他捧住了鸦片枪，懒得出门求食。幸喜昨天的荔枝还没有吃完，就再用荔枝当饭吃。

黄昏，小伯伯肚痛起来，连忙走到扶梯头顶去找马桶。他在马桶上坐了半个钟头，站起来的时候眼前发黑，幸而没有跌下楼梯去。他扶墙摸壁地回到亭子间里，立刻躺下去抽鸦片。抽了一筒，觉得小肚子异常胀痛，又非找马桶不可。同时胸中异常难过，似乎要呕吐，然而他已经没有气力走到扶梯顶上去，就拿那只空着的痰盂来当马桶。同时"哑"的一声，喉咙里射出一道瀑布，不青不白的东西吐满了一地，溅到席子上和鸦片盘里。从黄昏到半夜，小伯伯吐泻了七八次。他知道这事情不妙，说不定是霍乱，然而他想：我们抽鸦片的人不怕肚子泻，只要多抽烟就会好。他没有想到：一碗凉面和一篮荔枝是吐泻的原因，抽鸦片的人肚子泻叫作"烟漏"，烟漏是不可救药的。后半夜他已经动弹不得，同时痰盂也已经积满。他顾不得一切，就泻在裤子上，吐在席子上，像婴儿一样。

第二天亭子间的情况不堪设想，但也可想而知：一位××镇上首富人家的豪华奢侈、养尊处优的纨绔公子，为了要吃出六千元来，独自躺在上海宝山路宝山里一个亭子间里的地板上的粪便和痰沫中间，正在奄奄待毙！

J阿嫂不回来。客堂间嫂嫂当然不上楼来。第三天下午S从乡下赶到。他跨进亭子间，一大群苍蝇哄然一声从蜷卧在地板上的小伯伯脸上和身上飞起。

不知什么时候，这位落难公子已经在这亭子间里"大团圆"了。料理后事的当然是S。

S 押送灵柩回到家乡，三奶奶对于别的事情都不甚伤心，最伤心的是小伯伯临终的时辰不知道。因为不知道时辰，不好写榜，不好印讣闻，不好刻墓碑。

　　　　　　　　　　　　　　一九五七年五月廿九日写毕，
　　　　　　　　　　　此乃平生第一次试作小说，游戏而已。

暂时脱离尘世

围桌讲故事

暂时脱离尘世①

夏目漱石的小说《旅宿》（日本名《草枕》）中有一段话："苦痛、愤怒、叫嚣、哭泣，是附着在人世间的。我也在三十年间经历过来，此中况味尝得够腻了。腻了还要在戏剧、小说中反复体验同样的刺激，真吃不消。我所喜爱的诗，不是鼓吹世俗人情的东西，是放弃俗念，使心地暂时脱离尘世的诗。"

夏目漱石真是一个最像人的人。今世有许多人外貌是人，而实际很不像人，倒像一架机器。这架机器里装满着苦痛、愤怒、叫嚣、哭泣等力量，随时可以应用。即所谓"冰炭满怀抱"也。他们非但不觉得吃不消，并且认为做人应当如此，不，做机器应当如此。

---

① 本篇曾收入《缘缘堂随笔集》（1983）。

我觉得这种人非常可怜，因为他们毕竟不是机器，而是人。他们也喜爱放弃俗念，使心地暂时脱离尘世。不然，他们为什么也喜欢休息，喜欢说笑呢？苦痛、愤怒、叫嚣、哭泣，是附着在人世间的，人当然不能避免。但请注意"暂时"这两个字，"暂时脱离尘世"，是快适的，是安乐的，是营养的。

陶渊明的《桃花源记》，大家知道是虚幻的，是乌托邦，但是大家喜欢一读，就为了他能使人暂时脱离尘世。《山海经》是荒唐的，然而颇有人爱读。陶渊明读后还咏了许多诗。这仿佛白日做梦，也可暂时脱离尘世。

铁工厂的技师放工回家，晚酌一杯，以慰尘劳。举头看见墙上挂着一大幅《冶金图》，此人如果不是机器，一定感到刺目。军人出征回来，看见家中挂着战争的画图，此人如果不是机器，也一定感到厌烦。从前有一科技师向我索画，指定要画儿童游戏。有一律师向我索画，指定要画西湖风景。此种些微小事，也竟有人萦心注目。二十世纪的人爱看表演千百年前故事的古装戏剧，也是这种心理。人生真乃意味深长！这使我常常怀念夏目漱石。

男　子①

　　"多福多寿多男子"，是华封人对尧的祝颂。可知远古以来，人间就爱重男子。爱重男子的原因，是为了男子能使你的种子繁殖，不致无后绝嗣。而女子则嫁与别家，去繁殖别人的种子，所以人都重男轻女。

　　希望种子繁殖，是世间一切生物的本能。人是生物之一，当然也具有这种本能。孔子说："不孝有三，无后为大。"耶稣《圣经》的"创世记"中，有这样的记载：一人丧妻，有二女而无子。一女悯父无后，用酒将父灌醉，与之同房，为之生子。这奇离的故事，正是说明无后之可怕，男子之可贵。人为万物之灵，处处凌驾别种动物，独有繁殖种子一道，竟与别的动物无异。这是一种野蛮根性。世间除了极少数独身主义者之外，都具有这种根性。

① 本篇曾收入《缘缘堂随笔集》（1983）。

我小时看见过不少爱子重嗣的实例。有一亲戚，家道小康，而两女伢伢生，老年无子。于是到处求神，拜佛，行善，许愿，果然生了一子。老夫妻爱之如拱璧，命令两女悉心护持，出必随侍，食必喂哺。此子长大到十五六岁，即计划婚事，必娶三妻，克昌厥后。岂料此子入大学后，恪守一夫一妻制，重违父命。父死之时，尚未抱孙。后来娶妻，不生子女，因故自杀，此家终于绝嗣，哀哉。

　　邓攸无子，古人说是天道无知。陶渊明胸怀旷达，也说"弱女虽非男，慰情聊胜无"。甚矣，男子之可贵也！

牵牛织女星

牛　女①

　　七月七日之夜，牛郎织女鹊桥相会。这神话历史悠久，梁宗懔的《荆楚岁时记》中即有记载。织女这名词，由来更久，诗《小雅》中已见；《汉书·天文志》中说此乃天帝的孙女，故名天孙。大约因此产生神话，说天帝将织女嫁与牛郎后，织女废织，牛郎废耕。天帝怒，将二人分置银河两岸，只许每年七月七日之夜相会一度。《荆楚岁时记》中说："是夕人家妇女结彩缕穿针，陈设几筵酒脯瓜果于庭中以乞巧。"我小时候，吾乡还盛行此风俗。我家姊妹多，祭双星时，大家在眉月光中穿针，穿进者为乞得巧。我这男孩子也来效颦，天孙总是不肯给巧。这些虽是迷信的玩意，回想起来甚有趣味。古人云："不为无益之事，何以遣有涯之生？"

---

① 本篇曾收入《缘缘堂随笔集》（1983）。

七夕牛女鹊桥相会，长为诗人词客的好题材，古来佳作不计其数，各人别出心裁。有人说："多情欲话经年别，哪有工夫送巧来！"有人翻案，说："金风玉露一相逢，便胜却人间无数。"又说："两情若是久长时，又岂在朝朝暮暮！"又有人揶揄他们，说："笑问牵牛与织女，是谁先过鹊桥来？"又有人异想天开，说他们是夜夜相会的："人间刚道隔年期，指天上、方才隔夜。"有道是"山中方七日，世上已千年"，则何妨说"天上方一日，世上已隔年"呢。但这些都是诗人弄笔，博人一笑。总之，牛女会少离多，常得世间旷夫怨女的同情。"天孙莫怅阻银河，汝尚有牵牛相忆"可谓沉痛之语。《古诗十九首》中也同情他们："迢迢牵牛星，皎皎河汉女。纤纤擢素手，札札弄机杼。终日不成章，泣涕零如雨。河汉清且浅，相去复几许。盈盈一水间，脉脉不得语。"可谓寄托深远。

酒 令[①]

　　我父亲中举人后，科举就废。他走不上仕途，在家闲居终老。每逢春秋佳日，必邀集亲友，饮酒取乐。席上必行酒令。我还是一个孩童，有些酒令我不懂得。懂得的是"击鼓传花"。其法，叫一个不参加饮酒的人在隔壁房间里敲鼓。主人手持一枝花，传给邻座的人，依次传递，周流不息。鼓声停止之时，花在谁手中，谁饮酒。传花时非常紧张，每人一接到花，立刻交出，深恐在他手中时鼓声停止。击鼓的人，必须隔室，防止作弊。有的击鼓人很有技巧：忽而缓起来，好像要停止，却又响起来；忽而响起来，好像要继续，却突然停止了。持花的人就在一片笑声中饮酒。有时正在交代之际，鼓声停止了。两人大家放手，花落在地上。主人就叫这二人猜拳，输者饮酒。

　　又有一种酒令，是掷骰子。三颗骰子，每颗都用白纸糊住六面，上面写

---

① 本篇曾收入《缘缘堂随笔集》（1983）。

字。第一只上面写人物，第二只上面写地方，第三只上面写动作。文句是：公子章台走马，老僧方丈参禅，少妇闺阁刺绣，屠沽市井挥拳，妓女花街卖俏，乞儿古墓酣眠。第一只骰子上写人物，即公子、老僧、少妇、屠沽、妓女、乞儿。第二只骰子上写地方，即章台、方丈、闺阁、市井、花街、古墓。第三只骰子上写动作，即走马、参禅、刺绣、挥拳、卖俏、酣眠。于是将骰子放在一只碗里，叫大家掷。凭掷出来的文句而行酒令。

　　如果手运奇好，掷出来是原句，例如"公子章台走马"，那么满座喝彩，大家为他满饮一杯。但这是极难得的。有的虽非原句，而情理差可，则酌量罚酒或免饮。例如"老僧古墓挥拳"，大约此老僧喜练武功；"公子闺阁酣眠"，大约这闺阁是他的妻子的房间："乞儿市井酣眠"，也是寻常之事。但是骰子无知，有时乱说乱话："屠沽章台卖俏""老僧闺阁酣眠""乞儿方丈走马"……那就满座大笑，讥议抨击，按例罚酒。众口嚣嚣，谈论纷纷，这正是侑酒的佳肴。原来饮酒最怕沉闷，有说有笑，酒便乘势入唇。

　　小孩子不吃酒，但也仿照这酒令，做三只骰子，以取笑乐。一只骰子上写"爸爸、妈妈、哥哥、姐姐、弟弟、妹妹"；一只骰子上写"在床里、在厕所里、在街上、在船里、在学校里、在火车里"；一只骰子上写"吃饭、唱歌、跳绳、大便、睡觉、踢球"。掷出来的，是"爸爸在床上睡觉""哥哥在学校里踢球""姐姐在船里唱歌""哥哥在厕所里大便""弟弟在学校里跳绳"，便是好的。如果是"爸爸在床里大便""妈妈在火车里跳绳""姐姐在厕所里踢球"，那就要受罚。如果这一套玩厌了，可以另想一套新的。这玩法比打扑克牌另有风味。

酆　都①

　　我童年住在故乡浙江石门湾时，听人传说，遥远的四川酆都县，是阴阳交界之处。那里的商店柜子上都放一盆水。顾客拿钱（那时没有纸币，都是铜币和银币）来买物，店员将钱丢在水里，如果沉的，是人的真钱；如果浮的，是鬼的纸钱，就退还他。后来我大起来，在地图上看到确有酆都这地方，知道这明明是谣言。

　　抗日战争期间，我避寇居重庆，有一次乘轮东下，到酆都去游玩。入市一看，土地平旷，屋舍俨然，行人熙来攘往，市容富丽繁华，非但不像阴间，实比阳间更为阳间。尤其是那地方的人民，态度都很和气，对我这来宾殷勤招待。据他们说，此间气候甚佳，冬暖夏凉。团体机关，人事都

---

① 本篇曾收入《缘缘堂随笔集》（1983）。

很和谐，绝少有纠纷摩擦。天时、地利、人和，此间兼而有之，我颇想卜居于此。

我与当地诸君谈及外间的谣言，皆言可笑。但据说当地确有一森罗殿，即阎王殿，备极壮丽。当年香火甚盛，今则除极少数乡愚外，无有参拜者。仅有老道二三人居留其中，作为古迹看守而已。诸君问我要去参观否，我欣诺。彼等预先告我，入门时勿受泥塑木雕所惊。我跨进殿门，果有一活无常青面獠牙，两眼流血，手执破扇，向我扑将过来，其头离我身不及一尺。我进内，此活无常即起立，不复睬我。盖门内设有跷跷板，活无常装置在一端也。记得我乡某庙亦有此装置，吓死了一个乡下老太，就拆毁了。此间则还是当作古迹保存。其中列坐十殿阎王，雕塑非常精美，显然不是近代之物。当作佛教美术参观，颇有意味。殿内匾额对联甚多。我注意到两联，至今不忘。其一曰："为恶必灭，若有不灭，祖宗之遗德，德尽必灭；为善必昌，若有不昌，祖宗之遗殃，殃尽必昌。"其二曰："百善孝当先，论心不论事，论事天下无孝子；万恶淫为首，论事不论心，论心天下无完人。"前者提倡命定论，措辞巧妙。后者勉人为善，说理精当。

癞六伯[1]

癞六伯，是离石门湾五六里的六塔村里的一个农民。这六塔村很小，一共不过十几户人家，癞六伯是其中之一。我童年时候，看见他约有五十多岁，身材瘦小，头上有许多癞疮疤。因此人都叫他癞六伯。此人姓甚名谁，一向不传，也没有人去请教他。只知道他家中只有他一人，并无家属。既然称为"六伯"，他上面一定还有五个兄或姐，但也一向不传。总之，癞六伯是孑然一身。

癞六伯孑然一身，自耕自食，自得其乐。他每日早上挽了一只篮步行上街，走到木场桥边，先到我家找奶奶，即我母亲。"奶奶，这几个鸡蛋是新鲜的，两支笋今天早上才掘起来，也很新鲜。"我母亲很欢迎他的东西，因为的确都很新鲜。但他不肯讨价，总说"随你给吧"。我母亲为难，叫店里

---

① 本篇曾收入《缘缘堂随笔集》（1983）。

的人代为定价。店里人说多少，癞六伯无不同意。但我母亲总是多给些，不肯欺负这老实人。于是癞六伯道谢而去。他先到街上"做生意"，即卖东西。大约九点多钟，他就坐在对河的汤裕和酒店门前的饭桌上吃酒了。这汤裕和是一家酱园，但兼卖热酒。门前搭着一个大凉棚，凉棚底下，靠河口，设着好几张板桌。癞六伯就占据了一张，从容不迫地吃时酒。时酒，是一种白色的米酒，酒力不大，不过二十度，远非烧酒可比，价钱也很便宜，但颇能醉人。因为做酒的时候，酒缸底上用砒霜画一个"十"字，酒中含有极少量的砒霜。砒霜少量原是无害而有益的，它能养筋活血，使酒力遍达全身，因此这时酒颇能醉人，但也醒得很快，喝过之后一两个钟头，酒便完全醒了。农民大都爱吃时酒，就为了它价钱便宜，醉得很透，醒得很快。农民都要工作，长醉是不相宜的。我也爱吃这种酒，后来客居杭州上海，常常从故乡买时酒来喝。因为我要写作，宜饮此酒。李太白"但愿长醉不愿醒"，我不愿。

且说癞六伯喝时酒，喝到饱和程度，还了酒钱，提着篮子起身回家了。此时他头上的癞疮疤变成通红，走步有些摇摇晃晃。走到桥上，便开始骂人了。他站在桥顶上，指手画脚地骂："皇帝万万岁，小人日日醉！""你老子不怕！""你算有钱？千年田地八百主！""你老子一条裤子一根绳，皇帝看见让三分！"骂的内容大概就是这些，反复地骂到十来分钟。旁人久已看惯，不当一回事。癞六伯在桥上骂人，似乎是一种自然现象，仿佛鸡啼之类。我母亲听见了，就对陈妈妈说："好烧饭了，癞六伯骂过了。"时间大约在十点钟光景，很准确的。

有一次，我到南沈浜亲戚家作客。下午出去散步，走过一爿小桥，一只狗声势汹汹地赶过来。我大吃一惊，想拾石子来抵抗，忽然一个人从屋后走出来，把狗赶走了。一看，这人正是癞六伯，这里原来是六塔村了。这屋子便是癞六伯的家。他邀我进去坐，一面告诉我："这狗不怕。叫狗勿咬，咬狗勿叫。"我走进他家，看见环堵萧然，一床、一桌、两条板凳、一只行灶之外，别无长物。墙上有一个搁板，堆着许多东西，碗盏、茶壶、罐头，连衣服也堆在那里。他要在行灶上烧茶给我吃，我阻止了。他就向搁板上的罐头里摸出一把花生来请我吃："乡下地方没有好东西，这花生是自己种的，燥倒还燥。"我看见墙上贴着几张花纸，即新年里买来的年画，有《马浪荡》《大闹天宫》《水没金山》等，倒很好看。他就开开后门来给我欣赏他的竹园。这里有许多枝竹，一群鸡，还种着些菜。我现在回想，癞六伯自耕自食，自得其乐，很可羡慕。但他毕竟孑然一身，孤苦伶仃，不免身世之感。他的喝酒骂人，大约是泄愤的一种方法吧。

不久，亲戚家的五阿爹来找我了。癞六伯又抓一把花生来塞在我的袋里。我道谢告别，癞六伯送我过桥，喊走那只狗。他目送我回南沈浜。我去得很远了，他还在喊："小阿官①！明天再来玩！"

_____

① 小阿官，作者家乡一带对小主人的称呼。

话桑麻

塘　栖①

夏目漱石的小说《旅宿》（日文名《草枕》）中，有这样的一段文章："像火车那样足以代表二十世纪的文明的东西，恐怕没有了。把几百个人装在同样的箱子里蓦然地拉走，毫不留情。被装进在箱子里的许多人，必须大家用同样的速度奔向同一车站，同样地熏沐蒸汽的恩泽。别人都说乘火车，我说是装进火车里。别人都说乘了火车走，我说被火车搬运。像火车那样蔑视个性的东西是没有的了。……"

我翻译这篇小说时，一面非笑这位夏目先生的顽固，一面体谅他的心情。在二十世纪中，这样重视个性，这样嫌恶物质文明的，恐怕没有了。有之，还有一个我，我自己也怀着和他同样的心情呢。从我乡石门湾到杭州，只要坐一小时轮船，乘一小时火车，就可到达。但我常常坐客船，走运河，在塘

---

① 本篇曾载 1983 年 1 月 26 日《文汇报》，并收入《缘缘堂随笔集》（1983）。

栖过夜，走它两三天，到横河桥上岸，再坐黄包车来到田家园的寓所。这寓所赛如我的"行宫"，有一男仆经常照管着。我那时不务正业，全靠在家写作度日，虽不富裕，倒也开销得过。

客船是我们水乡一带地方特有的一种船。水乡地方，河流四通八达。这环境娇养了人，三五里路也要坐船，不肯步行。客船最讲究，船内装备极好。分为船艄、船舱、船头三部分，都有板壁隔开。船艄是摇船人工作之所，烧饭也在这里。船舱是客人坐的，船头上安置什物。舱内设一榻、一小桌，两旁开玻璃窗，窗下都有坐板。那张小桌平时摆在船舱角里，三只短脚搁在坐板上，一只长脚落地。倘有四人共饮，三只短脚可接长来，四脚落地，放在船舱中央。此桌约有二尺见方，叉麻雀也可以。舱内隔壁上都嵌着书画镜框，竟像一间小小的客堂。这种船真可称之为画船。这种画船雇用一天大约一元（那时米价每石约二元半）。我家在附近各埠都有亲戚，往来常坐客船。因此船家把我们当作老主顾。但普通只雇一天，不在船中宿夜。只有我到杭州，才包它好几天。

吃过早饭，把被褥用品送进船内，从容开船。凭窗闲眺两岸景色，自得其乐。中午，船家送出酒饭来。傍晚到达塘栖，我就上岸去吃酒了。塘栖是一个镇，其特色是家家门前建着凉棚，不怕天雨。有一句话，叫作"塘栖镇上落雨，淋勿着"。"淋"与"轮"发音相似，所以凡事轮不着，就说"塘栖镇上落雨"。且说塘栖的酒店，有一特色，即酒菜种类多而分量少。几十只小盆子罗列着，有荤有素，有干有湿，有甜有咸，随顾客选择。真正吃酒的人，才能赏识这种酒家。若是壮士、莽汉，像樊哙、鲁智深之流，不宜上这种酒家。他们狼吞虎嚼起来，一盆酒菜不够一口。必须是所谓酒徒，才可请进来。酒徒吃酒，不在菜多，但求味美。呷一口花雕，嚼一片嫩笋，其味无穷。这种人深得酒中三昧，所以称之为"徒"。迷于赌博的叫作赌徒，迷于吃酒的叫作酒徒。但爱酒毕竟和爱钱不同，故酒徒不宜与赌徒同列。和尚称为僧徒，与酒徒同列可也。我发了这许多议论，无非要表示我是个酒徒，故能赏识塘栖的酒家。我吃过一斤花雕，要酒家做碗素面，便醉饱了。算还了酒钞，便走出门，到淋勿着的塘栖街上去散步。塘栖枇杷是有名的。我买些白沙枇杷，回到船里，分些给船娘，然后自吃。

在船里吃枇杷是一件快适的事。吃枇杷要剥皮，要出核，把手弄脏，把桌子弄脏。吃好之后必须收拾桌子、洗手，实在麻烦。船里吃枇杷就没有这种麻烦。靠在船窗口吃，皮和核都丢在河里，吃好之后在河里洗手。坐船逢雨天，在别处是不快的，在塘栖却别有趣味。因为岸上淋勿着，绝不妨碍你上岸。况且有一种诗趣，使你想起古人的佳句："人人尽说江南好，游人只合江南老。春水碧于天，画船听雨眠。""闲梦江南梅熟日，夜船吹笛雨潇潇。"古人赞美江南，不是信口乱道，确是亲身体会才说出来的。江南佳丽地，塘栖水乡是代表之一。我谢绝了二十世纪的文明产物的火车，不惜工本地坐客船到杭州，实在并非顽固。知我者，其唯夏目漱石乎？

中举人

我的父亲是清朝光绪年间最后一科的举人。他中举人时我只四岁，隐约记得一些，听人传说一些情况，写这篇笔记。话须得从头说起：

我家在明末清初就住在石门湾。上代已不可知，只晓得我的祖父名小康，行八，在这里开一爿染坊店，叫作丰同裕。这店到了抗日战争开始时才烧毁。祖父早死，祖母沈氏，生下一女一男，即我的姑母和父亲。祖母读书识字，常躺在鸦片灯边看《缀白裘》等书。打瞌睡时，往往烧破书角。我童年时还看到过这些烧残的书。她又爱好行乐。镇上演戏文时，她总到场，先叫人搬一只高椅子去，大家都认识这是丰八娘娘的椅子。她又请了会吹弹的人，在家里教我的姑母和父亲学唱戏。邻近沈家的四相公常在背后批评她："丰八老太婆发昏了，教儿子女儿唱徽调。"因为那时唱戏是下等人的事。但我祖母听到了满不在乎。我后来读《浮生六记》，觉得我的祖母颇有些像那芸娘。

父亲名镈，字斛泉，廿六七岁时就参与大比。大比者，就是考举人，三年一次，在杭州贡院中举行，时间总在秋天。那时没有火车，便坐船去。运河直通杭州，约八九十里。在船中一宿，次日便到。于是在贡院附近租一个"下处"，等候进场。祖母临行叮嘱他："斛泉，到了杭州，勿再埋头用功，先去玩玩西湖。胸襟开朗，文章自然生色。"但我父亲总是忧心悄悄，因为祖母一方面旷达，一方面非常好强。曾经对人说："坟上不立旗杆，我是不去的。"那时定例：中了举人，祖坟上可以立两个旗杆。中了举人，不但家族亲戚都体面，连已死的祖宗也光荣。祖母定要立了旗杆才到坟上，就是定要我父亲在她生前中举人。我推想父亲当时的心情多么沉重，哪有兴致玩西湖呢？

每次考毕回家，在家静候福音。过了中秋消息沉沉，便确定这次没有考中，只得再在家里饮酒、看书、吸鸦片，进修三年，再去大比。这样地过了三次，即九年，祖母日渐年老，经常卧病。我推想当时父亲的心里多么焦灼！但到了他三十六岁那年，果然考中了。那时我年方四岁，奶妈抱了我挤在人丛中看他拜北阙，情景隐约在目。那时的情况是这样：

父亲考毕回家，天天闷闷不乐，早眠晏起，茶饭无心。祖母躺在床上，请医吃药。有一天，中秋过后，正是发榜的时候①，染店里的管账先生，即我的堂房伯伯，名叫亚卿，大家叫他"麻子三大伯"的，早晨到店，心血来潮，说要到南高桥头去等"报事船"。大家笑他发呆，他不顾管，径自去了。

---

① 当时发榜常在农历九月初九，取重九登高之意。

他的儿子名叫乐生，是个顽皮孩子（关于此人，我另有记录）。跟了他去。父子两人在南高桥上站了一会儿，看见一只快船驶来，锣声喤喤不绝。他就问："谁中了？"船上人说："丰镈，丰镈！"乐生先逃，麻子三大伯跟着他跑。旁人不知就里，都说："乐生又闯了祸了，他老子在抓他呢。"

麻子三大伯跑回来，闯进店里，口中大喊："斛泉中了！斛泉中了！"父亲正在蒙被而卧。麻子三大伯喊到他床前，父亲讨厌他，回说："你不要瞎说，是四哥，不是我！"四哥者，是我的一个堂伯，名叫丰锦，字浣江，那年和父亲一同去大比的。但过了不久，报事船已经转进后河，锣声敲到我家里了。"丰镈接诰封！丰镈接诰封！"一大群人跟了进来。我父亲这才披衣起床，到楼下去盥洗。祖母闻讯，也扶病起床。

我家房子是向东的，于是在厅上向北设张桌子，点起香烛，等候新老爷来拜北阙。麻子三大伯跑到市里，看见团子、粽子就拿，拿回来招待报事人。那些卖团子、粽子的人，绝不同他计较。因为他们都想同新贵的人家结点缘。但后来总是付清价钱的。父亲戴了红缨帽，穿了外套走出来，向北三跪九叩，然后开诰封。祖母头上拔下一支金挖耳来，将诰封挑开，这金挖耳就归报事人获得。报事人取出"金花"来，插在父亲头上，又插在母亲和祖母头上。这金花是纸做的，轻巧得很。据说皇帝发下的时候，是真金的，经过人手，换了银花，再换了铜花，最后换了纸花。但不拘怎样，总之是光荣。表演这一套的时候，我家里挤满了人。因为数十年来石门湾不曾出过举人，所以这一次特别稀奇。我年方四岁，由奶妈抱着，挤在人丛中看热闹，虽然莫名其妙，但到现在还保留着模糊的印象。

两个报事人留着，住在店楼上写"报单"。报单用红纸，写宋体字："喜报贵府老爷丰镇高中庚子辛丑恩政并科第八十七名举人。"自己家里挂四张，亲戚每家送两张。这"恩政并科"便是最后一科，此后就废科举，办学堂了。本来，中了举人之后，再到北京"会试"，便可中进士，做官。举人叫作金门槛，很不容易跨进；一跨进之后，会试就很容易，因为人数很少，大都录取。但我的父亲考中的是最后一科，所以不得会试，没有官做，只得在家里设塾授徒，坐冷板凳了。这是后话。且说写报单的人回去之后，我家就举行"开贺"。房子狭窄，把灶头拆掉，全部粉饰，挂灯，结彩。附近各县知事，以及远近亲友都来贺喜，并送贺仪。这贺仪倒是一笔收入。有些人要"高攀"，特别送得重。客人进门时，外面放炮三声，里面乐人吹打。客人叩头，主人还礼。礼毕，请客吃"跑马桌"。跑马桌者，不拘什么时候，请他吃一桌酒。这样，免得大排筵席，倒是又简便又隆重的办法。开贺三天，祖母天天扶病下楼来看，病也似乎好了一点。父亲应酬辛劳，全靠鸦片借力。但祖母经过这番兴奋，终于病势日渐沉重起来。父亲连忙在祖坟上立旗杆。不多久，祖母病危了。弥留时问父亲："坟上旗杆立好了吗？"父亲回答："立好了。"祖母含笑而逝。于是开吊，出丧，又是一番闹热，不亚于开贺的时候。大家说："这老太太真好福气！"我还记得祖母躺在尸床上时，父亲拿一叠纸照在她紧闭的眼前，含泪说道："妈，我还没有把文章给你看过。"其声呜咽，闻者下泪。后来我知道，这是父亲考中举人的文章的稿子。那时已不用八股文而用策论，题目是《汉宣帝信赏必罚，综核名实论》和《唐太宗盟突厥于便桥，宋真宗盟契丹于澶州论》。

父亲三十六岁中举人，四十二岁就死于肺病。这五六年中，他的生活实在很寂寥。每天除授徒外，只是饮酒看书吸鸦片。他不吃肥肉，难得吃些极精的火腿。秋天爱吃蟹，向市上买了许多，养在缸里，每天晚酌吃一只。逢到七夕、中秋、重阳佳节，我们姐妹四五人也都得吃。下午放学后，他总在附近沈子庄开的鸦片馆里度过。晚酌后，在家吸鸦片，直到更深，再吃夜饭。我的三个姐姐陪着他吃。吃的是一个皮蛋、一碗冬菜。皮蛋切成三份，父亲吃一份，姐姐们分食两份。我年幼早睡，是没有资格参与的。父亲的生活不得不如此清苦。因为染坊店收入有限，束脩更为微薄，加上两爿大商店（油车、当铺）的"出官"①每年送一二百元外，别无进账。父亲自己过着清苦的生活，他的族人和亲戚却沾光不少。凡是同他并辈的亲族，都称老爷奶奶，下一辈的都称少爷小姐。利用这地位而作威作福的，颇不乏人。我是嫡派的少爷。常来当差的褚老五，带了我上街去，街上的人都起敬，糕店送我糕，果店送我果，总是满载而归。但这一点荣华也难久居，我九岁上，父亲死去，我们就变成孤儿寡妇之家了。

---

① 出官，指商家借举人老爷之名而得到保障，因而付给的酬金。

五爹爹

　　五爹爹①是我的一个远房叔父，但因同住在一个老屋里，天天见面，所以很亲近。他姓丰，名铭，字云滨。子女甚多，但因无力抚养，送给别人的有三四个，家中只留二男二女。

　　五爹爹终身失意，而达观长寿，真是一个值得记录的人物。最初的失意是考秀才。科举时代，我们石门湾人，考秀才到嘉兴府，叫作小考，每年一次；考举人到杭州省城，叫作大考，三年一次。五爹爹从十来岁起，每年到嘉兴应小考，年年不第。直到三十多岁，方才考取，捞得一个秀才。闲人看见他年年考不取，便揶揄他。有一年深秋雨夜，有一个闲人来哄他："五伯，秀才出榜了，你的名字写在前头呢。"五爹爹信以为真，立刻穿上钉鞋，撑了雨伞，到东高桥头去看。结果垂头丧气而归。后来好容易考取了。但他有自知之明，不再去应大考，以秀才终其身。地方上人都叫他"五相公"，他

---

① 五爹爹，是按儿女们的称呼。作者家乡一带称爷爷为爹爹。

已经满意了。但秀才两字不好当饭吃，他只得设塾授徒。坐冷板凳是清苦生涯，七八个学生，每年送点脩敬，为数有限，难于糊口。他的五妈妈非常能干，烧饭时将米先炒一下，涨性好些。青黄不接之时，常来向我母亲掇一借二。但总是如期归还，从不失信。真所谓秀才方正也。

后来，地方上人照顾他，给他在接待寺楼上办一个初等小学，向县政府请得相当的经费。他的进益就比设塾好得多了。然而学生多起来，一人教书来不及，势必另请人帮助，这就分了他的肥。物价年年上涨，经费决不增加。他的生活还是很清苦的。然而他很达观。每天散课后，在镇上闲步，东看西望，回家来与妻子评东说西，谈笑风生，自得其乐。上茶馆，出五个大钱泡一碗茶，吃了一会儿，叫茶博士"摆一摆"，等一会儿再来吃。第二次来时，带一把茶壶来，吃好之后将茶叶倒入壶中，回家去吃。

这时候我在杭州租了一间房子，在那里作寓公。五爹爹每逢寒假暑假，总是到我家来作客。他到杭州来住一两个月，只花一块银元，还用不了呢。因为他从石门湾步行到长安，从长安乘四等车到杭州，只须二角半，来回五角。到了杭州，当然不坐人力车，步行到我家。于是每天在杭州城里和西湖边上巡游，东看西望，回来向我们报告一天的见闻，花样自比石门湾丰富得多了。我欢迎他来，爱听他的报告。因为我不大出门，天天在家写作，晚上和他闲谈，作为消遣。他在杭州也上茶馆，也常"摆一摆"，但不带茶壶去，因为我家里有茶。有时他要远行，例如到六和塔、云栖等处去玩，不能回来吃中饭，他就买二只粽子，作为午饭。我叫人买几个烧饼，给他带去，于是连粽子钱也可以省了。

这样的生活，过了好几年。后来发生变化了。当小学教师收入太少，口食难度。亲友帮他起一个会，收得一笔钱，一部分安家，一部分带了到离乡数十里外的曲尺湾去跟一位名医潘申甫当学徒。医生收学徒是不取学费的，因为学生帮他工作，他只出些饭钱。学了两三年，回家挂招牌当医生。起初生意还好，颇有些收入。但此人太老实，不会做广告，以致后来生意日渐清淡，终于无人问津。他只得再当小学教师。幸而地方上人照顾他，仍请他办接待寺里初等小学。这是我父亲帮他忙。父亲是当地唯一的举人老爷，替他说话是有力的[①]。

五爹爹家里有二男二女。大男在羊毛行学生意，染上了一种习气，满师以后出外经商，有钱尽情使用，……生意失败了，钱用光了，就回家来吃父亲的老米饭。在外吸上等香烟，回家后就吸父亲的水烟筒，可谓能屈能伸。大女嫁附近富绅，遇人不淑，打官司，离婚，也来吃父亲的老米饭。后来托人介绍到上海走单帮，终于溺水而死。次男和次女都很像人。次男由我带到上海入艺术师范，毕业后到宁波当教师，每月收入四十元，大半寄家。五爹爹庆幸无限。但是不到一年，生了重病，由宁波送回家，不久一命呜呼。次女在本地当小学教师，收入也尚佳，全部交与父亲。岂知不到一年，也一病不起了。真是天道无知啊！

五爹爹一生如此辗轲失意，全靠达观，竟得长寿，享年八十六岁。他

[①] 从年代上看，作者父亲出力帮忙的可能是另一件事。

长寿的原因，我看主要是达观。但有人说是全靠吃大黄。他从小有痔疮病，大便出血。这出血是由于大便坚硬，擦破肛门之故。倘每天吃三四分大黄，则大便稀烂，不会擦破肛门而流血。而大黄的副作用是清补。五爹爹一生茹苦含辛，粗衣糠食，而得享长年，恐是常年服食大黄之力。

王囡囡^①

每次读到鲁迅《故乡》中的闰土，便想起我的王囡囡。王囡囡是我家贴邻豆腐店里的小老板，是我童年时代的游钓伴侣。他名字叫复生，比我大一二岁，我叫他"复生哥哥"。那时他家里有一祖母，很能干，是当家人；一母亲，终年在家烧饭，足不出户；还有一"大伯"，是他们的豆腐店里的老司务，姓钟，人们称他为钟司务或钟老七。

祖母的丈夫名王殿英，行四，人们称这祖母为"殿英四娘娘"，叫得口顺，变成"定四娘娘"。母亲名庆珍，大家叫她"庆珍姑娘"。她的丈夫叫王三三，早年病死了。庆珍姑娘在丈夫死后十四个月生一个遗腹子，便是王囡囡。请邻近的绅士沈四相公取名字，取了"复生"。复生的相貌和钟司务非常相像。人都说："王囡囡口上加些小胡子，就是一个钟司务。"

---

① 本篇曾收入《缘缘堂随笔集》（1983）。

钟司务在这豆腐店里的地位，和定四娘娘并驾齐驱，有时竟在其上。因为进货、用人、经商等事，他最熟悉，全靠他支配。因此他握着经济大权。他非常宠爱王囡囡，怕他死去，打一个银项圈挂在他的项颈里。市上凡有新的玩具、新的服饰，王囡囡一定首先享用，都是他大伯买给他的。我家开染坊店，同这豆腐店贴邻，生意清淡；我的父亲中举人后科举就废，在家坐私塾。我家经济远不及王囡囡家的富裕，因此王囡囡常把新的玩具送我，我感谢他。王囡囡项颈里戴一个银项圈，手里拿一支长枪，年幼的孩子和猫狗看见他都逃避。这神情宛如童年的闰土。

我从王囡囡学得种种玩意。第一是钓鱼，他给我做钓竿，弯钓钩。拿饭粒装在钓钩上，在门前的小河里垂钓，可以钓得许多小鱼。活活地挖出肚肠，放进油锅里煎一下，拿来下饭，鲜美异常。其次是摆擂台。约几个小朋友到附近的姚家坟上去，王囡囡高踞在坟山上摆擂台，许多小朋友上去打，总是打他不下。一朝打下了，王囡囡就请大家吃花生米，每人一包。又次是放纸鸢。做纸鸢，他不擅长，要请教我。他出钱买纸，买绳，我出力糊纸鸢，糊好后到姚家坟去放。其次是缘树。姚家坟附近有一个坟，上有一株大树，枝叶繁茂，形似一顶阳伞。王囡囡能爬到顶上，我只能爬在低枝上。总之，王囡囡很会玩耍，一天到晚精神勃勃，兴高采烈。

有一天，我们到乡下去玩，有一个挑粪的农民，把粪桶碰了王囡囡的衣服。王囡囡骂他，他还骂一声"私生子"。王囡囡面孔涨得绯红，从此兴致大大地减低，常常皱眉头。有一天，定四娘娘叫一个关魂婆来替她已死的儿子王三三关魂。我去旁观。这关魂婆是一个中年妇人，肩上扛一把伞，伞上挂一块招牌，上写"捉牙虫算命"。她从王囡囡家后门进来。凡是这种人，总是在小巷里走，从来不走闹市大街。大约她们知道自己的把戏鬼鬼祟祟，见不得人，只能骗骗愚夫愚妇。牙痛是老年人常有的事。那时没有牙医生，她们就利用这情况，说会"捉牙虫"。记得我有一个亲戚，有一天请一个婆子来捉牙虫。这婆子要小解了，走进厕所去。旁人偷偷地看看她的膏药，原来里面早已藏着许多小虫。婆子出来，把膏药贴在病人的脸上，过了一会儿，揭起来给病人看，"喏！你看：捉出了这许多虫，不会再痛了。"这证明她的捉牙虫全然是骗人。算命，关魂，更是骗人的勾当了。闲话少讲，且说定四娘娘叫关魂婆进来，坐在一只摇纱椅子①上。她先问："要叫啥人？"定四娘娘说："要叫我的儿子三三。"关魂婆打了三个呵欠，说："来了一个灵官，长面孔……"定四娘娘说"不是"。关魂婆又打呵欠，说："来了一个灵官……"定四娘娘说："是了，是我三三了。三三！你撇得我们好苦！"就一把鼻涕，一把眼泪地哭。后来对着庆珍姑娘说："喏，你这不争气的婆娘，还不快快叩头！"这时庆珍姑娘正抱着她的第二个孩子（男，名掌生）喂奶，连忙跪在地上，孩子哭起来，王囡囡哭起来，棚里的驴子也叫起来。关魂婆又代王三三的鬼魂说了好些话，我大都听不懂。后来她又打一个呵欠，就醒了。定四娘娘给了她钱，她讨口茶吃了，出去了。

　　王囡囡渐渐大起来，和我渐渐疏远起来。后来我到杭州去上学了，就和

---

① 摇纱椅子，是作者家乡一带低矮的靠背竹椅，因妇女摇纱（纺纱）时常坐此椅而得名。

他阔别。年假暑假回家时，听说王囡囡常要打他的娘。打过之后，第二天去买一支参来，煎了汤，定要娘吃。我在杭州学校毕业后，就到上海教书，到日本游学。抗日战争前一两年，我回到故乡，王囡囡有一次到我家里来，叫我"子恺先生"，本来是叫"慈弟"的。情况真同闰土一样。抗战时我逃往大后方，八九年后回乡，听说王囡囡已经死了，他家里的人不知去向了。而他儿时的游钓伴侣的我，以七十多岁的高龄，还残生在这婆婆世界上，为他写这篇随笔。

笔者曰：封建时代礼教杀人，不可胜数。王囡囡庶民之家，亦受其毒害。庆珍姑娘大可堂皇地再嫁与钟老七。但因礼教压迫，不得不隐忍忌讳，酿成家庭之不幸，冤哉枉也。

卖浆

算　命①

　　我从杭州回上海，在火车中遇见一位老友，钱美茗，是杭州第一师范中的同班同学，阔别多年，邂逅甚欢。他到上海后要换车赴南京，南京车要在夜半开行。我住在上海，便邀他到宝山路某馆子吃夜饭，以尽地主之谊。那时我皈依佛教，吃素。点了两素一荤，烫一斤酒，对酌谈心。各问毕业后情况，我言游学日本，归来在上海教书糊口，他说在杭州当了几年小学教师，读了数百种星命的书，认为极有道理，曾在杭州设帐算命，生意不坏，今将赴南京行道云云。我不相信算命，任他谈得天花乱坠，只是摇头。他说："你不相信吗？杭州许多事实，都证明我的算命有科学根据，百试不爽。"我回驳："单靠出生的年月日时，如何算得出他的命呢？世界上同年同月同日同时生的，不知几千万人。难道这几千万人命运都一样吗？"他回答："不是

---

① 本篇曾收入《缘缘堂随笔集》（1983）。

这么简单！地区有南北，时辰有早晚，环境有异同，都和命运有关，并不一概相同。"我姑妄听之。

酒兴浓时，他说要替我算命。我敬谢，他坚持。逼不得已，我姑且把生年月日时告诉他。他从怀中取出一本册子，翻了再翻，口中念念有词。最后向我宣称："你父母双亡，兄弟寥落。""对！""你财运不旺，难望富贵。""对！"最后他说："你今年三十五岁，阳寿还有五年。无论吃素修行，无法延寿。你须早作准备。""啊？""叨在老友，不怕忠言逆耳。"我起初吃惊，后来付之一笑。酒阑饭饱，我会了钞，与钱美茗分手。我在归家途中自思：此乃妄人，不足道也。我回家不提此事。

十多年后，抗日战争胜利，我从重庆回杭州，僦居西湖之畔。其时钱美茗也在杭州，在城隍山上设柜算命，但生意清淡，生活艰窘，常常来我寓索酒食。有一次我问他："十多年前上海宝山路上某菜馆中你替我算命，还记得否？"他佯装记不起来。我说："你说我四十岁要死，现在我已活到五十二岁了。"他想了一想，问："那么你四十岁上有何事情？"我回答："日寇轰炸我故乡，我仓皇逃难，终于免死呀！"他拍案叫道："这叫作九死一生，替灾免晦，保你长命百岁。"我又付之一笑。吃江湖饭的能言善辩。

不久我离杭州。至今二十多年，不见钱美茗其人。不知今后得再见否耳。

老汁锅

　　吾乡有一老翁，人都称他为朱老太爷。此人家道富裕，而生活异常俭朴。家人除初二和十六得吃荤而外，平日只是吃素。他自己有一只老汁锅，平日吃剩的鱼、肉、鸡、鸭，一并倒在里面，每天放在炭火上烧沸。如此，即使夏天也不会坏。买些豆腐干，放入这老汁锅里一烧，便有鱼、肉、鸡、鸭之味。除了他的一个爱孙有时得尝老汁锅里的异味之外，别人一概不得问鼎。后来这朱老太爷死了。老汁锅取消了。家人替他做丧事，异常体面，向城中所有绅士征求挽诗。我的岳父徐芮荪先生，亦送一首挽诗。内有句云："宁使室人纷交谪，毋令吾口嗜肥鲜。而今公已骑鲸去，鸡豚祭酒罗灵前。何如生作老饕者，飞觞醉月开琼筵。"

　　我的岳丈徐芮荪先生，性格和这位朱老太爷完全相反。朱家向他征求挽诗，直是讨骂。芮荪先生在乡当律师，一有收入，便偕老妻赴上海、杭州等处游玩，尽情享乐。有一时我在上海当教师，我妻在城东女学求学，经常分居。听到老夫妇来上海，非常高兴，我俩也来旅馆同居，陪两老一同游玩。

我曾写一对联送我岳丈："观书到老眼如镜，论事惊人胆满躯。"并非面谀，却是纪实。可惜过分旷达，对子女养而不教。儿子靠父亲势力，获得职业。但世态炎凉，父亲一死，儿子即便失业，家境惨败，抗日战争期间，我带了岳母向大后方逃难，我的妻舅及其子女在沦陷区，都不免饥寒。

过　年

　　我幼时不知道阳历，只知道阴历。到了十二月十五，过年的空气开始浓重起来了。我们染坊店里三个染匠司务全是绍兴人，十二月十六日要回乡。十五日，店里办一桌酒，替他们送行。这是提早举办的年酒。商店旧例，年酒席上的一只全鸡，摆法大有道理：鸡头向着谁，谁要免职。所以上菜的时候，要特别当心。但我家的店规模很小，店里三个人，作场里三个人，一共只有六个人，这六个人极少有变动，所以这种顾虑极少。但母亲还是当心，上菜时关照仆人，必须把鸡头向着空位。

　　十六日，司务们一上去①，染缸封了，不再收货，农民们此时也要过年，不再拿布出来染了。店里不须接生意，但是要算账。整个上午，农民们来店还账，应接不暇。下午，管账先生送进一包银元来，交母亲收藏。这半个月正是收获时期，一家一店许多人的生活都从这里开花。有的农民不来还账，

---

① 按作者家乡一带习惯，凡是去浙东各地，称为"上去"。

须得下乡去收。所以必须另雇两个人去收账。他们早出晚归，有时拿了鸡或米回来。因为那农家付不出钱，将鸡或米来抵偿。年底往往阴雨，收账的人拖泥带水回来，非常辛苦。所以每天的夜饭必须有酒有肉。学堂早已放年假，我空闲无事，上午总在店里帮忙，写"全收"簿子①。吃过中饭，管账先生拿全收簿子去一算，把算出来的总数同现款一对，两相符合，一天的工作便完成了。

从腊月二十日起，每天吃夜饭时光，街上叫"火烛小心"。一个人"蓬蓬"地敲着竹筒，口中高叫："寒天腊月！火烛小心！柴间灰堆！灶前灶后！前门闩闩！后门关关！……"这声调有些凄惨。大家提高警惕。我家的贴邻是王囡囡豆腐店，豆腐店日夜烧砻糠，火烛更为可怕。然而大家都说不怕，因为明朝时光刘伯温曾在这一带地方造一条石门槛，保证这石门槛以内永无火灾。

廿三日晚上送灶，灶君菩萨每年上天约一星期，廿三夜上去，大年夜回来。这菩萨据说是天神派下来监视人家的，每家一个。大约就像政府委任官吏一般，不过人数（神数）更多。他们高踞在人家的灶山上，嗅取饭菜的香气。每逢初一、月半，必须点起香烛来拜他。廿三这一天，家家烧赤豆糯米饭，先盛一大碗供在灶君面前，然后全家来吃。吃过之后，黄昏时分，父亲穿了大礼服来灶前膜拜，跟着，我们大家跪拜。拜过之后，将灶君的神像从

---

① 年底收账，账收回后，记在"全收"簿子上，表示已不欠账。

灶山上请下来，放进一顶灶轿里。这灶轿是白天从市上买来的，用红绿纸张糊成，两旁贴着一副对联，上写"上天奏善事，下界保平安"。我们拿些冬青柏子，插在灶轿两旁，再拿一串纸做的金元宝挂在轿上，又拿一点糖塌饼来，粘在灶君菩萨的嘴上。这样一来，他上去见了天神，粘嘴粘舌的，说话不清楚，免得把人家的恶事全盘说出。于是父亲恭恭敬敬地捧了灶轿，捧到大门外去烧化。烧化时必须抢出一只纸元宝，拿进来藏在橱里，预祝明年有真金元宝进门之意。送灶君上天之后，陈妈妈就烧菜给父亲下酒，说这酒菜味道一定很好，因为没有灶君先吸取其香气。父亲也笑着称赞酒菜好吃。我现在回想，他是假痴假呆、逢场作乐。因为他中了这末代举人，科举就废，不得伸展，蜗居在这穷乡僻壤的蓬门败屋中，无以自慰，唯有利用年中行事，聊资消遣，亦"四时佳兴与人同"之意耳。

廿三送灶之后，家中就忙着打年糕。这糯米年糕又大又韧，自己不会打，必须请一个男工来帮忙。这男工大都是陆阿二，又名五阿二。因为他姓陆，而他的父亲行五。两枕"当家年糕"，约有三尺长；此外许多较小的年糕，有二尺长的，有一尺长的；还有红糖年糕、白糖年糕。此外是元宝、百合、橘子等种种小摆设，这些都由母亲和姐姐们去做。我也洗了手去参加，但总做不好，结果是自己吃了。姐姐们又做许多小年糕，形式仿照大年糕，是预备廿七夜过年时拜小年菩萨用的。

廿七夜过年，是个盛典。白天忙着烧祭品：猪头、全鸡、大鱼、大肉，都是装大盘子的。吃过夜饭之后，把两张八仙桌接起来，上面供设"六神牌"，前面围着大红桌围，摆着巨大的锡制的香炉蜡台。桌上供着许多祭品，两旁围着年糕。我们这厅屋是三家公用的，我家居中，右边是五叔家，左边是嘉林哥家，三家同时祭起年菩萨来，屋子里灯火辉煌，香烟缭绕，气象好不繁华！三家比较起来，我家的供桌最为体面。何况我们还有小年菩萨，即在大桌旁边设两张茶几，也是接长的，也供一位小菩萨像，用小香炉蜡台，设小盆祭品，竟像是小人国里的过年。记得那时我所欣赏的，是"六神牌"和祭品盘上的红纸盖。这六神牌画得非常精美，一共六版，每版上画好几个菩萨，佛、观音、玉皇大帝、孔子、文昌帝君、魁星……都包括在内。平时折好了供在堂前，不许打开来看，这时候才展览了。祭品盘上的红纸盖，都是我的姑母剪的，"福禄寿喜""一品当朝""平升三级"等字，都剪出来，巧妙地嵌在里头。我那时只七八岁，就喜爱这些东西，这说明我对美术有缘。

绝大多数人家廿七夜过年。所以这晚上商店都开门，直到后半夜送神后才关门。我们约伴出门散步，买花炮。花炮种类繁多，我们所买的，不是两响头的炮仗和噼噼啪啪的鞭炮，而是雪炮、流星、金转银盘、水老鼠、万花筒等好看的花炮。其中万花筒最好看，然而价贵不易多得。买回去在天井里放，大可增加过年的喜气。我把一串鞭炮拆散来，一个一个地放。点着了火立刻拿一个罐头来罩住，"咚"的一声，连罐头也跳起来。我起初不敢拿在手里放。后来经乐生哥哥（关于此人另有专文）教导，竟胆敢拿在手里放了。两指轻轻捏住鞭炮的末端，一点上火，立刻把头旋向后面。渐渐老练了，即行若无事。

正在放花炮的时候，隔壁谭三姑娘……送万花筒来了。这谭三姑娘的丈夫谭福山，是开炮仗店的。年年过年，总是特制了万花筒来分送邻居，以供新年添兴之用。此时谭三姑娘打扮得花枝招展，声音好比莺啼燕语。厅堂里的空气忽然波动起来。如果真有年菩萨在尚飨，此时恐怕都"停杯投箸不能食"①了。

夜半时分，父亲在旁边的半桌上饮酒，我们陪着他吃饭。直到后半夜，方才送神。我带着欢乐的疲倦躺在床上，钻进被窝里，蒙眬之中听见远近各处炮竹之声不绝，想见这时候石门湾的天空中，定有无数年菩萨餍足了酒肉，腾空驾雾归天去了。

"廿七、廿八活急杀，廿九、三十勿有拉②。初一、初二扮睹客，你没铜钱我有拉③。"这是石门湾人形容某些债户的歌。年中拖欠的债，年底要来讨，所以到了廿七、廿八，便活急杀。到了廿九、三十，有的人逃往别处去避债，故曰勿有拉。但是有些人有钱不肯还债，要留着新年里自用。一到元旦，照例不准讨债，他便好公然地扮睹客，而且慷慨得很了。我家没有这种情形，但是总有人来借掇，也很受累。况且家事也忙得很：要掸灰尘，要祭祖宗，要送年礼。倘是月小，更加忙迫了。

年底这一天，是准备通夜不眠的。店里早已摆出风灯，插上岁烛。吃年夜饭时，把所有的碗筷都拿出来，预祝来年人丁兴旺。吃饭碗数，不可成单，

---

① 引自李白《行路难·其一》。
② 勿有拉，作者家乡话，意即：不在这儿，不在家。
③ 我有拉，作者家乡话，意即：我这儿有。

必须成双。如果吃三碗，必须再盛一次，哪怕盛一点点也好，总之要凑成双数。吃饭时母亲分送压岁钱，我得的记得是四角，用红纸包好。我全部用以买花炮。吃过年夜饭，还有一出滑稽戏呢。这叫作"毛糙纸揩窋"。"窋"就是屁股。一个人拿一张糙纸，把另一人的嘴揩一揩。意思是说：你这嘴巴是屁股，你过去一年中所说的不祥的话，例如"要死"之类，都等于放屁。但是人都不愿被揩，尽量逃避。然而揩的人很调皮，出其不意，突如其来，哪怕你极小心的人，也总会被揩。有时其人出前门去了。大家就不提防他。岂知他绕个圈子，悄悄地从后门进来，终于被揩了去。此时笑声、喊声充满了一堂。过年的欢乐空气更加浓重了。

于是陈妈妈烧起火来放"泼留"。把糯米谷放进热镬子里，一只手用铲刀①搅拌，一只手用箬帽遮盖。那些糯谷受到热度，爆裂开来，若非用箬帽遮盖，势必纷纷落地，所以必须遮盖。放好之后，拿出来堆在桌子上，叫大家拣泼留。"泼留"两字应该怎样写，我实在想不出，这里不过照声音记录罢了。拣泼留，就是把奢糠拣出，剩下纯粹的泼留，新年里客人来拜年，请他吃糖汤，放些泼留。我们小孩子也参加拣泼留，但是一面拣，一面吃。一粒糯米放成蚕豆来大，像朵梅花，又香又热，滋味实在好极了。

黄昏，渐渐有人提了灯笼来收账了。我们就忙着"吃串"。听来好像是"吃菜"。其实是把每一百铜钱的串头绳解下来，取出其中三四文，只剩九十六七文，或甚至九十二三文，当作一百文去还账。吃下来的"串"，归

---

① 铲刀，指锅铲。

我们姐弟们作零用。我们用这些钱还账，但我们收来的账，也是吃过串的钱。店员经验丰富，一看就知道这是"九五串"，那是"九二串"的。你以伪来，我以伪去，大家不计较了。这里还得表明：那时没有钞票，只有银洋、铜板和铜钱。银洋一元等于三百个铜板，一个铜板等于十个铜钱。我那时母亲给我的零用钱，是每天一个铜板即十文铜钱。我用五文买一包花生，两文买两块油沸豆腐干，还有三文随意花用。

街上提着灯笼讨账的，络绎不绝。直到天色将晓，还有人提着灯笼急急忙忙地跑来跑去。这只灯笼是千万少不得的。提灯笼，表示还是大年夜，可以讨债；如果不提灯笼，那就是新年元旦，欠债的可以打你几记耳光，要你保他三年顺境。因为大年初一讨债是禁忌的。但这时候我家早已结账，关店，正在点起了香烛迎接灶君菩萨。此时通行吃接灶圆子。管账先生一面吃圆子，一面向我母亲报告账务。说到盈余，笑容满面。母亲照例额外送他十只银角子，给他"新年里吃青果茶"。他告别回去，我们也收拾，睡觉。但是睡不到二个钟头，又得起来，拜年的乡下客人已经来了。

年初一上午忙着招待拜年客人。街上挤满了穿新衣服的农民，男女老幼，熙熙攘攘，吃烧卖，上酒馆，买花纸（即年画），看戏法，到处拥挤，而最热闹的是赌摊。原来从初一到初四，这四天是不禁赌的。掷骰子，推牌九，还有打宝，一堆一堆的人，个个兴致勃勃，连警察也参加在内。下午，农民大都进去了，街上较清，但赌摊还是闹热，有的通夜不收。

初二开始，镇上的亲友来往拜年。我父亲戴着红缨帽子，穿着外套，带着跟班出门。同时也有穿礼服的到我家拜年。如果不遇，留下一张红片子。父亲死后，母亲叫我也穿着礼服去拜年。我实在很不高兴。因为一个十一二岁的孩子穿大礼服上街，大家注目，有讥笑的，也有叹羡的，叫我非常难受。现在回想，母亲也是一片苦心。她不管科举已废，还希望我将来也中个举人，重振家声，所以把我如此打扮，聊以慰情。

正月初四，是新年最大的一个节日，因为这天晚上接财神。别的行事，如送灶、过年等，排场大小不定，有简单的，有丰盛的，都按家之有无。独有接财神，家家郑重其事，而且越是贫寒之家，排场越是体面。大约他们想：敬神丰盛，可以邀得神的恩宠，今后让他们发财。

接财神的形式，大致和过年相似，两张桌子接长来，供设六神牌，外加财神像，点起大红烛。但不先行礼，先由父亲穿了大礼服，拿了一股香，到下西弄的财神堂前行礼，三跪九叩，然后拿了香回来，插在香炉中，算是接得财神回来了。于是大家行礼。这晚上金吾放夜，市中各店通夜开门，大家接财神。所以要买东西，哪怕后半夜，也可以买得。父亲这晚上兴致特别好，饮酒过半，叫把谭三姑娘送的大万花筒放起来。这万花筒果然很大，每个共有三套。一枝火树银花低了，就有另一枝继续升起来，凡三次。谭福山做得真巧。……我们放大万花筒时，为要尽量增大它的利用率，邀请所有的邻居都出来看。作者谭福山也被邀在内。大家闻得这大万花筒是他作的，都向他看。……

初五以后，过年的事基本结束。但是拜年，吃年酒，酬谢往还，也很热闹。厨房里年菜很多，客人来了，搬出就是。但是到了正月半，也差不多吃完了。所以有一句话："拜年拜到正月半，烂溏鸡屎炒青菜。"我的父亲不爱吃肉，喜欢吃素，我们都看他样。所以我们家里，大年夜就烧好一大缸萝卜丝油豆腐，油很重，滋味很好。每餐盛出一碗来，放在锅子里一热，便是最好的饭菜。我至今还是忘不了这种好滋味。但叫家里人照烧起来，总不及童年时的好吃，怪哉！

正月十五，在古代是一个元宵佳节，然而赛灯之事，久已废止，只有市上卖些兔子灯、蝴蝶灯等，聊以应名而已。

二十日，染匠司务下来①，各店照常开门做生意，学堂也开学。过年的笔记也就全部结束。

---

① 按作者家乡一带习惯，从浙东来到浙西，称为"下来"。

清　明①

　　清明例行扫墓。扫墓照理是悲哀的事。所以古人说："鸦啼雀噪昏乔木，清明寒食谁家哭。"又说："佳节清明桃李笑，野田荒冢只生愁。"然而在我幼时，清明扫墓是一件无上的乐事。人们借佛游春，我们是"借墓游春"。我父亲有八首《扫墓竹枝词》：

　　　　别却春风又一年，梨花似雪柳如烟。
　　　　家人预理上坟事，五日前头折纸钱。

　　　　风柔日丽艳阳天，老幼人人笑口开。
　　　　三岁玉儿娇小甚，也教抱上画船来。

---

① 本篇曾收入《缘缘堂随笔集》（1983）。

柳荫

双双画桨荡轻波，一路春风笑语和。
望见坟前堤岸上，松荫更比去年多。

壶榼纷陈拜跪忙，闲来坐憩树荫凉。
村姑三五来窥看，中有谁家新嫁娘。

周围堤岸视桑麻，剪去枯藤只剩花。
更有儿童知算计，松球拾得去煎茶。

荆榛坡上试跻攀，极目云烟杳霭闲，
恰得村夫遥指处，如烟如雾是含山①。

纸灰扬起满林风，杯酒空浇奠已终。
却觅儿童归去也，红裳遥在菜花中。

解将锦缆趁斜晖，水上蜻蜓逐队飞。
赢受一番春色足，野花载得满船归。

　　这里的"三岁玉儿"，就是现在执笔写此文的七十老翁。我的小名叫作
"慈玉"。

---

① 含山是我乡附近唯一的一个山，山上有塔。——作者原注。

清明三天，我们每天都去上坟。第一天，寒食，下午上"杨庄坟"。杨庄坟离镇五六里路，水路不通，必须步行。老幼都不去，我七八岁就参加。茂生大伯挑了一担祭品走在前面，大家跟他走，一路上采桃花，偷新蚕豆，不亦乐乎。到了坟上，大家息足，茂生大伯到附近农家去，借一只桌子和两只条凳来，于是陈设祭品，依次跪拜。拜过之后，自由玩耍。有的吃甜麦塌饼①，有的吃粽子，有的拔蚕豆梗来作笛子。蚕豆梗是方形的，在上面摘几个洞，作为笛孔。然后再摘一段豌豆梗来，装在这笛的一端，笛便做成。指按笛孔，口吹豌豆梗，发音竟也悠扬可听。可惜这种笛寿命不长。拿回家里，第二天就枯干，吹不响了。祭扫完毕，茂生大伯去还桌子凳子，照例送两个甜麦塌饼和一串粽子，作为酬谢。然后诸人一同在夕阳中回去。杨庄坟上只有一株大松树，临着一个池塘。父亲说这叫作"美人照镜"。现在，几十年不去，不知美人是否还在照镜。闭上眼睛，情景宛在目前。

　　正清明那天，上"大家坟"。这就是去上同族公共的祖坟。坟共有五六处，须用两只船，整整上一天。同族共有五家，轮流作主。白天上坟，晚上吃上坟酒。这笔费用由祭田开销。祖宗们心计长，恐怕子孙不肖，上不起坟，叫他们变成饿鬼。因此特置几亩祭田，租给农民。轮到谁家主持上坟，由谁家收租。雇船办酒之外，费用总有余裕。因此大家高兴作主。而小孩子尤其高兴，因为可以整天在乡下游玩，在草地上吃午饭。船里烧出来的饭菜，滋味特别好。因为，据老人们说，家里有灶君菩萨，把饭菜的好滋味先尝了去，

---

① 甜麦塌饼，作者故乡一带清明时节用米粉和麦芽做成的一种甜饼。

而船里没有灶君菩萨，所以船里烧出来的饭菜滋味特别好。孩子们还有一件乐事，是抢鸡蛋吃。每到一个坟上，除对祖宗的一桌祭品以外，必定还有一只小匾，内设小鱼、小肉、鸡蛋、酒和香烛，是请地主吃的，叫作拜坟墓土地。孩子们中，谁先向坟墓土地叩头，谁先抢得鸡蛋。我难得抢到，觉得这鸡蛋的确比平常的好吃。上了一天坟回来，晚上是吃上坟酒。酒有四五桌，因为出嫁姑娘也都来吃。吃酒时，长辈总要训斥小辈，被训斥的主要是乐谦、乐生和月生。因为乐谦盗卖坟树，乐生、月生作恶为非，上坟往往不到而吃上坟酒必到。

第三天上私房坟。我家的私房坟，又称为旗杆坟。去上的就是我们一家人，父母和我们姐弟数人。吃了早中饭，雇一只客船，慢吞吞地荡去。水路五六里，不久就到。祭扫期间，附近三竺庵里的和尚来问讯，送我们些春笋。我们也到这庵里去玩，看见竹林很大，身入其中，不见天日。我们终年住在那市井尘嚣中的低小狭窄的百年老屋里，一朝来到乡村田野，感觉异常新鲜，心情特别快适，好似遨游五湖四海。因此我们把清明扫墓当作无上的乐事。我的父亲孜孜兀兀地在穷乡僻壤的蓬门败屋之中度送短促的一生，我想起了感到无限的同情。

吃　酒①

　　酒，应该说饮，或喝。然而我们南方人都叫吃。古诗中有"吃茶"，那么酒也不妨称吃。说起吃酒，我忘不了下述几种情境：

　　二十多岁时，我在日本结识了一个留学生，崇明人黄涵秋。此人爱吃酒，富有闲情逸致。我二人常常共饮。有一天风和日暖，我们乘小火车到江之岛去游玩。这岛临海的一面，有一片平地，芳草如茵，柳荫如盖，中间设着许多矮榻，榻上铺着红毡毯，和环境作成强烈的对比。我们两人踞坐一榻，就有束红带的女子来招待。"两瓶正宗，两个壶烧。"正宗是日本的黄酒，色香味都不亚于绍兴酒。壶烧是这里的名菜，日本名叫 tsuboyaki，是一种大螺蛳，名叫荣螺（sazae），约有拳头来大，壳上生许多刺，把刺修整一下，可以摆平，像三足鼎一样。把这大螺蛳烧杀，

① 本篇曾收入《缘缘堂随笔集》（1983）。

取出肉来切碎，再放进去，加入酱油等调味品，煮熟，就用这壳作为器皿，请客人吃。这器皿像一把壶，所以名为壶烧。其味甚鲜，确是侑酒佳品。用的筷子更佳：这双筷用纸袋套好，纸袋上印着"消毒割箸"四个字，袋上又插着一个牙签，预备吃过之后用的。从纸袋中拔出筷来，但见一半已割裂，一半还连接，让客人自己去裂开来。这木头是消毒过的，而且没有人用过，所以用时心地非常快适。用后就丢弃，价廉并不可惜。我赞美这种筷，认为是世界上最进步的用品。西洋人用刀叉，太笨重，要洗过方能再用；国人用竹筷，也是洗过再用，很不卫生，即使是象牙筷也不卫生。日本人的消毒割箸，就同牙签一样，只用一次，真乃一大发明。他们还有一种牙刷，非常简单，到处杂货店发卖，价钱很便宜，也是只用一次就丢弃的。于此可见日本人很有小聪明。且说我和老黄在江之岛吃壶烧酒，三杯入口，万虑皆消。海鸟长鸣，天风振袖。但觉心旷神怡，仿佛身在仙境。老黄爱调笑，看见年青侍女，就和她搭讪，问年纪，问家乡，引起她身世之感，使她掉下泪来。于是临走多给小账，约定何日重来。我们又仿佛身在小说中了。

又有一种情境，也忘不了。吃酒的对手还是老黄，地点却在上海城隍庙里。这里有一家素菜馆，叫作春风松月楼，百年老店，名闻遐迩。我和老黄都在上海当教师，每逢闲暇，便相约去吃素酒。我们的吃法很经济：两斤酒，两碗"过浇面"，一碗冬菇，一碗十景。所谓过浇，就是浇头不浇在面上，而另盛在碗里，作为酒菜。等到酒吃好了，才要面底子来当饭吃。人们叫别了，常喊作"过桥面"。这里的冬菇非常肥鲜，十景也非常入味。浇头的分量不少，下酒之后，还有剩余，可以浇在面上。我们常常去吃，后来那堂倌熟悉了，看见我们进去，就叫："过桥客人来了，请坐请坐！"现在，老黄早已作古，这素菜馆也改头换面，不可复识了。

另有一种情境，则见于患难之中。那年日本侵略中国，石门湾沦陷，我们一家老幼九人逃到杭州，转桐庐，在城外河头上租屋而居。那屋主姓盛，兄弟四人。我们租住老三的屋子，隔壁就是老大，名叫宝函。他有一个孙子，名叫贞谦，约十七八岁，酷爱读书，常常来向我请教问题，因此宝函也和我要好，常常邀我到他家去坐。这老翁年约六十多岁，身体很健康，常常坐在一只小桌旁边的圆鼓凳上。我一到，他就请我坐在他对面的椅子上，站起身，揭开鼓凳的盖，拿出一把大酒壶来，在桌上的杯子里满满地斟了两盅；又向鼓凳里摸出一把花生米来，就和我对酌。他的鼓凳里装着棉絮，酒壶裹在棉絮里，可以保暖，斟出来的两碗黄酒，热气腾腾。酒是自家酿的，色香味都上等。我们就用花生米下酒，一面闲谈。谈的大都是关于他的孙子贞谦的事。他只有这孙子，很疼爱他，说："这小人一天到晚望书，身体不好……"望书即看书，是桐庐土白。我用空话安慰他，骗他酒吃。骗得太多，不好意思，我准备后来报谢他。但我们住在河头上不到一个月，杭州沦陷，我们匆匆离去，终于没有报谢他的酒惠。现在，这老翁不知是否在世，贞谦已入中年，情况不得而知。

最后一种情境，见于杭州西湖之畔。那时我僦居在里西湖招贤寺隔壁的小平屋里，对门就是孤山，所以朋友送我一副对联，叫作"居邻葛岭招贤寺，门对孤山放鹤亭"。家居多暇，则闲坐在湖边的石凳上，欣赏湖光山色。每见一中年男子，蹲在岸上，向湖边垂钓。他钓的不是鱼，而是虾。

钓钩上装一粒饭米，挂在岸石边。一会儿拉起线来，就有很大的一只虾。其人把它关在一个瓶子里。于是再装上饭米，挂下去钓。钓得了三四只大虾，他就把瓶子藏入藤篮里，起身走了。我问他："何不再钓几只？"他笑着回答说："下酒够了。"我跟他去，见他走进岳坟旁边的一家酒店里，拣一座头坐下了。我就在他旁边的桌上坐下，叫酒保来一斤酒、一盆花生米。他也叫一斤酒，却不叫菜，取出瓶子来，用钓丝缚住了这三四只虾，拿到酒保烫酒的开水里去一浸，不久取出，虾已经变成红色了。他向酒保要一小碟酱油，就用虾下酒。我看他吃菜很省，一只虾要吃很久，由此可知此人是个酒徒。

此人常到我家门前的岸边来钓虾。我被他引起酒兴，也常跟他到岳坟去吃酒。彼此相熟了，但不问姓名。我们都独酌无伴，就相与交谈。他知道我住在这里，问我何不钓虾。我说我不爱此物。他就向我劝诱，尽力宣扬虾的滋味鲜美，营养丰富。又教我钓虾的窍门。他说："虾这东西，爱躲在湖岸石边。你倘到湖心去钓，是永远钓不着的。这东西爱吃饭粒和蚯蚓。但蚯蚓龌龊，它吃了，你就吃它，等于你吃蚯蚓。所以我总用饭粒。你看，它现在死了，还抱着饭粒呢。"他提起一只大虾来给我看，我果然看见那虾还抱着半粒饭。他继续说："这东西比鱼好得多。鱼，你钓了来，要剖，要洗，要用油盐酱醋来烧，多少麻烦。这虾就便当得多：只要到开水里一煮，就好吃了。不须花钱，而且新鲜得很。"他这钓虾论讲得头头是道，我真心赞叹。

这钓虾人常来我家门前钓虾，我也好几次跟他到岳坟吃酒，彼此熟识了，然而不曾通过姓名。有一次，夏天，我带了扇子去吃酒。他借看我的扇子，看到了我的名字，吃惊地叫道："啊！我有眼不识泰山！"于是叙述他曾经读过我的随笔和漫画，说了许多仰慕的话。我也请教他姓名，知道他姓朱，名字现已忘记，是在湖滨旅馆门口摆刻字摊的。下午收了摊，常到里西湖来钓虾吃酒。此人自得其乐，甚可赞佩。

可惜不久我就离开杭州，远游他方，不再遇见这钓虾的酒徒了。

写这篇琐记时，我久病初愈，酒戒又开。回想上述情景，酒兴顿添。正是"昔年多病厌芳樽，今日芳樽唯恐浅"。

旧上海^①

  所谓旧上海，是指抗日战争以前的上海。那时上海除闸北和南市之外，都是租界。洋泾浜（爱多亚路，即今延安路）以北是英租界，以南是法租界，虹口一带是日租界。租界上有好几路电车，都是外国人办的。中国人办的只有南市一路，绕城墙走，叫作华商电车。租界上乘电车，要懂得窍门，否则就被弄得莫名其妙。卖票人要揩油，其方法是这样：譬如你要乘五站路，上车时给卖票人五分钱，他收了钱，暂时不给你票。等到过了两站，才给你一张三分的票，关照你："第三站上车！"初次乘电车的人就莫名其妙，心想：我明明是第一站上车的，你怎么说我第三站上车？原来他已经揩了两分钱的油。如果你向他论理，他就堂皇地说："大家是中国人，不要让利权外溢呀！"他用此法揩油，眼睛不绝地望着车窗外，看有无查票人上来。因为一经查出，一分钱要罚一百分。他们称查票人为"赤佬"。赤佬也是中国人，但是忠于洋商的。他查出一卖票人揩油，立刻记录了他帽子上的号码，回厂去扣他的

---

① 本篇曾收入《缘缘堂随笔集》（1983）。

工资。有一乡亲初次到上海，有一天我陪她乘电车，买五分钱票子，只给两分钱的。正好一个赤佬上车，问这乡亲哪里上车的，她直说出来，卖票人向她眨眼睛。她又说："你在眨眼睛！"赤佬听见了，就抄了卖票人帽上的号码。

那时候上海没有三轮车，只有黄包车。黄包车只能坐一人，由车夫拉着步行，和从前的抬轿相似。黄包车有"大英照会"和"小照会"两种。小照会的只能在中国地界行走，不得进租界。大英照会的则可在全上海自由通行。这种工人实在是最苦的。因为略犯交通规则，就要吃路警殴打。英租界的路警都是印度人，红布包头，人都喊他们"红头阿三"。法租界的都是安南人，头戴笠子。这些都是黄包车夫的对头，常常给黄包车夫吃"外国火腿"和"五支雪茄烟"，就是踢一脚，一个耳光。外国人喝醉了酒开汽车，横冲直撞，不顾一切。最吃苦的是黄包车夫。因为他负担重，不易趋避，往往被汽车撞倒。我曾亲眼看见过外国人汽车撞杀黄包车夫，从此不敢在租界上坐黄包车。

旧上海社会生活之险恶，是到处闻名的。我没有到过上海之前，就听人说：上海"打呵欠割舌头"。就是说，你张开嘴巴来打个呵欠，舌头就被人割去。这是极言社会上坏人之多，非万分提高警惕不可。我曾经听人说：有一人在马路上走，看见一个三四岁的孩子跌了一跤，没人照管，哇哇地哭。此人良心很好，连忙扶他起来，替他揩眼泪，问他家在哪里，想送他回去。忽然一个女人走来，搂住孩子，在他手上一摸，说："你的金百锁哪里去了？"就拉住那人，咬定是他偷的，定要他赔偿。……是否真有此事，不得而知。总之，人心之险恶可想而知。

扒手是上海的名产。电车中，马路上，到处可以看到"谨防扒手"的标语。住在乡下的人大意惯了，初到上海，往往被扒。我也有一次几乎被扒：我带了两个孩子，在霞飞路、阿尔培路口（即今淮海中路、陕西南路口）等电车，先向烟纸店兑一块钱，钱包里有一叠钞票露了白。电车到了，我把两个孩子先推上车，自己跟着上去，忽觉一只手伸入了我的衣袋里。我用手臂夹住这只手，那人就被我拖上车子。我连忙向车子里面走，坐了下来，不敢回头去看。电车一到站，此人立刻下车，我偷眼一看，但见其人满脸横肉，迅速地挤入人丛中，不见了。我这种对付办法，是老上海的人教我的：你碰到扒手，但求避免损失，切不可注意看他。否则，他以为你要捉他，定要请你"吃生活"，即跟住你，把你打一顿，或请你吃一刀。我住在上海多年，只受过这一次虚惊，不曾损失。有一次，和一朋友坐黄包车在南京路上走，忽然弄堂里走出一个人来，把这朋友的铜盆帽①抢走。这朋友喊停车捉贼，那贼早已不知去向了。这顶帽子是新买的，值好几块钱呢。又有一次，冬天，一个朋友从乡下出来，寄住在我们学校里。有一天晚上，他看戏回来，身上的皮袍子和丝绵袄都没有了，冻得要死。这叫作"剥猪猡"。那抢帽子叫作"抛顶宫"。

妓女是上海的又一名产。我不曾嫖过妓女，详情全然不知，但听说妓女有"长三""幺二""野鸡"等类。长三是高等的，野鸡是下等的。她们都集中在四马路一带。门口挂着玻璃灯，上面写着"林黛玉""薛宝钗"等字。野鸡则由鸨母伴着，到马路上来拉客。四马路、西藏路一带，傍晚时光，野鸡成群而出，站在马路旁边，物色行人。她们拉住了一个客人，拉进门去，

---

① 作者家乡的人称礼帽为铜盆帽。

定要他住宿；如果客人不肯住，只要摸出一块钱来送她，她就放你。这叫作"两脚进门，一块出袋"。我想见识见识，有一天傍晚约了三四个朋友，成群结队，走到西藏路口，但见那些野鸡，油头粉面，奇装异服，向人撒娇卖俏，竟是一群魑魅魍魉，教人害怕。然而竟有那些逐臭之夫，愿意被拉进去度夜。这叫作"打野鸡"。有一次，我在四马路上走，耳边听见轻轻的声音："阿拉姑娘自家身体，自家房子……"回头一看，是一个男子。我快步逃避，他也不追赶。据说这种男子叫作"王八"，是替妓女服务的，但不知是哪一种妓女。总之，四马路是妓女的世界。洁身自好的人，最好不要去。但到四马路青莲阁去吃茶看妓女，倒是安全的。她们都有老鸨伴着，走上楼来，看见有女客陪着吃茶的，白她一眼，表示醋意；看见单身男子坐着吃茶，就去奉陪，同他说长道短，目的是拉生意。

上海的游戏场，又是一种乌烟瘴气的地方。当时上海有四个游戏场，大的两个：大世界、新世界；小的两个：花世界、小世界。大世界最为著名。出两角钱买一张门票，就可从正午玩到夜半。一进门就是"哈哈镜"，许多凹凸不平的镜子，照见人的身体，有时长得像丝瓜，有时扁得像螃蟹，有时头脚颠倒，有时左右分裂……没有一人不哈哈大笑。里面花样繁多：有京剧场、越剧场、沪剧场、评弹场……有放电影、变戏法、转大轮盘、坐飞船、摸彩、猜谜，还有各种饮食店，还有屋顶花园。总之，应有尽有。乡下出来的人，把游戏场看作桃源仙境。我曾经进去玩过几次，但是后来不敢再去了。为的是怕热手巾①。这里面到处有拴着白围裙的人，手里托着一个大盘子，

---

① 热手巾，即热毛巾。

盘子里盛着许多绞紧的热手巾，逢人送一个，硬要他揩，揩过之后，收他一个铜板。有的人拿了这热手巾，先擤一下鼻涕，然后揩面孔，揩项颈，揩上身，然后挖开裤带来揩腰部，恨不得连屁股也揩到。他尽量地利用了这一个铜板。那人收回揩过的手巾，丢在一只桶里，用热水一冲，再绞起来，盛在盘子里，再去到处分送，换取铜板。这些热手巾里含有众人的鼻涕、眼污、唾沫和汗水，仿佛复合维生素。我努力避免热手巾，然而不行。因为到处都有，走廊里也有，屋顶花园里也有。不得已时，我就送他一个铜板，快步逃开。这热手巾使我不敢再进游戏场去。我由此联想到西湖上庄子里的茶盘：坐西湖船游玩，船家一定引导你去玩庄子。刘庄、宋庄、高庄、蒋庄、唐庄，里面楼台亭阁，各尽其美。然而你一进庄子，就有人拿茶盘来要你请坐喝茶。茶钱起码两角。如果你坐下来喝，他又端出糕果盘来，请用点心。如果你吃了他一粒花生米，就起码得送他四角。每个庄子如此，游客实在吃不消。如果每处吃茶，这茶钱要比船钱贵得多。于是只得看见茶盘就逃。然而那人在后面喊："客人，茶泡好了！"你逃得快，他就在后面骂人。真是大煞风景！所以我们游惯西湖的人，都怕进庄子去。最好是在白堤、苏堤上的长椅子上闲坐，看看湖光山色，或者到平湖秋月等处吃碗茶，倒很太平安乐。

且说上海的游戏场中，扒手和拐骗别开生面，与众不同。有一个冬天晚上，我偶然陪朋友到大世界游览，曾亲眼看到一幕。有一个场子里变戏法，许多人打着圈子观看。戏法变完，大家走散的时候，有一个人惊喊起来，原来他的花缎面子灰鼠皮袍子，后面已被剪去一大块。此人身躯高大，袍子又长又宽，被剪去的一块足有二三尺见方，花缎和毛皮都很值钱。这个人屁股头空荡荡地走出游戏场去，后面一片笑声送他。这景象至今还能出现在我眼前。

我的母亲从乡下来。有一天我陪她到游戏场去玩。看见有一个摸彩的摊子，前面有一长凳，我们就在凳上坐着休息一下。看见有一个人走来摸彩，出一角钱，向筒子里摸出一张牌子来："热水瓶一个。"此人就捧着一个崭新的热水瓶，笑嘻嘻地走了。随后又有一个人来，也出一角钱，摸得一只搪瓷面盆，也笑嘻嘻地走了。我母亲看得眼热，也去摸彩。第一摸，一粒糖；第二摸，一块饼干；第三摸，又是一粒糖。三角钱换得了两粒糖和一块饼干，我们就走了。后来，我们兜了一个圈子，又从这摊子面前走过。我看见刚才摸得热水瓶和面盆的那两个人，坐在里面谈笑呢。

　　当年的上海，外国人称之为"冒险家的乐园"，其内容可想而知。以上我所记述，真不过是皮毛的皮毛而已。我又想起了一个巧妙的骗局，用以结束我这篇记事吧：三马路、广西路附近，有两家专卖梨膏的店，贴邻而居，店名都叫作"天晓得"。里面各挂着一轴大画，画着一只大乌龟。这两爿店是兄弟两人所开。他们的父亲发明梨膏，说是化痰止咳的良药，销售甚广，获利颇丰。父亲死后，兄弟两人争夺这爿老店，都说父亲的秘方是传授给我的。争执不休，向上海县告状。官不能断。兄弟二人就到城隍庙发誓："谁说谎谁是乌龟！是真是假天晓得！"于是各人各开一爿店，店名"天晓得"，里面各挂一幅乌龟。上海各报都登载此事，闹得远近闻名。全国各埠都来批发这梨膏。外路人到上海，一定要买两瓶梨膏回去。兄弟二人的生意兴旺，财源茂盛，都变成富翁了。这兄弟二人打官司，跪城隍庙，表面看来是仇敌，但实际上非常和睦。他们巧妙地想出这骗局来，推销他们的商品，果然大家发财。

四轩柱①

　　我的故乡石门湾，是运河打弯的地方，又是春秋时候越国造石门的地方，故名石门湾。运河里面还有条支流，叫作后河。我家就在后河旁边。沿着运河都是商店，整天骚闹，只有男人们在活动；后河则较为清静，女人们也出场，就中有四个老太婆，最为出名，叫作四轩柱。

　　以我家为中心，左面两个轩柱，右面两个轩柱。先从左面说起。住在凉棚底下的一个老太婆叫作莫五娘娘。这莫五娘娘有三个儿子，大儿子叫莫福荃，在市内开一爿杂货店，生活裕如。中儿子叫莫明荃，是个游民，有人说他暗中做贼，但也不曾破过案。小儿子叫木铳阿三，是个戆大②，不会工作，只会吃饭。莫五娘娘打木铳阿三，是一出好戏，大家要看。莫五娘娘手里拿了一根棍子，要打木铳阿三。木铳阿三逃，莫五娘娘追。快要追上了，木铳

---

① 本篇曾收入《缘缘堂随笔集》（1983）。
② 木铳和戆大都是指戆头戆脑的人。

阿三忽然回头，向莫五娘娘背后逃走。莫五娘娘回转身来再追，木铳阿三又忽然回头，向莫五娘娘背后逃走。这样地表演了三五遍，莫五娘娘吃不消了，坐在地上大哭。看的人大笑。此时木铳阿三逃之夭夭了。这个把戏，每个月总要表演一两次。有一天，我同豆腐店王囡囡坐在门口竹榻上闲谈。王囡囡说："莫五娘娘长久不打木铳阿三了，好打了。"没有说完，果然看见木铳阿三从屋里逃出来，莫五娘娘拿了那根棍子追出来了。木铳阿三看见我们在笑，他心生一计，连忙逃过来抱住了王囡囡。我乘势逃开。莫五娘娘举起棍子来打木铳阿三，一半打在王囡囡身上。王囡囡大哭喊痛。他的祖母定四娘娘赶出来，大骂莫五娘娘："这怪老太婆！我的孙子要你打？"就伸手去夺她手里的棒。莫五娘娘身躯肥大，周转不灵，被矫健灵活的定四娘娘一推，竟跌到了河里。木铳阿三毕竟有孝心，连忙下水去救，把娘像落汤鸡一样驮了起来，幸而是夏天，单衣薄裳的，没有受冻，只是受了些惊。莫五娘娘从此有好些时不出门。

第二个轩柱，便是定四娘娘。她自从把莫五娘娘打落水之后，名望更高，大家见她怕了。她推销生意的本领最大。上午，乡下来的航船停埠的时候，定四娘娘便大声推销货物。她熟悉人头，见农民大都叫得出："张家大伯！今天的千张格外厚，多买点去。李家大伯，豆腐干是新鲜的，拿十块去！"就把货塞在他们的篮里。附近另有一家豆腐店，是陈老五开的，生意远不及王囡囡豆腐店，就因为缺少像定四娘娘的一个推销员。定四娘娘对附近的人家都熟悉，常常穿门入户，进去说三话四。我家是她的贴邻，她来得更勤。我家除母亲以外，大家不爱吃肉，桌上都是素菜。而定四娘娘来的时候，大都是吃饭时候。幸而她像《红楼梦》里的凤姐一样，人没有进来，声音先听到了。我母亲听到了她的声音，立刻到橱里去拿出一碗肉来，放在桌上，免得她说我们"吃得寡薄"。她一面看我们吃，一面同我母亲闲谈，报告她各种新闻：哪里吊死了一个人；哪里新开了一爿什么店；汪宏泰的酥糖比徐宝禄的好，徐家的重四两，汪家的有四两五；哪家的姑娘同哪家的儿子对了亲，分送的茶枣讲究得很，都装锡罐头；哪家的姑娘养了个私生子，等等。我母亲爱听她这种新闻，所以也很欢迎她。

第三个轩柱，是盆子三娘娘。她是包酒馆里永林阿四的祖母。他的已死的祖父叫作盆子三阿爹，因为他的性情很坦，像盆子一样①；于是他的妻子就也叫作盆子三娘娘。其实，三娘娘的性情并不坦，她很健谈。而且消息灵通，远胜于定四娘娘。定四娘娘报道消息，加的油盐酱醋较少，而盆子三娘娘的报道消息，加入多量的油盐酱醋，叫它变味走样。所以有人说："盆子三娘娘坐着讲，只能听一半；立着讲，一句也听不得。"她出门，看见一个人，只要是她所认识的，就和他谈。她从家里出门，到街上买物，不到一二百步路，她来往要走两三个钟头。因为到处勾留，一勾留就是几十分钟。她指手画脚地说："桐家桥头的草棚着了火了，烧杀了三个人！"后来一探听，原来一个人也没有烧杀，只是一个老头子烧掉了些胡子。"塘河里一只火轮船撞沉了一只米船，几十担米全部沉在河里！"其实是米船为了避开火轮船，在石埠子上撞了一下，船头里漏了水，打湿了几包米，拿到岸上来晒。她出门买物，一路上这样地讲过去，有时竟忘记了买物，空手回家。盆子三娘娘

---

① 坦，按作者家乡方言是慢的意思。与盆子（即盘子）平坦的坦谐音。

在后河一带确是一个有名人物。但自从她家打了一次官司,她的名望更大了。

　　事情是这样:她有一个孙子,年纪二十多岁,做医生的,名叫陆李王。因为他幼时为了要保证健康长寿,过继给含山寺里的菩萨太君娘娘,太君娘娘姓陆。他又过继给另外一个人,姓李。他自己姓王。把三个姓连起来,就叫他"陆李王"。这陆李王生得眉清目秀,皮肤雪白。有一个女子看上了他,和他私通。但陆李王早已娶妻,这私通是违法的。女子的父亲便去告官。官要逮捕陆李王。盆子三娘娘着急了,去同附近有名的沈四相公商量,送他些礼物。沈四相公就替她作证,说他们没有私通。但女的已经招认。于是县官逮捕沈四相公,把他关进三厢堂(是秀才坐的牢监,比普通牢监舒服些)。盆子三娘娘更着急了,挽出她包酒馆里的伙计阿二来,叫他去顶替沈四相公。允许他"养杀你①"。阿二上堂,被县官打了三百板子,腿打烂了。官司便结束。阿二就在这包酒馆里受供养,因为腿烂,人们叫他"烂膀②阿二"。这事件轰动了全石门湾。盆子三娘娘的名望由此增大。就有人把这事编成评弹,到处演唱卖钱。我家附近有一个乞丐模样的汉子,叫作"毒头③阿三"。他编得最出色,人们都爱听他唱。我还记得唱词中有几句:"陆李王的面孔白来有看头,厚底鞋子寸半头,直罗④汗巾三转头,……"描写盆子三娘娘去请托沈四相公,唱道:"水鸡⑤烧肉一碗头,

---

① 养杀你,意即供养你一辈子直到老死。
② 烂膀,意即烂腿。
③ 毒头,意即神经病或傻瓜。
④ 直罗,即有直的隐条的丝织品。
⑤ 水鸡,即甲鱼。

拍拍胸脯点点头。……"全部都用"头"字，编得非常自然而动听。欧洲中世纪的游唱诗人（troubadour，minnesinger），想来也不过如此吧。毒头阿三唱时，要求把大门关好。因为盆子三娘娘看到了要打他。

第四个轩柱是何三娘娘。她家住在我家的染作场隔壁。她的丈夫叫作何老三。何三娘娘生得短小精悍，喉咙又尖又响，骂起人来像怪鸟叫。她养几只鸡，放在门口街路上。有时鸡蛋被人拾了去，她就要骂半天。有一次，她的一双弓鞋晒在门口阶沿石上，不见了。这回她骂得特别起劲："穿了这双鞋子，马上要困棺材！""偷我鞋子的人，世世代代做小娘（即妓女）！"何三娘娘的骂人，远近闻名。大家听惯了，便不当一回事，说一声"何三娘娘又在骂人了"，置之不理。有一次，何三娘娘正站在阶沿石上大骂其人，何老三喝醉了酒从街上回来，他的身子高大，力气又好，不问青红皂白，把这瘦小的何三娘娘一把抱住，走进门去。何三娘娘的两只小脚乱抖乱撑，大骂"杀千刀！"旁人哈哈大笑。

何三娘娘常常生病，生的病总是肚痛。这时候，何老三便上街去买一个猪头，扛在肩上，在街上走一转。看见人便说："老太婆生病，今天谢菩萨。"谢菩萨又名拜三牲，就是买一个猪头、一条鱼、杀一只鸡，供起菩萨像来，点起香烛，请一个道士来拜祷。主人跟着道士跪拜，恭请菩萨醉饱之后快快离去，勿再同我们的何三娘娘为难。拜罢之后，须得请邻居和亲友吃"谢菩萨夜饭"。这些邻居和亲友，都是送过份子的。份子者，就是钱。婚丧大事，送的叫作"人情"，有送数十元的，有送数元的，至少得送四角。至于谢菩萨，送的叫作"份子"，大都是一角或至多两角。菩萨谢过之后，主人叫人去请送份子的人家来吃夜饭。然而大多数不来吃。所以谢菩萨大有好处。何老三捐了一个猪头到街上去走一转，目的就是要大家送份子。谢菩萨之风，在当时盛行。有人生病，郎中看不好，就谢菩萨。有好些人家，外面在吃谢菩萨夜饭，里面的病人断气了。再者，谢菩萨夜饭的猪头肉烧得半生不熟，吃的人回家去就生病，亦复不少。我家也曾谢过几次菩萨，是谁生病，记不清了。总之，要我跟着道士跪拜。我家幸而没有为谢菩萨而死人。我在这环境中，侥幸没有早死，竟能活到七十多岁，在这里写这篇随笔，也是一个奇迹。

阿　庆①

　　我的故乡石门湾虽然是一个人口不满一万的小镇，但是附近村落甚多，每日上午，农民出街做买卖，非常热闹，两条大街上肩摩踵接，推一步走一步，真是一个商贾辐辏的市场。我家住在后河，是农民出入的大道之一。多数农民都是乘航船来的，只有卖柴的人，不便乘船，挑着一担柴步行入市。

　　卖柴，要称斤两，要找买主。农民自己不带秤，又不熟悉哪家要买柴。于是必须有一个"柴主人"。他肩上扛着一支大秤，给每担柴称好分量，然后介绍他去卖给哪一家。柴主人熟悉情况，知道哪家要硬柴，哪家要软柴，分配各得其所。卖得的钱，农民九五扣到手，其余百分之五是柴主人的佣钱。农民情愿九五扣到手，因为方便得多，他得了钱，就好扛着空扁担入市去买物或喝酒了。

---

① 本篇曾载 1983 年 2 月 9 日《文汇报》，并收入《缘缘堂随笔集》（1983）。

店

我家一带的柴主人，名叫阿庆。此人姓什么，一向不传，人都叫他阿庆。阿庆是一个独身汉，住在大井头的一间小屋里，上午忙着称柴，所得佣钱，足够一人衣食，下午空下来，就拉胡琴。他不喝酒，不吸烟，唯一的嗜好是拉胡琴。他拉胡琴手法纯熟，各种京戏他都会拉。当时留声机还不普遍流行，就有一种人背一架有喇叭的留声机来卖唱，听一出戏，收几个钱。商店里的人下午空闲，出几个钱买些精神享乐，都不吝惜。这是不能独享的，许多人旁听，在出钱的人并无损失。阿庆便是旁听者之一。但他的旁听，不仅是享乐，竟是学习。他听了几遍之后，就会在胡琴上拉出来。足见他在音乐方面，天赋独厚。

夏天晚上，许多人坐在河沿上乘凉。皓月当空，万籁无声。阿庆就在此时大显身手。琴声宛转悠扬，引人入胜。浔阳江头的琵琶，恐怕不及阿庆的胡琴。因为琵琶是弹弦乐器，胡琴是摩擦弦乐器。摩擦弦乐器接近于肉声，容易动人。钢琴不及小提琴好听，就是此。中国的胡琴，构造比小提琴简单得多。但阿庆演奏起来，效果不亚于小提琴，这完全是心灵手巧之故。有一个青年羡慕阿庆的演奏，请他教授。阿庆只能把内外两弦上的字眼——上尺工凡六五乙仕——教给他。此人按字眼拉奏乐曲，生硬乖异，不成腔调。他怪怨胡琴不好，拿阿庆的胡琴来拉奏，依旧不成腔调，只得废然而罢。记得西洋音乐史上有一段插话：有一个非常高明的小提琴家，在一只皮鞋底上装四根弦线，照样会奏出美妙的音乐。阿庆的胡琴并非特制，他的心手是特制的。

笔者曰：阿庆孑然一身，无家庭之乐。他的生活乐趣完全寄托在胡琴上。可见音乐感人之深，又可见精神生活有时可以代替物质生活。感悟佛法而出家为僧者，亦犹是也。

乐　生

　　乐生是我的远房堂兄。他的父亲叫亚卿，我们叫他亚卿三大伯或麻子三大伯。亚卿曾在我们的染店里当管账，乐生就在店里当学徒。因此我和乐生很熟悉，下午店里空了，乐生就陪我玩。

　　乐生的玩法，异想天开，与众不同，还带些恶毒性，但实际上并不怎么危害人。我对他有些向往，就因为爱好这种恶毒性。例如：他看到一条百脚①，诱它出来，用剪刀把它的两只钳剪去。百脚是以钳为武器的，如今被剪去了，就如缴了械，解除了武装，不可怕了。乐生便把它藏在衣袖里，任他在身上爬来爬去。他突然把百脚丢在别人身上，那人吓了一大跳。有几个小孩，竟被他吓得大哭。有一次，我母亲出来，在店门口坐坐。乐生乘其不备，把这条百脚放在她肩上了。我母亲见了，大吃一惊，乐生立刻走过去把百脚捉了，藏入袋里，使得我母亲又吃一惊。又有一次，他向他的父亲麻子三大伯讨零

---

① 百脚，即蜈蚣。

用钱，他父亲不给。他便拿出百脚来，丢在他臂上。麻子三大伯吓了一跳，连忙用手来掸，岂知那百脚落在他背脊上了，没有离身。他向门角落里拿起一根门闩，要打乐生。乐生在前面逃，他背着百脚拿着门闩在后面追，街上的人大笑。乐生转一个弯，不见了，麻子三大伯背着百脚拿着门闩站着喘气。有人替他掸脱了百脚。一只鸡看见了，跑过来啄了两三口，把百脚全部吞下去了。这鸡照旧仰起了头踱来踱去，若无其事。可知鸡的胃消化力很强。这百脚已无钳无毒。倘是有钳有毒的，它照样会消化，把毒当作营养品。记得我的大姐扎珠花，嫌珠子不圆，把它灌进鸡嘴巴里。过了一会儿，把鸡杀了，取出珠子来，已浑圆了。可见其消化力之强。闲话少讲。

乐生对于百脚，特别感到兴趣。上述的办法玩腻之后，他又另想办法。把一根竹，两头削尖，弯成弓形，钉住百脚的头和尾，两手一放，百脚就成了弓弦。这叫作百脚弓。他把百脚弓挂在墙上，到第三日，那百脚还不曾死，脚还在抖动。所以说：百足之虫，死而不僵。但这办法太残忍了。百脚原是害虫，应该杀死。但何必用这等残酷的刑罚呢。但这是我现在的想法，当时我也木知木觉。且说百脚干燥之后，居然非常坚韧，可作弓弦，用竹签子射箭，见者无不惊叹乐生这种杰作。

乐生另有一种杰作，实在恶毒得可以。有一天晚上，我同他两人在店堂里，他悄悄地拿出一包头发来，不知是从哪里弄来的，用剪刀剪得很细，像黑粉末。我问他做什么用，他说你明天自会知道。到了明天下午，店里空了，隔壁的道士先生顾芷塘来坐在店门口，和人谈闲天。乐生乘其不备，拿一把头发粉末来撒在他的后头骨下面的项颈里了。这顾芷塘的项颈生得很长，人们说他是吹笙的，笙是吸的，便把项颈吸得很长了。因为项颈长，所以衣领后头很宽，可容许多头发粉末。顾芷塘起先不觉得什么，后来觉得痒了，伸手去搔，越搔越痒。那些头发粉末落下去，粘在背脊上，顾芷塘只得撩起衣服来，弯进手臂去搔。同时自言自语："背脊上痒得很，难道生虱子了？我家没有虱子的呀。"终于痒得熬不住，便回家去换衣裳了。

管账先生何昌熙也着过这道儿。何昌熙坐在账桌边写账，乐生假作用鸡毛帚掸灰尘，把一把头发粉末撒在他项颈里了。何昌熙是个大块头，一时木知木觉，后来牵动衣裳，越牵越痒，嘴里不住地骂人。乐生和我却在暗笑。丫头红英吃过不少次数。因为红英常常坐在店门口阶沿上剖鱼或洗衣服，乐生凭在柜台上，居高临下，撒下去正好落在项颈里。此外，乐生拿了这包宝贝上街去，谁吃他亏，不得而知了。这些都是顽皮孩子的恶作剧，算不得作恶为非，但他还有招摇撞骗行径呢。

上午，街上正闹的时候，乐生拿了一碗水在人丛中走。看到一个比较阔绰的人，有意去碰他一下，那碗水倒翻在地上了。乐生惊喊起来："啊呀！我这两角洋钱烧酒被你碰翻了！奈末①我的爷要打杀我了！要你赔！要你赔！"他竟哭出眼泪来了。那人没奈何，只得赔他两角洋钱。

乐生早死。他的儿子叫舜华，听说在肉店经商，现在不知怎样，几十年没消息了。

---

① 奈末，江南一带方言，意即这下子。

编后记

在丰子恺先生的家里，最不会缺失的是故事——除了漫画故事、成语典故故事、古代趣闻轶事、外国小说故事，还有丰先生讲述给他的子女及孙辈听的各种离奇故事。丰先生之所以会讲出这么多故事，是因为他是一位"儿童崇拜者"，他在绘画、写作之余，会腾出时间为孩子们讲各种故事。

《自杀俱乐部》的故事

早在1931年，丰先生在嘉兴的居所翻译英国作家史蒂文生的中篇小说《自杀俱乐部》。他在这个译本的序言中写道："在家里，写稿往往是我一人的世界中的事，儿童们不得参与于其间。唯最近的翻译《自杀俱乐部》，我和儿童们共感兴味：我欣赏Stevenson（史蒂文生）的文章；他们则热衷于《自杀俱乐部》的故事。白天我从书中钻研；晚间纳凉的时候他们从我口中倾听。睡后我梦见种种Stevenson风的sentences、clauses和phrases（句子、从句和短语）；他们则在呓语中叫喊'王子''琪拉尔定'和'会长'。这是我近来的生活中最有精彩的数星期！"

丰先生就是这样，把阅读、写作、翻译以及生活中遇到或回忆起的趣事，都以故事的形式讲给孩子们听。也就是从那时开始，这种为孩子们讲故事的形式就一直延续下来，直到他的孩子长大成人，丰先生又开始给他的孙辈讲故事。

手稿本《小故事》

丰先生还把一些有趣的故事写下来，供大家反复阅读。在上海他的居所日月楼里，有一本丰先生自己编写、自己手书、自己装订、自己"出版"的《小故事》，线装本，内容大多出自《说苑》《二十四史》《虞初新志》中的历史故事。丰先生平时阅读古文，会把一些有趣的、有教育意义的文言文翻译成白话文，抄写在家里特制的"缘缘堂制笺"上。这些故事每篇仅一两页，短小精悍，幽默诙谐，寓意深刻，且通俗易懂，所以深受欢迎，借阅的频率相当高，可说是丰家的"热门书"。其中有一篇叫《似我》的故事写道："无锡的县官在天下第二泉上安了一只匾，上写'似我'两字，意思是他这官同这泉水一样清。过了几天，他去看，那匾额不见了。东找西找，后来找到了，原来被人拿去安在毛厕上了（《皇华纪闻》）。"

在"文革"时期，《小故事》等书正好被借阅而逃过一劫。像这样为孩子们讲故事的"书"，丰先生一共写了四本：《小故事》《谑诗》《旧闻选译》和《谐诗》。当时丰子恺的二女儿丰宛音正好借走其中的三本，另一本又在小儿子丰新枚手中，丰家遭抄家，而这几本"书"就这样神奇地保存了下来。

《乐天全集》里的漫画故事

同样保留下来的还有几本上世纪三十年代日本漫画家北泽乐天的《乐天全集》。这套书特别受孩子们欢迎：那迷幻的粗布彩色封面、妙趣横生的漫画以及气泡对话框和富有哲理性的小故事，反映了当时日本的社会生活。这套书里的日文都由丰先生抽空翻译成中文，抄写在书边空白处。全套书有九本，孩子们都会拿来阅读。

一开始，丰先生是在练习簿上写下一个个漫画故事的，但对照阅读起来很不方便，他便直接翻译在书的页边。就这样，丰寓一楼客厅里的一长排《乐天全集》就成了丰家第二代和第三代最爱读的书。缠着丰先生讲故事就这样慢慢转化为自己读故事。原本读着漫画一知半解，只要看一下丰先生的"文字点拨"，便全明白了。画集中各有特性的人物，如财主海诺、无产者胎诺、说谎专家霍拉、方下巴拿喜老等，也就成了孩子们耳熟能详的漫画人物。

红马背绿狗的故事

在 1959 年的一天，丰子恺先生的学生、漫画家毕克官收到老师的一封来信，他拆开一看，信中有一幅小画，画的是一匹红马，背上驮着一只浅绿色的狗。红马背绿狗？毕克官先生迷茫了，这画是什么意思？红的马还背着一只浅绿色的狗？再看完来信，他才恍然大悟：原来，毕克官曾给丰先生写信，述说自己又要陪孩子玩耍又要学习创作，十分艰辛。丰先生在给毕克官

狼来了

回信时，也是一面抱了小孙女，一面画画给她看。他把这张画寄给毕克官，其实是在告诉他，还可以一面带孩子，一面描画一些简单的画面，讲一些画里的故事。这样既可以提升孩子对于美术的兴趣，同时又可以潜移默化地通过绘画让孩子知道一些成语典故和历史故事。原来，这张红马背绿狗的图画，就是一份图画教材！

《猫叫一声的结果》及其他

本书所收录的《猫叫一声的结果》《博士见鬼》《六千元》《暂时脱离尘世》等故事，都是丰子恺先生正式出版的读本。《猫叫一声的结果》创作于 1937 年。说来也是奇事，丰先生写完这个故事便因日寇侵略踏上了逃难之路，待整整九年后回到已成一片废墟的家——缘缘堂，乡亲们说起在缘缘堂被日军炮火焚毁前曾抢出几箱书物。拿出来翻检，除旧书外，还有就是《猫叫一声的结果》的手稿和画稿。丰先生在这本书的序言里写道：

"缘缘堂无数书物尽行损失而这篇文章和插图居然保存。这也是奇妙的原因，所产生的奇妙的结果。所以现在把它出版，以志纪念。人世间的事，全是偶然的。"

《博士见鬼》里的故事创作于 1946 年 12 月以后，是应儿童书局陈鹤琴先生主编的《儿童故事》之约而写，每期一篇。小说《六千元》丰先生原本不打算发表，他在手稿上特意写下："此乃游戏文章，不发表的。（子恺记）给知道此事实的人看看。"但《六千元》最后还是被多套文集或全集收录。《暂时脱离尘世》里的文章选自丰先生晚年写下的《缘缘堂续笔》，虽不能算严格意义上的故事，但丰先生确实是以回忆往事的讲故事口吻写下的，读着这些文字，就像夏日晚上乘凉，听老者回忆往事。

丰先生曾说："最近我的心为四事所占据了：天上的神明与星辰，人间的艺术与儿童。"把儿童与神明、与星辰、与艺术放在同等重要的地位，这一点无论在当时还是现今，在文学作品中还是在现实生活中，都是不多见的。作为漫画家，丰先生讲过许多故事，这些故事就像他的漫画那样，充满睿智又具有无限想象力，本书所选的便是这位"儿童崇拜者"讲述的故事中的精华。

杨子耘

2023 年 4 月

图书在版编目（CIP）数据

　　猫叫一声夜未央：听丰子恺讲故事 / 丰子恺著绘；杨子耘，杨朝婴编.—
北京：北京时代华文书局，2023.9
　　ISBN 978-7-5699-5006-9

　　Ⅰ.①猫… Ⅱ.①丰… ②杨… ③杨… Ⅲ.①故事—作品集—中国—现代
Ⅳ.①I247.8

　　中国国家版本馆CIP数据核字（2023）第169864号

拼音书名 | MAO JIAO YI SHENG YE WEIYANG： TING FENG ZIKAI JIANG GUSHI

出 版 人 | 陈　涛
项目策划 | 文汇雅聚·虹信传媒
责任编辑 | 李　兵
特约编辑 | 鞠　俊
装帧设计 | 李树声　樊　瑶
责任印制 | 訾　敬

出版发行 | 北京时代华文书局 http://www.bjsdsj.com.cn
　　　　　北京市东城区安定门外大街138号皇城国际大厦A座8层
　　　　　邮编：100011　电话：19568731532　010-64263661
印　　刷 | 北京盛通印刷股份有限公司　010-52249876
　　　　　（如发现印装质量问题，请与印刷厂联系调换）
开　　本 | 880 mm × 1230 mm　1/32　印　张 | 11.75　字　数 | 288千字
版　　次 | 2023年10月第1版　　　印　次 | 2023年10月第1次印刷
成品尺寸 | 145 mm × 210 mm
定　　价 | 48.00元